Lo último que me dijo

Lo último que me dijo

Laura Dave

Traducción de Ana Duque de Vega

Rocaeditorial

Título original en inglés: *The Last Thing He Told Me*

© 2021, Laura Dave

Primera edición: abril de 2022

© de la traducción: 2022, Ana Duque de Vega
© de esta edición: 2022, Roca Editorial de Libros, S. L.
Av. Marquès de l'Argentera 17, pral.
08003 Barcelona
actualidad@rocaeditorial.com
www.rocalibros.com

Impreso por LIBERDÚPLEX, S.L.U.

ISBN: 978-84-18870-79-8
Depósito legal: B. 1183-2022

RE57965

Impreso en Colombia - *Printed in Colombia*

Dedicado a Josh y a Jacob, mis dulces milagros,
y
a Rochelle y a Andrew Dave, simplemente por todo

(vamos dijo él
no muy lejos dijo ella
qué es muy lejos dijo él
donde estás tú dijo ella)

E. E. Cummings

Prólogo

Owen solía tomarme el pelo diciendo que lo perdía todo, que había convertido el hecho de perder cosas en una expresión artística, de una forma muy personal. Gafas de sol, llaves, manoplas, gorras de béisbol, sellos, cámaras, móviles, botellas de refrescos de cola, bolis, cordones de zapatos. Calcetines. Bombillas. Cubiteras. No se equivoca del todo. En efecto, solía tener la tendencia de cambiar las cosas de sitio. De distraerme. De olvidar.

En nuestra segunda cita perdí el resguardo del aparcamiento donde dejamos los coches durante la cena. Habíamos acudido cada uno en el suyo. Owen hacía bromas al respecto, le encantaba reírse de mi insistencia en conducir mi propio vehículo a esa segunda cita. Incluso en nuestra noche de bodas hizo un chiste sobre eso. Y yo sobre cómo me interrogó aquella noche, con un sinfín de preguntas acerca de mi pasado, los hombres a los que había dejado y los que me habían dejado a mí.

Decidió llamarlos «los chicos con los que habría podido funcionar». Alzó la copa para brindar por ellos y dijo que, dondequiera que estuvieran, les estaba agradecido por no haber sido lo que yo necesitaba, y así poder ser él quien ahora estaba sentado frente a mí.

—Apenas me conoces —dije.

Él sonrió.

—Pero no tengo esa sensación, ¿y tú?

Estaba en lo cierto. Era abrumador sentir aquello que parecía cobrar vida entre nosotros, desde el primer momento. Me gusta pensar que esa es la razón por la que estaba distraída. Por la que perdí el resguardo del aparcamiento.

Habíamos aparcado en el garaje del Ritz-Carlton en el centro de San Francisco. Y el encargado me gritó que le daba igual que insistiera en que solo había dejado el coche allí mientras cenábamos.

La tarifa en caso de haber perdido el tique eran cien dólares.

—Podía haber dejado el coche aquí durante unas cuantas semanas —dijo el encargado.

—¿Cómo sé que no está intentando engañarme?

—Cien dólares más impuestos por cada tique perdido. Lea el letrero.

Cien dólares más impuestos para poder irme a casa.

—¿Estás segura de que lo has perdido? —me preguntó Owen. Pero al mismo tiempo sonreía, como si esa fuera la mejor noticia sobre mí de toda esa noche.

Estaba segura. Busqué en cada rincón de mi Volvo de alquiler y del elegante deportivo de Owen (aunque nunca hubiera estado en su interior), así como por todo el suelo gris del garaje, lo cual suponía una misión imposible. Ningún tique. Por ninguna parte.

La semana después de que Owen desapareciera, soñé con él, de pie en medio de aquel garaje. Llevaba el mismo traje que aquella noche, la misma sonrisa encantadora. En el sueño se quitaba el anillo de casado.

«Mira, Hannah —decía—, ahora me has perdido a mí también.»

PARTE 1

Tengo poca paciencia con científicos que toman un tablero de madera, buscan su parte más delgada y taladran un gran número de agujeros donde taladrar resulta más fácil.

ALBERT EINSTEIN

Si abres la puerta a un extraño...

Sale todo el tiempo en televisión. Alguien llama a la puerta. Y al otro lado alguien espera para darte una noticia que lo cambiará todo. En la televisión suele tratarse de un agente de policía o un bombero, o tal vez un oficial uniformado de las fuerzas armadas. Pero cuando abro la puerta, cuando me entero de que todo está a punto de cambiar en mi vida, el mensajero no es un policía ni un investigador federal con pantalones almidonados. Es una niña de doce años, que lleva un uniforme de fútbol. Con espinilleras y todo.

—¿La señora Michaels? —pregunta.

Tengo un momento de vacilación antes de contestar, como suele pasarme cuando alguien me pregunta si ese es mi nombre. Lo es y no lo es. No me lo he cambiado. Durante los treinta y ocho años antes de conocer a Owen era Hannah Hall, y no veía ninguna razón para convertirme en otra persona después. Pero Owen y yo nos casamos hace poco más de un año. Y durante todo ese tiempo he aprendido a no corregir a cualquiera que me llame de un modo o de otro. Porque lo que realmente quieren saber es si soy la mujer de Owen.

Seguramente es eso lo que quiere saber la niña de doce años, lo cual me lleva a explicar cómo puedo estar tan segura de que tiene doce años, tras haber pasado casi toda mi vida clasificando a las personas en dos amplias categorías: niños y adultos. Esta es una de las consecuencias del último año y medio, el resultado de haber conocido a la hija de mi marido, Bailey, a la sorprendentemente poco apetecible edad de dieciséis años. También es el resultado de mi equivocación, cuando conocí por primera vez a la recelosa Bailey, al decirle que parecía más joven de lo que era. Fue lo peor que podía haber hecho.

O tal vez fue la segunda cosa peor. Probablemente lo peor fue mi intento de arreglarlo haciendo un chiste sobre cuánto desearía que alguien me quitara años. Desde entonces Bailey apenas me soporta, aunque ahora sé de sobra que no se debe intentar hacer ningún chiste de ninguna clase con una adolescente de dieciséis años. En realidad, no se debe intentar hablar demasiado de nada.

Pero volvamos a mi amiguita de doce años de pie en la entrada, pasando el peso del cuerpo de una zapatilla de tacos a otra.

—El señor Michaels quiere que le dé esto —me dice.

Entonces alarga la mano, con un pliego de papel oficial amarillo doblado en la palma de su mano. «Hannah», pone en el doblez delantero, donde reconozco la letra de Owen.

Cojo el papel doblado y la miro a los ojos.

—Perdona —digo—. Me parece que se me escapa algo. ¿Eres una amiga de Bailey?

—¿Quién es Bailey?

No esperaba que la respuesta fuera afirmativa. Hay un abismo entre los doce y los dieciséis años. Pero no consigo atar cabos. ¿Por qué no me llama Owen, simplemente? ¿Por qué está haciendo esta niña de intermediaria? Lo primero que se me ocurre es que le ha pasado algo a Bailey, y Owen no podía escaparse del trabajo. Pero Bailey está en casa, evitándome como siempre, con la música a todo volumen (la selección de hoy: *Beautiful, The Carole King Musical*) que desciende vibrando las escaleras, como un recordatorio en bucle de que no soy bien recibida en su cuarto.

—Perdona. Estoy un poco confusa… ¿Dónde le has visto?

—Pasó a mi lado por el vestíbulo —responde.

Por un minuto creo que se refiere a nuestro vestíbulo, el espacio justo detrás de mí. Pero eso no tiene sentido. Vivimos en una «casa flotante» en la bahía, una «casa barco», como suelen llamar a este tipo de viviendas en algunos lugares, con excepción de Sausalito, donde hay toda una comunidad. Cuatrocientas. Aquí son casas flotantes: todo cristal y vistas. La acera es el embarcadero, nuestro vestíbulo es una sala de estar.

—O sea, ¿que viste al señor Michaels en el colegio?

—Se lo acabo de decir. —Me mira como pensando: «¿Dónde si no?»—. Mi amiga Claire y yo íbamos de camino al entrenamiento. Nos pidió que le diéramos esto. Le dije que no podríamos hasta después del entrenamiento y dijo que le parecía bien. Nos dio la dirección.

Me enseña otro papel como si fuera la prueba.

—También nos dio veinte pavos —añade.

El dinero no me lo enseña. Igual piensa que se lo voy a quitar.

—Su móvil no funcionaba o algo así, y no podía llamarla. No lo sé, apenas se detuvo un momento.

—Entonces…, ¿dijo que no le iba bien el móvil?

—¿Cómo lo iba a saber si no? —contesta.

Luego suena su móvil, o eso es lo que me parece hasta que se lleva la mano a la cintura y saca lo que recuerda más bien a un busca de última tecnología. ¿Han vuelto los buscas?

Las melodías de Carole King. Buscas de última tecnología. Otra razón por la que probablemente Bailey no tiene paciencia conmigo. Hay todo un mundo de cosas de adolescentes de las que no tengo la menor idea.

La chica da unos toquecitos en la pantalla, dando por terminada la misión de los veinte dólares de Owen. Me resisto a dejar que se vaya, todavía con la incerteza de qué está pasando. Quizá se trata de una broma extraña. Tal vez a Owen le parece gracioso. A mí no. Por lo menos aún no.

—Hasta luego —dice.

17

Empieza a alejarse por el embarcadero. La observo mientras se va haciendo cada vez más pequeña, la puesta de sol sobre la bahía, y las primeras estrellas iluminando su camino.

Luego salgo afuera. Casi espero que Owen (mi Owen encantador y tontorrón) aparezca de un salto desde el otro lado del muelle, junto con el resto del equipo femenino de fútbol tras él, riéndose, dejándome participar en la broma que aparentemente no pillo. Pero no está allí. No hay nadie.

De modo que cierro la puerta de la entrada. Miro el papel oficial amarillo todavía doblado entre mis manos. Aún no lo he desdoblado.

Se me ocurre, en medio del silencio, que no tengo ninguna gana de hacerlo. No quiero saber lo que pone en la nota. Parte de mí sigue queriendo aferrarse a ese último momento, en el que sigo creyendo que se trata de una broma, un error, un montón de nada; el momento antes de saber con toda certeza que se ha desencadenado algo que ya no se puede detener.

18

Desdoblo el papel.

La nota de Owen es breve. Una línea, su propio puzle.

«Protégela.»

Greene Street antes de ser Greene Street

Conocí a Owen hace poco más de dos años. Todavía vivía en Nueva York por aquel entonces. A casi cinco mil kilómetros de Sausalito, la pequeña ciudad de la región del Norte de California que ahora considero mi hogar. Sausalito está al otro lado del Golden Gate de San Francisco, pero a un mundo de distancia de cualquier clase de vida urbana. Tranquilo, pintoresco. Apacible. Es el lugar que Owen y Bailey consideran su hogar desde hace más de una década. Es también el polo opuesto de mi vida anterior, justo en pleno Manhattan, en un local abuhardillado en Greene Street, en el SoHo, un pequeño espacio con un alquiler astronómico que nunca creí poder permitirme realmente. Cumplía la función tanto como de taller como de sala de exposiciones.

Soy tornera de madera. Es con lo que me gano la vida. La gente suele hacer una mueca cuando les digo cuál es mi trabajo (por mucho que intente describirlo), visualizando en su mente las clases de carpintería del instituto. Mi trabajo es un poco parecido, y al mismo tiempo totalmente distinto. Me gusta describirlo diciendo que es como esculpir, pero, en lugar de esculpir en arcilla, yo esculpo en madera.

Empecé en la profesión de la forma más natural. Mi abuelo era tornero de madera, uno excelente, por cierto, y su trabajo fue una parte fundamental de mi vida desde que tengo uso de memoria. Él mismo fue una parte fundamental de mi vida, puesto que prácticamente me crio él solo.

Mi padre, Jack, y mi madre, Carole (que prefería que la llamase Carole), mostraron un inmenso desinterés por la crianza. Así como por cualquier otra cosa que no fuera la carrera de fotógrafo de mi padre. Mi abuelo animaba a mi madre a esforzarse por mí cuando era niña, pero casi no conocí a mi padre, que estaba de viaje por trabajo doscientos ochenta días al año. Cuando tenía algo de tiempo libre, se instalaba en el rancho de su familia en Sewanee, Tennessee, en lugar de conducir las dos horas hasta casa de mi abuelo en Franklin para pasar tiempo conmigo. Y poco después de mi sexto cumpleaños, cuando mi padre dejó a mi madre para irse con su ayudante (una mujer llamada Gwendolyn que acababa de cumplir veintiún años), mi madre también dejó de venir a casa. Se dedicó a perseguir a mi padre hasta que él volvió a estar con ella. Y entonces ella me dejó todo el tiempo con mi abuelo.

Suena como un melodrama, pero no lo fue. Claro está que no es ideal que desaparezca tu madre. A buen seguro no me hizo sentir bien ser la víctima de esa decisión. Pero ahora, al mirar atrás, creo que mi madre me hizo un favor yéndose de aquel modo, sin una disculpa, sin vacilación. Por lo menos lo dejó claro: no habría podido hacer nada para conseguir que deseara quedarse.

Además, la otra contrapartida de su marcha fue que yo era más feliz. Mi abuelo era una persona estable, amable, y me hacía la cena cada noche, y esperaba a que acabara de cenar antes de anunciar que era hora de levantarse de la mesa y leerme un cuento antes de irnos a dormir. Y siempre me dejaba verle trabajar.

Eso me encantaba. Empezaba con un bloque de madera increíblemente enorme, lo colocaba sobre el torno y lo convertía en algo mágico. O por lo menos, si al final no resultaba tan mágico, sabía cómo volver a empezar.

Eso era probablemente lo que más me gustaba de verle trabajar: cuando alzaba las manos al cielo y decía: «Bueno, tenemos que hacer esto de otra manera, ¿no crees?». Y entonces buscaba un nuevo enfoque para conseguir lo que realmente quería crear. Supongo que cualquier psicólogo que se precie diría que eso debe de ser lo que me dio esperanza: que yo debía pensar que mi abuelo me ayudaría a hacer lo mismo conmigo misma. Volver a empezar.

En todo caso, creo que me consolaba precisamente todo lo contrario. Ver trabajar a mi abuelo me enseñó que no todo surge de forma fluida. Ciertas cosas debían ser abordadas desde ángulos distintos, pero nunca había que darse por vencido. Se hacía todo el trabajo necesario, aunque no se supiera a ciencia cierta adónde conduciría ese trabajo.

Nunca esperé tener éxito como tornera de madera, ni en mi incursión en la manufactura de muebles derivada de esa actividad. Casi esperaba más bien no ser capaz de ganarme la vida con ello. Mi abuelo complementaba regularmente sus ingresos con algunos trabajos en la construcción. Pero desde un buen principio, cuando una de mis más impresionantes mesas de comedor apareció en la revista *Architectural Digest*, desarrollé un nicho de mercado entre un subgrupo de residentes del centro de Nueva York. Tal como me explicó uno de mis diseñadores de interior favoritos, lo que mis clientes querían era gastarse un montón de dinero en decorar sus casas, pero de tal forma que pareciera que no se habían gastado casi nada. Mis piezas en madera rústica les ayudaban en esa misión.

Con el tiempo, mi devota clientela fue ampliándose a otras ciudades costeras y pueblos turísticos: Los Ángeles, Aspen, East Hampton, Park City, San Francisco.

Y gracias a eso conocí a Owen. Avett Thompson, director ejecutivo de la compañía tecnológica en la que Owen trabajaba, era cliente mío. De hecho, Avett y su mujer, la increíblemente guapa Belle, formaban parte de mi clientela más fiel.

A Belle le gustaba hacer bromas diciendo que era la mujer florero de Avett, lo cual habría tenido más gracia de no haber sido cierto. Era una modelo retirada, diez años más joven que los hijos mayores de su marido, nacida y criada en Australia. Mis obras podían verse en cada habitación de su mansión de San Francisco (donde ambos residían), así como en su casa de campo de reciente construcción en Saint Helena, una pequeña población situada en el extremo más al norte del valle de Napa, adonde Belle solía ir sola.

Había visto a Avett solo un par de veces antes de que apareciera en mi taller acompañado de Owen. Estaban en Nueva York para una reunión de inversores, y Belle quería que pasaran a ver una mesa auxiliar con los bordes redondeados que me había encargado para su *suite* principal. Avett no estaba seguro de qué era lo que tenían que comprobar, algo acerca de si la mesa haría juego con el bastidor de la cama, que debería sostener su colchón de material ecológico de diez mil dólares.

A Avett no podía importarle menos, la verdad. Cuando entró con Owen, vestido con un traje de color azul vívido, el pelo canoso con aspecto crujiente y engominado, llevaba el móvil pegado a la oreja. Estaba en medio de una llamada. Echó un vistazo a la mesita auxiliar y cubrió con la mano brevemente el micrófono.

—A mí me parece bien —dijo—. ¿Ya hemos terminado?

Luego, antes de darme tiempo a responder, se dirigió al exterior.

Owen, por el contrario, estaba fascinado. Recorrió lentamente el taller en su totalidad, deteniéndose a estudiar cada una de mis obras.

Le observé mientras deambulaba por el taller. Era una imagen chocante: un tipo de piernas largas y pelo rubio desgreñado, piel morena, calzado con unas zapatillas Converse desgastadas. El conjunto no parecía encajar con la elegante chaqueta deportiva. Era casi como si se hubiera caído desde una tabla de surf directamente dentro de la chaqueta, con la camisa almidonada debajo.

Me di cuenta de que le estaba mirando fijamente y empecé

a darme la vuelta justo cuando Owen se detuvo ante mi obra favorita: una mesa rústica que era mi escritorio.

Su superficie estaba casi completamente cubierta por mi ordenador, periódicos y pequeñas herramientas. Solo se podía adivinar la mesa bajo todo aquello si la mirabas de veras. Y él lo estaba haciendo. Contempló la rígida superficie de secuoya roja que yo había tallado, las esquinas levemente amarillentas, a las que había soldado metal sin pulir en cada arista.

¿Era Owen el primero en advertir la presencia de la mesa? No, claro que no. Pero sí fue el primero en inclinarse hacia ella, como yo misma suelo hacer, y recorrer con sus dedos el áspero metal, aferrando la mesa justo en ese punto.

Giró la cabeza y alzó la vista hacia mí.

—¡Ay! —dijo.

—Mejor no tropezar con ella en mitad de la noche —respondí.

Owen se irguió y le dio unos golpecitos a la mesa a modo de despedida. Luego empezó a caminar hacia mí. Se acercó tanto que llegamos a estar muy cerca, demasiado realmente como para que no me cuestionara cómo era posible aquella proximidad. Probablemente debería haberme sentido avergonzada por la camiseta de tirantes salpicada de pintura y mis pantalones vaqueros rotos, el moño desaliñado y los rizos de mis cabellos sucios que se habían soltado del recogido. Sin embargo, sentí otra cosa al ver cómo me miraba.

—Entonces —preguntó—, ¿cuánto pides?

—En realidad esa mesa es lo único de la sala que no está en venta —contesté.

—¿Porque podría ser potencialmente peligrosa? —insistió.

—Exactamente —concluí.

En ese momento sonrió. Cuando Owen sonreía era como el título de una canción mala de pop. Para que quede claro, no es que su sonrisa le iluminara el rostro. No era para nada sentimental o explosiva. Era más bien que su sonrisa (genero-

23

sa, infantil) le hacía parecer amable. Una forma de amabilidad que no estaba acostumbrada a encontrarme en Greene Street, en el centro de Manhattan. Era expansiva, en una forma que empezaba a dudar que pudiera existir en Greene Street, en el centro de Manhattan.

—¿Eso significa que su venta no es negociable? —prosiguió.

—Me temo que no, pero podría enseñarte otras piezas.

—¿Y si me dieras clases? Podrías enseñarme cómo hacer una mesa similar, aunque tal vez con aristas un poco más amables… —dijo—. Te firmaré un formulario de descargo. Asumiré el riesgo de cualquier posible herida.

Aunque seguía sonriéndole, me sentí confusa, porque de pronto me pareció, con bastante seguridad, que no estábamos hablando de la mesa. Me sentía todo lo segura que puede estarlo una mujer que en los últimos dos años había estado prometida a un hombre con el cual se había dado cuenta de que no podía casarse. Dos semanas antes de la boda.

—Mira, Ethan… —dije.

—Owen —me corrigió.

—Owen. Me halaga que me lo pidas —expliqué—, pero tengo algo así como una política de no salir con mis clientes.

—Entonces el hecho de que no pueda permitirme ninguna de las piezas que vendes resulta ser algo bueno —dijo.

Con todo, no intentó nada más. Se encogió de hombros, como si fuera a decir «en otra ocasión», y se dirigió hacia la puerta y hacia Avett, que iba de un lado a otro de la acera, todavía ocupado con la llamada de teléfono, gritando a la persona que estaba al otro extremo de la línea.

Ya casi había salido por la puerta. Casi se había marchado. Pero en ese instante (y con mucha intensidad) sentí la necesidad de alargar el brazo y evitar que se fuera, de decir que no había querido responder eso. Sino otra cosa. Que se quedara.

No digo que fuera amor a primera vista. Lo que quiero decir es que una parte de mí quería hacer algo para evitar que se fuera. Quería estar cerca de esa amplia sonrisa un poco más.

—Espera —dije. Miré alrededor en busca de alguna excusa para retenerle, y mis ojos se posaron en una prenda textil que pertenecía a otro cliente, y que puse ante él—. Esto es para Belle.

No fue mi momento estelar. Y, como mi exprometido diría, no era algo típico de mí intentar llegar a alguien en lugar de alejarme.

—Me aseguraré de que llegue a sus manos —dijo.

Cogió la prenda y evitó mirarme a los ojos.

—Solo para que conste, yo también la tengo. La política de no tener citas. Soy un padre soltero, y eso va con el lote… —Hizo una pausa—. Pero mi hija es adicta al teatro. Y perdería muchos puntos si no voy a ver una obra mientras estoy en Nueva York.

Hizo señas hacia un enojado Avett, que seguía gritando en la acera.

—A Avett no le van precisamente las obras de teatro, por muy sorprendente que parezca…

—Mucho —admití.

—Bueno… ¿Qué me dices? ¿Quieres acompañarme?

No se acercó, pero sí alzó la vista. Alzó la mirada y sus ojos se encontraron con los míos.

—No hace falta considerarlo como una cita —dijo—. Será algo puntual. Podemos acordarlo de buen principio. Solo ir a cenar y a ver una obra de teatro. Y acabamos con un «encantado de conocerte».

—¿Debido a nuestra política sobre citas? —pregunté.

Su sonrisa regresó, abierta y generosa.

—Sí —dijo—. Debido a eso.

—¿A qué huele? —pregunta Bailey.

Mi ensoñación cesa al ver a Bailey de pie en la puerta de la cocina. Parece molesta, lleva un grueso jersey, una bolsa a modo de bandolera, cuya cinta le pisa el cabello con mechas de color violeta.

Le ofrezco una sonrisa, mientras sujeto el móvil con la barbilla. Estoy intentando hablar con Owen, sin éxito; vuelve a sonar el contestador automático. De nuevo. Una y otra vez.

—Lo siento, no te había visto —se disculpa.

No responde, aprieta los labios. Dejo a un lado el móvil e ignoro su permanente ceño fruncido. A pesar del cual es una belleza. Es bella en una forma que deja boquiabierta a la gente cuando entra en cualquier sitio, por lo menos eso es lo que he advertido. No se parece demasiado a Owen: su pelo púrpura es en realidad castaño, tiene los ojos oscuros y salvajes. Son intensos, esos ojos. Te atraen. Owen dice que son iguales que los del abuelo (el padre de su madre), razón por la que le pusieron ese nombre. Una chica llamada Bailey. Solo Bailey.

—¿Dónde está mi padre? —pregunta—. Se supone que me tiene que llevar al ensayo de teatro.

Mi cuerpo se tensa al acordarse de la nota de Owen en mi bolsillo, como una carga.

«Protégela.»

—Estoy segura de que está de camino —contesto—. Comamos algo.

—¿El olor viene de la comida? —pregunta.

Arruga la nariz, por si no ha quedado claro que ese olor al que se refiere no le gusta.

—Son los *linguine* que comiste en Poggio —respondo.

Me dedica una mirada inexpresiva, como si Poggio no fuera su restaurante local favorito, como si no hubiéramos cenado allí hacía apenas algunas semanas para celebrar su decimosexto cumpleaños. Bailey pidió el plato especial del día: *linguine* caseros multicereales en salsa de mantequilla marrón quemada. Y Owen le dio a probar un sorbito de su copa de vino malbec para acompañarlos. Creía que le encantaba la pasta. Pero quizá lo que le encantó fue beber vino con su padre.

Sirvo una ración inmensa en un plato y lo dispongo sobre la isla de la cocina.

—Prueba un poco —digo—. Te van a encantar.

Bailey me mira fijamente, intentando decidir si está de humor para un enfrentamiento; si está de humor para la decepción que tendrá su padre, en caso de que me chive de su rápida salida sin comer nada. Decide lo contrario, se traga su irritación y se sienta de un salto en el taburete.

—Vale —dice—. Comeré un poco.

Bailey casi empieza una discusión. Esa es la peor parte. No es mala niña, ni una amenaza. Es una buena chica en una situación que odia. Y resulta que yo soy esa situación.

Son obvias las razones por las que una adolescente podría demostrar aversión a la nueva mujer de su padre, especialmente Bailey, a la que le iba muy bien cuando estaban los dos solos: eran los mejores amigos, y Owen, su mayor fan. No obstante, eso no justifica del todo dicha aversión hacia mí. No es solo que calculara mal su edad cuando la conocí. A eso cabe añadir lo que pasó una tarde poco después de que me mudara a Sausalito. Se suponía que debía recogerla en la escuela, pero estaba en plena conversación telefónica con un cliente y llegué cinco minutos tarde. No diez minutos. Cinco. 17.05. Eso es lo que ponía en el reloj cuando aparqué delante de la casa de su amiga. Pero hubiera dado igual que fuera una hora. Bailey es una chica exigente. Owen diría que es una cualidad que tenemos en común: tanto su hija como su mujer pueden descifrarlo todo acerca de alguien en cinco minutos. No hace falta más. Y en los cinco minutos que tardó Bailey en tomar una decisión sobre mí, yo estaba en una llamada que no debía haber respondido.

Bailey hace girar la pasta en el tenedor, analizándola.

—Parecen diferentes a los de Poggio.

—Pues no lo son. Convencí al segundo chef de que me diera la receta. Incluso me envió al mercado del edificio del ferri a recoger el pan de ajo que sirven con esa pasta.

—¿Te fuiste a San Francisco para comprar una barra de pan? —me pregunta.

Puede ser que me esfuerce demasiado con ella. Eso también.

Se inclina hacia la mesa e introduce toda la pasta del tenedor en la boca. Me muerdo el labio, anticipando su aprobación: un breve «¡mmm!» que se escapa de sus labios, muy a su pesar.

Y entonces se atraganta. No finge, busca un vaso de agua.

—¿Qué le has echado a esto? —pregunta—. Sabe como… carbón.

—Pero si lo probé antes —digo—. Es perfecto.

Pruebo un poco. Tiene razón. En la confusión provocada por la visita de doce años y la nota de Owen, la suntuosidad espumosa, levemente malteada, de mi salsa de mantequilla quemada se ha transformado, y ahora está quemada de veras. Y está amarga. No tiene un sabor demasiado distinto al de una hoguera.

—De todos modos tengo que irme —dice—. Sobre todo si quiero que Suz me lleve.

Bailey se pone en pie. Y yo me imagino a Owen de pie tras de mí, inclinándose para susurrarme al oído: «Espera». Eso es lo que me dice cuando Bailey tiene una actitud desdeñosa conmigo. «Espera.» Lo que significa que algún día entrará en razón. También significa que en dos breves años y medio se irá a la universidad. Pero Owen no entiende que eso no me consuele. Para mí eso solo significa que se me acaba el tiempo para conseguir que ella quiera acercarse a mí.

Y, en efecto, eso es lo que quiero. Quiero que tengamos una relación, no solo por Owen. Hay algo más que eso: algo que me atrae hacia Bailey, aunque ella me rechace. Se trata en parte de que reconozco en ella eso que sucede cuando una pierde a su madre. Mi madre eligió irse, en el caso de Bailey fue una tragedia, pero sea como sea la impronta que queda es similar en quien lo sufre. Le deja a una en el mismo sitio extraño, intentando dilucidar cómo abordar el mundo sin que te observe la persona más importante.

—Iré andando a casa de Suz —dice—. Ella me llevará.

Suz, su amiga Suz, que también actúa en la obra. Suz, que también vive en el muelle. Suz es segura, ¿no?

«Protégela.»

—Déjame llevarte —le pido.

—No. —Se ordena las mechas de color violeta detrás de las orejas y rebaja el tono—. No pasa nada. Suz tiene que ir igualmente…

—Si tu padre todavía no ha vuelto —comento—, iré a buscarte. Uno de los dos estará esperándote frente a la salida.

Me atraviesa con la mirada.

—¿Por qué no debería estar de vuelta? —dice.

—Sí que estará. Estoy segura. Solo quería decir… que si voy yo a buscarte, te dejaré llevar el coche hasta casa.

Bailey acaba de conseguir el permiso de conducir como principiante. Durante un año debe conducir acompañada de un adulto, hasta que pueda hacerlo sola. Y a Owen no le gusta que conduzca de noche, aunque vaya conmigo, y yo intento aprovechar la oportunidad.

—Vale —dice Bailey—. Gracias.

Se dirige a la puerta. Desea abandonar la conversación y salir al aire fresco de Sausalito. Diría lo que fuera para poder irse, pero yo me lo tomo como una cita.

—Entonces, ¿nos vemos dentro de un par de horas?

—Hasta luego —dice simplemente.

Y me siento feliz, aunque solo sea por un momento. Luego oigo cerrarse con un golpe la puerta de la entrada. Y vuelvo a estar sola con la nota de Owen, el inimitable silencio de la cocina, y la suficiente cantidad de pasta quemada como para alimentar a una familia de diez personas.

No hagas preguntas
de las que no quieres saber la respuesta

Alas ocho de la tarde Owen todavía no ha llamado.

Giro a la izquierda en el aparcamiento del colegio de Bailey y aparco en un hueco cerca de la salida principal.

Bajo la radio e intento llamarle de nuevo. Mi corazón se acelera cuando salta directamente el buzón de voz. Hace doce horas desde que se fue a trabajar, dos horas desde la visita de la estrella de fútbol, dieciocho mensajes en el contestador, y que mi marido no ha respondido.

—Oye —digo después del pitido—. No sé qué está pasando, pero tienes que llamarme en cuanto oigas esto. ¿Owen? Te quiero. Pero te voy a matar si no sé nada de ti pronto.

Cuelgo y me quedo mirando el móvil, ansiosa por que suene inmediatamente. Owen, que me devuelve la llamada, con una buena explicación. Es una de las razones por las que le amo. Siempre tiene una buena explicación. Siempre aporta calma y sentido a lo que sea que esté sucediendo. Quiero creer que eso es cierto incluso ahora. Aunque no pueda verlo.

Me deslizo al asiento del copiloto para que Bailey pueda conducir. Y cierro los ojos, imaginando diferentes escenarios y posibilidades. Escenarios inocuos y razonables. Está atrapado en una reunión de trabajo épica. Ha perdido el móvil. Va a sorprender a Bailey con un regalo increíble. O a mí con algún viaje. Le parece gracioso. O no está pensando nada de nada.

En ese momento escucho el nombre de la empresa tecnológica de Owen, The Shop, en la radio del coche.

Subo el volumen, pensando que me lo he imaginado. Quizá fui yo quien lo dijo en el mensaje para Owen. «¿Estás atrapado en The Shop?» Es posible. Pero luego escucho el resto de la noticia que anuncia la voz hábil y adherente del locutor de la NPR, la Radio Pública Nacional: «La redada de hoy ha sido la culminación de una investigación de catorce meses llevada a cabo por la SEC —la Comisión de Bolsa y Valores— y el FBI sobre las prácticas empresariales de las nuevas empresas de *software*. Podemos confirmar que el director ejecutivo de The Shop, Avett Thompson, está detenido. Se esperan cargos de fraude y malversación. Fuentes cercanas a la investigación nos han informado de que, cito textualmente, "hay evidencias de que Thompson planeaba huir del país y ya había preparado su futura residencia en Dubái". Próximamente se esperan otras acusaciones contra otros altos cargos».

The Shop. Están hablando de The Shop.

¿Cómo es posible? Owen siente que tiene el honor de trabajar allí. Owen usaba esa palabra. Honor. Me dijo que había aceptado un recorte en su sueldo para empezar a trabajar con ellos. Casi todos habían aceptado esas condiciones y dejado atrás compañías más importantes como Google, Facebook, Twitter, renunciando a mucho dinero y tomando opciones de compra de acciones en lugar de otras compensaciones salariales tradicionales.

¿Acaso no me había dicho Owen que lo hacía porque creía completamente en la tecnología que The Shop estaba desarrollando? No son Enron. Theranos. Es una empresa de *software*. Desarrolla herramientas de *software* diseñadas para una mayor privacidad de la actividad *online*: ayudar a la gente a controlar la información disponible sobre ellos, ofrecer métodos sencillos para eliminar una imagen comprometedora, hacer desaparecer un sitio web. Querían formar parte de la revolución de la privacidad *online*, y querían marcar una diferencia positiva.

¿Cómo era posible que hubiera fraude en eso?

El locutor pasa a publicidad y cojo el móvil para buscar en Apple News.

Pero justo cuando abro la página oficial de la CNN, Bailey sale del colegio. Lleva una bolsa colgada del hombro y una expresión de desesperación en su cara que no reconozco, especialmente porque va dirigida hacia mí.

De forma instintiva apago la radio y dejo el móvil a un lado.

«Protégela.»

Bailey sube rápidamente al coche. Se deja caer en el asiento del conductor y se pone el cinturón. No me saluda. Ni siquiera se gira para mirarme.

—¿Estás bien? —pregunto.

Mueve la cabeza de un lado a otro, y los mechones de color morado caen hacia delante desde detrás de sus orejas. Espero que haga un comentario sarcástico: «¿Tengo aspecto de estar bien?». Pero se queda callada.

—¿Bailey? —empiezo a hablar.

—No lo sé —responde—. No sé qué está pasando…

Entonces me doy cuenta. La bolsa que lleva no es la de bandolera de antes. Es una bolsa de lona. Una bolsa enorme de lona negra, que carga sobre el regazo, con cariño, como si fuera un bebé.

—¿Qué es eso? —pregunto.

—Míralo tú misma —dice.

Por cómo lo dice se me quitan las ganas de mirar. Pero no tengo demasiadas opciones. Bailey pone la bolsa sobre mi regazo.

—Venga. Mira, Hannah.

Abro la cremallera un poco y empieza a salir dinero. Fajos y fajos de dinero enrollado, cientos de billetes de cien dólares atados con cuerdas. Pesan mucho, y parecen no tener fin.

—Bailey —susurro—. ¿De dónde has sacado esto?

—Mi padre lo ha dejado en mi taquilla —explica.

La miro incrédula, mi corazón empieza a latir con fuerza.

—¿Cómo lo sabes? —pregunto.

Bailey me hace entrega de una nota, más bien la arroja en la dirección aproximada en la que me encuentro.

—Podría decirse que se me da bien adivinar —contesta.

Recojo la nota. Es una hoja de un bloque de papel oficial amarillo. Es la segunda nota de Owen del día, en aquella clase de papel.

La otra mitad de la nota. Sobre el doblez puede leerse «BAILEY», con doble subrayado.

Bailey:

No consigo hacer que esto tenga sentido. Lo siento. Tú sabes lo que importa de mí mismo.

Y tú sabes lo que importa de ti misma. Te ruego que te aferres a ello.

Ayuda a Hannah, por favor. Haz lo que te pida.

Te ama. Los dos te queremos.

Eres mi vida entera,

PAPÁ

Mis ojos se centran en la nota hasta que las palabras empiezan a desdibujarse. Y ahora puedo imaginarme lo que precedió al encuentro entre Owen y la niña de doce años con espinilleras. Me imagino a Owen corriendo por los pasillos del colegio, buscando las taquillas. Tenía que dejar esa bolsa a su hija. Mientras podía.

Empiezo a notar un calor en el pecho que hace que me cueste respirar.

Me considero bastante imperturbable. Podría decirse que es algo casi inevitable por la forma en que crecí. Solo me he sentido exactamente así dos veces en mi vida: el día en que me di cuenta de que mi madre no iba a volver y el día en que murió mi abuelo. Pero, al mirar de forma alternativa la nota de Owen y la obscena cantidad de dinero que le ha dejado, vuelvo a sentirme como en esas dos ocasiones. ¿Cómo explicar la sensación? Es como si mis vísceras quisieran salir de mi cuerpo. De una forma u otra. Y sé que, de darse un momento en el que podría vomitar y ponerlo todo perdido, es ahora.

Y eso es exactamente lo que hago.

Aparcamos en nuestro sitio reservado frente al muelle.

Hemos dejado las ventanas del coche abiertas durante el trayecto y sigo tapándome la boca con un pañuelo.

—¿Crees que vas a vomitar otra vez? —pregunta Bailey.

Niego con la cabeza, intentando convencerme tanto a mí misma como a ella.

—Estoy bien —digo.

—Porque esto podría ayudarte… —dice Bailey.

Miro por encima del hombro y veo que saca un porro del bolsillo del suéter. Lo sostiene para que yo lo coja.

—¿De dónde has sacado eso? —le pregunto.

—Es legal en California —contesta.

¿Es eso una respuesta? ¿Es eso siquiera cierto para una niña de dieciséis años?

Quizá no quiere responder, especialmente porque adivino que se lo debió de dar Bobby. Bobby es más o menos el novio de Bailey. Está en el último curso en el mismo colegio que ella, y aparentemente es un buen chico, aunque un poco empollón: aceptado en la Universidad de Chicago, con gruesos cristales en las gafas, delegado del consejo de alumnos. No lleva mechas de color violeta. Pero Owen ve algo en él que le hace desconfiar. Y aunque quiero perdonar el desagrado de Owen producido por la sobreprotección, no ayuda el hecho de que Bobby incite a Bailey a tratarme con desdén. En oca-

34

siones, después de estar con él, vuelve a casa y me lanza un improperio. Aunque he intentado no tomármelo como algo personal, Owen no ha tenido tanto éxito. Discutió con Bailey sobre Bobby hace pocas semanas y le dijo que para su gusto se estaban viendo demasiado. Fue una de las pocas veces que vi a Bailey mirar a Owen con la mirada desdeñosa que suele reservarse para mí.

—Si no lo quieres, no lo cojas —dice—. Solo estaba intentando ayudar.

—Estoy bien. Gracias de todos modos.

Inicia el movimiento para devolver el porro al bolsillo y me estremezco. Intento evitar grandes decisiones de crianza con Bailey; es una de las pocas cosas que parecen gustarle de mí.

Empiezo a alejarme, haciendo una nota mental para acordarme de hablar de ello con Owen cuando vuelva a casa: que sea él quien decida si le deja quedarse con el porro o se lo quita. Pero entonces me acuerdo. No tengo ni idea de cuándo volverá Owen a casa. Ni siquiera sé dónde está ahora.

—¿Sabes qué? —digo—. Creo que me lo voy a quedar.

Pone los ojos en blanco, pero me pasa el porro. Lo guardo en la guantera y alargo el brazo para coger la bolsa de lona.

—Empecé a contarlo… —empieza a decir.

Alzo la vista para mirarla.

—El dinero —dice—. En cada rollo hay diez mil dólares. Y llegué a contar sesenta. Antes de dejar de contar.

—¿Sesenta?

Empiezo a recoger de los asientos y del suelo los fajos de dinero que se habían salido de la bolsa y los vuelvo a guardar. Cierro la cremallera para evitar que Bailey siga contemplando el enorme botín en su interior. Para evitar que ninguna de las dos tenga que seguir viéndolo.

Seiscientos mil dólares. Seiscientos mil dólares y no había acabado de contar.

—Lynn Williams reenvió todos los tuits del *Daily Beast* en sus historias de Insta —dice—. Todo sobre The Shop y Avett Thompson. Que es como Madoff. Eso es lo que ponía en uno de ellos.

Repaso rápidamente lo que sé, con agudeza. La nota de Owen dirigida a mí. La bolsa de lona para Bailey. El reportaje de la radio que presupone malversación y un gran fraude. Avett Thompson, el cerebro de algo que todavía estoy intentando comprender.

Me siento como si estuviera en uno de esos sueños raros que solo tengo cuando me quedo dormida a horas extrañas, cuando me despierta el sol de la tarde o el frío de medianoche, desorientándome, y solo me queda acudir a la persona más cercana, la persona en quien más confías, en busca de claridad. Solo era un sueño: no hay un tigre bajo la cama. No te estaban persiguiendo por las calles de París. No has saltado desde la torre Willis. Tu marido no ha desaparecido, sin explicaciones, dejándole a su hija seiscientos mil dólares. Como mínimo.

—No tenemos aún toda la información —digo—. Pero, aunque fuera cierto que The Shop está metida en un lío, o que Avett ha hecho algo ilegal, eso no significa que tu padre tenga algo que ver con ello.

—Entonces, ¿dónde está? ¿Y de dónde ha sacado ese dinero?

Me está gritando porque le gustaría gritarle a él. Es una sensación con la que puedo identificarme. «Estoy tan enfadada como tú», quiero decirle. Y la persona a la que desearía decírselo es Owen.

La miro. Luego giro la cabeza, miro por la ventanilla, hacia el muelle, la bahía; todas las casas iluminadas por la noche en este extraño vecindario. Puedo ver el interior de la casa flotante de los Hahn. El señor y la señora Hahn están sentados en el sofá, juntos, comiendo boles llenos de helado, viendo la televisión.

—¿Y ahora qué hago, Hannah? —dice. Mi nombre flota en el aire como una acusación.

Bailey se recoge el pelo detrás de las orejas, y puedo ver que le empiezan a temblar los labios. Es tan extraño e inesperado (Bailey nunca ha llorado delante de mí) que casi me dispongo a abrazarla, como si fuera algo que hacemos normalmente.

«Protégela.»

Me desabrocho el cinturón. Luego alargo el brazo para hacer lo mismo con el suyo. Movimientos simples.

—Vamos a casa, haré un par de llamadas —digo—. Alguien debe de saber dónde está tu padre. Empezaremos por ahí. Le encontraremos, para que pueda explicarnos todo esto.

—Vale —dice.

Abre la puerta del coche y sale. De pronto se vuelve hacia mí, los ojos centelleantes.

—Pero Bobby va a venir luego —dice—. No le diré nada de la entrega especial de mi padre, pero me gustaría mucho que viniera.

No me está pidiendo permiso. ¿Qué opciones me quedan de todos modos, incluso aunque fuera a contárselo?

—Quedaos abajo, ¿vale?

Se encoge de hombros, lo cual es lo más parecido a llegar a un acuerdo. Y antes de que me dé tiempo a preocuparme demasiado, veo llegar un coche, haciendo señales con los faros, brillantes, solicitando nuestra atención.

Lo primero que pienso es: «Owen. Por favor, que sea Owen». Pero mi segundo pensamiento parece más acertado y me preparo. La policía. Tiene que ser la policía. Probablemente están aquí buscando a Owen; para reunir información sobre su implicación en las actividades criminales de la empresa, averiguar lo que sé sobre su trabajo en The Shop y su paradero actual. Como si pudiera decirles algo.

Pero también me equivoco.

37

Las luces se apagan y veo que se trata de un Mini Cooper azul brillante, y ahora sé que es Jules. Es mi amiga más antigua, Jules, que se apresura por salir del Mini Cooper y corre hacia mí a toda velocidad, con los brazos abiertos. Nos abraza, a las dos a la vez, con toda la fuerza que puede.

—Hola, mis amores —nos saluda.

Bailey le devuelve el abrazo. Incluso Bailey quiere a Jules, a pesar de que entrara en su vida gracias a mí. Así es Jules con todo el mundo que tiene la suerte de conocerla. Reconfortante, un pilar.

Puede que esa sea la razón por la que, de todo lo que supongo que me dirá en esos momentos, lo único que no espero es lo que realmente sale de su boca.

—Es todo culpa mía —dice.

Piensa lo que quieras

—*T*odavía no puedo creer que esté pasando todo esto —dice Jules.

Estamos sentadas en la cocina, en la esquina donde suele dar el sol de la pequeña mesa del desayuno, tomando café con un chorrito de *bourbon*. Jules ya va por la segunda taza, el jersey sobredimensionado oculta su cuerpo diminuto, el pelo recogido en dos trenzas. Hacen que parezca que intenta salirse con la suya, echar un poco más de *bourbon* en su taza. Hacen que se parezca un poco a su yo de catorce años, la chica que conocí en nuestro primer día de instituto.

Mi abuelo acababa de mudarse de Tennessee a Peekskill, en el estado de Nueva York, una pequeña ciudad en el río Hudson. La familia de Jules se había mudado desde la ciudad de Nueva York. Su padre era periodista de investigación para el *New York Times*, premio Pulitzer, aunque no es que Jules presumiera de ello. Nos conocimos buscando un trabajo para después del instituto en Lucky's, un servicio local de paseo de perros. Nos contrataron a las dos. Y quedamos en pasear a nuestros perros juntas todas las tardes. Debíamos de ser todo un espectáculo: dos chicas rodeadas por quince perros escandalosos todo el tiempo.

Yo era una novata en el instituto público. Jules iba a una prestigiosa escuela privada a unos cuantos kilómetros de distancia. Pero por las tardes estábamos las dos solas. Todavía no sé cómo habríamos podido superar el instituto la una sin la otra. Estábamos tan alejadas de la vida real de la otra que nos lo podíamos contar todo. Jules lo comparó en una ocasión a las confidencias que se le hacen a un extraño que se conoce en un avión. Desde el principio, eso es lo que hemos sido la una para la otra, sintiéndonos seguras, transportadas por el aire. Con la perspectiva de estar a nueve kilómetros de altitud incluida.

Eso no ha cambiado ahora que somos adultas. Jules ha seguido los pasos de su padre y trabaja para un periódico. Es editora de fotografías para el *San Francisco Chronicle*, especializada sobre todo en deporte. Me mira, preocupada. Y estoy observando a Bailey en la sala, acurrucada con Bobby en el sofá, los dos hablando en voz baja. Parece inofensivo. Y, sin embargo, pienso: «No tengo la menor idea de cómo debe ser algo que parece inofensivo». Esta es la primera vez que ha venido Bobby sin que Owen estuviera en casa. Es la primera vez que todo depende solo de mí.

40 Intento vigilarlos mientras finjo no hacerlo. Pero Bailey debe de sentir mi mirada. Alza la vista hacia mí, no parece para nada estar encantada. Luego se pone en pie y cierra deliberadamente la puerta de cristal que separa la sala con un portazo. Sigo pudiendo verla, así que es más bien un portazo ceremonial. Pero de todos modos es un portazo.

—Nosotras también tuvimos dieciséis años una vez, ¿te acuerdas? —dice Jules.

—No éramos así —respondo.

—Ya nos hubiera gustado —dice—. El pelo violeta mola.

Hace un gesto que indica que quiere poner un poco más de whisky en mi taza, pero la tapo con la mano.

—¿Estás segura? Esto ayuda —declara.

Niego con la cabeza.

—Estoy bien —respondo.

—Bueno, a mí me está ayudando.

Se sirve un poco más y me aparta la mano, llenando la taza hasta el borde. Le ofrezco una sonrisa, aunque apenas he tomado un sorbo de lo que ya tenía. Estoy demasiado estresada, demasiado extenuada físicamente, a punto de ponerme en pie para irrumpir en la sala de estar y obligar a Bailey a que venga a la cocina conmigo tirándola del brazo, aunque solo sea para tener la sensación de que estoy consiguiendo algo.

—¿Has sabido algo de la policía? —pregunta Jules.

—No, todavía no —respondo—. ¿Por qué no hay alguien de The Shop llamando a la puerta? ¿Por qué no me dicen qué debo hacer cuando vengan?

—Como si no tuvieran nada más que hacer —dice—. Avett era su principal objetivo y la policía acaba de detenerlo.

Con la punta del dedo recorre el borde de su taza. Y entonces la observo: sus largas pestañas y sus pómulos prominentes, la arruga del entrecejo hoy tan marcada. Está nerviosa, como se pone siempre (como ambas nos ponemos), antes de tener que contarnos algo que sabemos que no le será agradable escuchar a la otra persona; como cuando me dijo que había visto a mi casi novio Nash Richards en el Rye Grill besando a otra chica. No resultó tal como ella pensaba, que estaría enojada con Nash, que tampoco es que me gustara tanto, sino que lo que más me irritó era que el Rye Grill era el sitio preferido de Jules y el mío para ir a comer hamburguesas de queso y patatas fritas. Y cuando Jules le tiró su refresco en la cara a Nash, el gerente le dijo que no nos dejaría volver allí nunca.

—¿Me lo vas a contar o no? —pregunto.

Alza la vista.

—¿Qué parte? —dice.

—¿Por qué todo esto es tu culpa?

Asiente con la cabeza, preparándose, inflando sus mejillas.

—Cuando llegué al *Chronicle* esta mañana, me di cuenta de que pasaba algo. Max estaba mareado, lo cual casi siempre indica malas noticias. Asesinatos, prevaricación, pirámide de Ponzi.

—Ese Max es un encanto —digo.

—Sí, bueno…

Max es uno de los pocos periodistas de investigación que siguen en el *Chronicle*, además de ser guapo, zalamero y brillante. Y encima está loco por Jules. A pesar de que ella asegure lo contrario, empiezo a sospechar que Jules siente lo mismo por él.

—Parecía especialmente pagado de sí mismo, revoloteando alrededor de mi escritorio. Por eso supe que él sabía algo y deseaba regodearse en ello. Un viejo hermano de la fraternidad está en la Comisión de Bolsa y Valores, y parece ser que tenía información de lo que estaba pasando en The Shop. Con la redada de esta tarde.

Me mira, sin ganas de seguir.

—Me dijo que el FBI lleva investigando la empresa desde hace más de un año. Poco después de que sus acciones salieran a la bolsa, recibieron un soplo de que la cotización había sido inflada de forma fraudulenta.

—No sé qué significa todo eso —digo.

—Significa que The Shop creía que el *software* estaría listo antes de lo previsto. Y por eso salieron al mercado demasiado pronto. Y entonces se quedaron bloqueados, fingiendo que tenían un *software* funcional cuando en realidad no podían venderlo todavía. Así que, como compensación, y para mantener alto el precio de las acciones, empezaron a falsificar sus informes financieros.

—¿Cómo lo hicieron?

—Pues verás, cuentan con su otro *software*, de vídeo y otras *apps*, su medio de subsistencia básico. Pero el *software* sobre privacidad, que estaba promocionando Avett como algo que cambiaría las reglas del juego, todavía no estaba operativo, ¿me sigues? No podían empezar a venderlo. Pero sí estaba lo bastante desarrollado como para poder hacer demos para potenciales grandes clientes. Empresas tecnológicas, despachos de abogados, esa clase de clientes. Y cuando esas empresas se mostraban interesadas, se incluían como futuras ventas. Max dice que no es muy distinto a lo que hizo Enron. Declararon que estaban facturando montones de dinero de ventas futuras, para que el precio de las acciones siguiera subiendo.

Empiezo a comprender adónde quiere llegar.

—¿Y ganar tiempo para arreglar el problema? —digo.

—Exacto. Avett apostó por el contingente de futuras ventas, y que estas se convertirían en ventas reales en cuanto el *software* estuviera operativo. Usaron estados financieros falsificados como un recurso provisional para mantener las acciones en buen estado hasta que se resolviera el problema del *software* —explica—. Solo que los pillaron antes de conseguirlo.

—¿Y ahí está el fraude? —pregunto.

—Ahí está el fraude —me confirma—. Max dice que es enorme. Los accionistas perderán quinientos millones de dólares.

Quinientos millones de dólares. Intento hacerme a la idea. Es lo menos importante, pero somos grandes accionistas. Owen quería demostrar su fe en la empresa para la que trabajaba, en el *software* que estaba desarrollando. De modo que cuando la empresa salió en bolsa conservó todas sus acciones. Incluso adquirió más. ¿Cuánto íbamos a perder? ¿Casi todos nuestros ahorros? ¿Por qué iba a ponernos en esa posición, la de perderlo todo, si sabía que algo no estaba yendo bien? ¿Por qué iba Owen a invertir nuestro dinero, nuestro futuro, en una operación dudosa?

Eso me da la esperanza de que en realidad no lo hiciera.

—Entonces, si Owen invirtió en The Shop, eso quiere decir que no lo sabía, ¿no?

—Quizá… —dice.

—Eso no suena como un «quizá».

—Bueno, también está la posibilidad de que hiciera lo mismo que Avett. Que comprara las acciones para ayudar a inflar su valor, pensando que vendería antes de que nadie se enterara.

—¿Eso te suena a la forma de actuar de Owen? —pregunto.

—Para mí, nada de esto suena a la forma de actuar de Owen —concluye.

Luego se encoge de hombros. Y puedo oír el resto. Lo que está dando vueltas por su mente y por la mía: Owen es el programador jefe. ¿Cómo podía no saber que Avett estaba inflando el valor del *software* en el que estaba trabajando, el *software* que todavía no funcionaba? Si alguien lo sabía, ¿no debería ser él?

—Max dijo que el FBI cree que la mayoría del personal directivo lo sabía, o eran cómplices por mirar a otro lado. Todos creían que podrían solucionar el problema técnico antes de que nadie se diera cuenta. Parece ser que estaban cerca de conseguirlo. Si no hubiera sido por ese soplo a la Comisión de Bolsa y Valores, puede que lo hubieran logrado.

—¿Quién dio el soplo?

—No tengo la menor idea. Pero por eso se hizo la redada. Querían cerrarlo todo antes de que Avett desapareciera. Con los doscientos sesenta millones de dólares del valor de las acciones que ha ido retirando discretamente… —Hace una pausa—. Durante meses.

—Mierda —exclamo.

—Sí. De todos modos, Max se enteró antes. De la redada. Así que el FBI hizo un trato con él. Si aceptaba no revelar la noticia antes de la redada, le darían dos horas de ventaja. El *Chronicle* fue el primero de todos. Antes que el *Times*. La CNN. La NBC. La Fox. Estaba tan orgulloso de sí mismo que tenía que contármelo. No sé… Mi primera reacción instintiva fue llamar a Owen. Bueno, en realidad fue llamarte a ti, pero no conseguí localizarte. Y por eso llamé a Owen.

—¿Para avisarle?

—Sí —prosigue—. Para avisarle.

—¿Por qué te sientes mal por ello? ¿Porque ha huido? —pregunto.

Es la primera vez que lo digo en voz alta. La evidente verdad. Y, sin embargo, de algún modo me siento mejor al decirlo. Por lo menos suena más honesto. Owen ha huido. Está huyendo. No es que simplemente se haya ido.

Jules asiente y noto que me cuesta tragar, lucho contra las lágrimas que se acumulan en mis ojos.

—No es culpa tuya —digo—. Podías haber perdido tu trabajo por avisarle. Estabas intentando ayudar. ¿Cómo podría estar enfadada contigo? Solo estoy enfadada con Owen. —Hago una pausa, recapacitando sobre lo que acabo de decir—. Ni siquiera estoy enfadada exactamente. Es más bien como si estuviera entumecida. Solo estoy intentando imaginarme qué tiene Owen en la cabeza. Cómo puede creer que largarse de este modo no resulta contraproducente para él.

—¿Y qué crees que está pensando? —pregunta.

—No lo sé. ¿Quizás está intentando exonerarse? Pero ¿por qué no hacerlo sin huir? Buscar un abogado. Dejar que el sistema te limpie… —digo—. No puedo quitarme de encima la sensación de que se me está escapando algo, ¿sabes? No estoy entendiendo qué clase de ayuda está buscando.

Aprieta mi mano con fuerza, me sonríe. Pero no me mira como suele hacerlo cuando estamos en el mismo lado, y entonces es cuando me doy cuenta de que no me está contando lo que sea que haya debajo de esa mirada. No me está contando la peor parte.

—Conozco esa mirada —le digo.

Niega con un movimiento de cabeza.

—No es nada —sostiene.

—Cuéntamelo, Jules.

—El caso es que, aunque ni yo misma puedo creerlo realmente, Owen no parecía sorprendido —dice—. No se inmutó cuando le conté lo de la redada.

—No te sigo.

—Lo aprendí hace mucho de mi padre: las fuentes no pueden disimular si saben algo. Se olvidan de hacer las preguntas obvias que querrían hacer si estuvieran tan a ciegas como tú. Como, por ejemplo, las que acabas de preguntar tú para saber qué pasó exactamente…

La miro fijamente, esperando el resto, cuando algo empieza a rondarme la cabeza. Miro a Bailey a través del cristal. Está reclinada sobre el pecho de Bobby, con la mano sobre su estómago, los ojos cerrados.

«Protégela.»

—El caso es que, si Owen no sabía nada del fraude, habría querido obtener más información de mí sobre lo que estaba pasando. Habría necesitado mucha más información sobre lo que estaba pasando en The Shop. Habría dicho algo como: «Más despacio, Jules. ¿Quién creen que es culpable? ¿Creen que Avett es el único cabecilla del fraude, o está más extendida la corrupción? ¿Qué crees que ha pasado, cuánto han robado?». Pero no quería saber más. No sobre nada de eso.

46   —¿Qué quería saber? —pregunto.

—De cuánto tiempo disponía para huir —responde.

Veinticuatro horas antes

*O*wen y yo estábamos sentados en el muelle, comiendo unos platos tailandeses directamente del envase del restaurante de comida para llevar. Bebiendo unas cervezas frías.

Él llevaba pantalones vaqueros y un jersey, e iba con los pies descalzos. Apenas había una delgada luna, la noche del Norte de California era fresca y húmeda, pero Owen no tenía frío. Yo en cambio estaba envuelta en una manta, con dos pares de calcetines y unas botas mullidas.

Estábamos compartiendo una ensalada de papaya y curri con lima picante. Owen estaba lagrimeando, el picor de los chiles iba directo a sus ojos.

Reprimí una risa.

—Si no puedes aguantarlo —dije—, la próxima vez podemos pedir el curri suave.

—Oh, sí que puedo —dijo—. Si tú aguantas, yo también…

Se llenó la boca con otro bocado y se le puso la cara roja mientras se esforzaba por tragar. Alargó la mano para coger su cerveza y se la bebió de un trago.

—¿Lo ves? —dijo.

—Lo veo —contesté.

Luego me incliné hacia él para besarle.

Cuando me aparté, me sonrió y me rozó la mejilla.

—¿Qué te parecería si…? ¿Puedo meterme bajo la manta contigo? —preguntó.

—Siempre.

Me acerqué a él, le pasé la manta por encima de los hombros y sentí el calor de su cuerpo. Aunque iba descalzo, su piel debía de estar como mínimo diez grados de temperatura más caliente que la mía.

—Cuéntame —dijo—. ¿Qué ha sido lo que más te ha gustado de hoy?

Era algo que hacíamos a veces, cuando llegábamos tarde a casa, los días que estábamos demasiado cansados como para profundizar en temas serios. Cada uno elegía algo del día que contarle al otro. Algo bueno de nuestras vidas separadas.

—Creo que he tenido una idea bastante guay para hacerle un detalle a Bailey —dije—. Voy a recrear la pasta con mantequilla marrón para cenar mañana. Ya sabes, la que comió en su cumpleaños en Poggio. ¿No crees que le encantará?

Él me rodeó con más fuerza la cintura y siguió hablando en voz baja.

—¿Me preguntas si a ella le gustaría? ¿O si eso hará que te quiera?

—Eh. Eso no es muy agradable.

—Intento ser agradable —dijo—. Bailey tiene suerte de tenerte. Y se va a dar cuenta de ello algún día. Con o sin el experimento de la pasta.

—¿Cómo lo sabes?

Se encogió de hombros.

—Sé algunas cosas.

No dije nada, no le creía del todo. Quería que se esforzara más por salvar el abismo entre Bailey y yo, aunque no sabía cómo podría hacerlo. Si no estaba dispuesto a esforzarse, por lo menos quería que me dijera que yo sí estaba haciendo todo lo posible.

Como si estuviera oyendo mis pensamientos, me retiró el pelo de la cara. Me besó en un lado del cuello.

—Es cierto que le encantó la pasta —dijo—. Es un bonito detalle.

—¡Eso digo yo!

Sonrió.

—Mañana debería poder escaparme del trabajo más temprano. ¿Estás buscando un asistente de chef?

—Claro —contesté.

—Cuenta conmigo —dijo—. Soy todo tuyo.

Luego apoyé la cabeza en su hombro.

—Gracias —dije—. Ahora te toca a ti.

—¿El momento favorito de mi día? —preguntó.

—Sí —confirmé—. Y no te escaquees y digas que es ahora.

Se rio.

—Eso demuestra lo bien que me conoces —replicó—. No iba a decir ahora mismo.

—¿Seguro que no?

—Seguro —dijo.

—¿Qué ibas a decir?

—Hace sesenta segundos —contestó—. Hacía frío sin la manta.

49

Tras el dinero

*J*ules no se va hasta las dos de la mañana.

Se ofrece a quedarse a pasar la noche, y quizá debería haber aceptado, porque casi no he dormido.

Permanezco despierta casi toda la noche en el sofá del salón, incapaz de enfrentarme al dormitorio sin Owen. Me envuelvo en una manta vieja y espero que pase la noche, reproduciendo en mi cabeza una y otra vez las últimas cosas que Jules dijo antes de irse.

De pie en la entrada, se acercó hasta mí para darme un abrazo.

—Otra cosa —dijo—. ¿Todavía tienes tu propia cuenta corriente?

—Sí —respondí.

—Eso está bien. Es importante.

Me sonrió con aprobación, así que decidí no añadir que Owen había insistido en que la mantuviera. Era él quien quería mantener parte de nuestro dinero separado por alguna razón que nunca supo explicar. Supuse que tenía algo que ver con Bailey. Pero quizá me equivocaba. Tal vez tenía que ver con dejar mi dinero intacto.

—Lo pregunto porque probablemente van a congelar todos sus activos —dijo Jules—. Eso es lo primero que harán mientras intentan averiguar dónde está Owen, qué sabía. Siempre siguen el dinero.

Seguir el dinero.

Todavía me siento un poco mareada, ahora también mientras pienso en la bolsa de lona escondida debajo del fregadero, una bolsa llena de dinero al que probablemente no pueden seguir la pista, y Owen lo sabe. No le cuento a Jules lo de la bolsa porque sé qué es lo que cualquier persona razonable pensaría. Sé lo que yo pensaría. Me parecería que Owen es culpable. Jules prácticamente ya se ha decantado por esa opción, y una misteriosa bolsa de dinero no haría más que acabar de convencerla. ¿Cómo no habría de ser así? Ella quiere a Owen como a un hermano, pero no se trata de amor. Se trata de todo lo que sugiere que Owen está involucrado en este lío: que está huyendo, y lo que le dijo a Jules al teléfono. Todo.

Excepto esto. Excepto lo que yo sé.

Owen no huiría porque es culpable. Ni por salvarse. Ni para evitar la cárcel o mirarme a los ojos y admitir lo que ha hecho. No dejaría a Bailey. Nunca dejaría a Bailey a menos que no tuviera más remedio. ¿Cómo puedo estar tan segura de eso? ¿Cómo puedo confiar en mi propia percepción de estar segura de cualquier cosa cuando mi visión obviamente es sesgada?

En parte porque me he pasado la vida con la necesidad de ver. Prestando atención de forma absolutamente detallada. Cuando mi madre se fue para siempre, no lo vi venir. No me enteré. No me di cuenta de la rotundidad de su marcha. No tenía por qué. Con anterioridad ya se habían producido tantas salidas precipitadas, tantas noches en que se había escapado y me había dejado con mi abuelo sin siquiera decir adiós. Tantas veces que no volvía en días, o semanas, y solo me llamaba alguna vez, o pasaba por casa puntualmente.

Cuando se fue definitivamente, no dijo que no volvería. Se sentó al borde de mi cama y me apartó el pelo de la cara, y dijo que tenía que irse a Europa, que mi padre la necesitaba.

Pero dijo que nos veríamos pronto. Supuse que eso significaba que volvería pronto (siempre estaba yendo y viniendo). Pero no lo entendí. El lenguaje. «Vernos pronto» significaba que nunca volvería, por lo menos no de forma sustancial. Significaba que pasaría una tarde o una noche con ella dos veces al año (nunca se quedaba a dormir).

Significaba que la había perdido.

Esa es la parte de la que no me había enterado: a mi madre no le importaba lo suficiente que la hubiera perdido.

Esa es la parte de la que nunca volvería a no darme cuenta, me juré a mí misma.

No sé si Owen es culpable. Y estoy furiosa porque me ha dejado sola para enfrentarme a esto. Pero sé que le importo. Sé que me ama. Y, aún más, sé que ama a Bailey.

Solo se iría por ella. Tiene que ser eso. Se ha ido de esa forma para intentar salvarla. De algo o de alguien.

Todo tiene que ver con Bailey.

El resto es solo una historia.

La luz del sol entra a raudales, amarilla y suave, por las ventanas sin cortinas del salón, iluminando el puerto.

Me quedo mirando hacia fuera. No enciendo la televisión ni abro el portátil para ver las noticias. Sé lo más importante. Owen sigue sin volver.

Subo al primer piso para darme una ducha y me encuentro con que la puerta de Bailey está inusitadamente abierta, con Bailey sentada en la cama.

—Eh, hola —digo.

—Hola —saluda.

Se lleva las rodillas al pecho. Parece tan asustada... Parece que se esfuerza mucho por ocultarlo.

—¿Puedo entrar un momento? —pregunto.

—Claro —contesta—. Supongo que sí.

Me acerco y me siento en el borde de la cama, como si fuera algo que sé cómo hacer, como si lo hubiera hecho antes.

—¿Has dormido algo? —pregunto.

—No mucho —dice.

La silueta de sus pies puede intuirse a través de las sábanas. Los cierra como si se tratara del puño. Empiezo a alargar la mano para llegar hasta un pie y posarla sobre él, pero luego lo pienso mejor. Junto las manos y recorro su cuarto con la mirada. La mesita de noche está llena de libros y obras de teatro. Su hucha azul con forma de cerdito está encima (el cerdito que Owen ganó para ella en una feria de la escuela poco después de que se mudaran a Sausalito). En realidad es una cerdita, con sus mejillas rojas y un lazo en la cabeza.

—No puedo dejar de darle vueltas —dice—. Quiero decir que… mi padre no suele complicar las cosas. Por lo menos no conmigo. Entonces, ¿puedes explicarme lo que escribió en la nota que me dejó?

—¿Qué quieres decir?

—«Sabes lo que importa de mí mismo…» ¿Qué puede significar eso?

—Creo que quiere decir que sabes cuánto te quiere —digo—. Y que es un buen hombre a pesar de lo que la gente diga de él.

—No, no es eso —replica—. Quiere decir otra cosa. Le conozco. Sé que quiere decir algo más.

—Vale… —Hago una respiración profunda—. ¿Como qué?

Pero está moviendo la cabeza de un lado a otro. Ya está pensando en otra cosa.

—¿Qué se supone que debo hacer con ese dinero? ¿El que me dejó? —pregunta—. Parece la cantidad de dinero que alguien te deja cuando sabe que no va a volver.

Eso me deja paralizada. Fría.

—Tu padre va a volver —digo.

Su rostro solo expresa incertidumbre.

53

—¿Cómo lo sabes?

Intento pensar en una respuesta que pueda consolarla. Por suerte también siento que coincide con la verdad.

—Porque estás aquí.

—Y entonces, ¿por qué no está conmigo? —pregunta—. ¿Por qué se fue de ese modo?

Parece como si en realidad no estuviera buscando una respuesta. Está buscando una confrontación cuando le doy la respuesta que no quiere oír. Me siento furiosa con Owen por ponerme en esta posición, independientemente del motivo. Puedo decirme a mí misma que estoy segura de las intenciones de Owen, de que, esté donde esté, se ha ido porque está intentando proteger a Bailey. Pero, sea como sea, me ha dejado ahí sola, sin él. ¿No me hace eso igual de ridícula que mi madre? ¿No me hace eso ser como ella? Ambas pusimos nuestra fe en otra persona por encima de todo lo demás., llamándolo amor. ¿Qué tiene de bueno el amor, si es a esto a lo que conduce?

—Mira —digo—. Podemos hablar de todo esto más tarde, pero ahora deberías prepararte para ir al instituto.

—¿Que me prepare para el instituto? —protesta—. ¿Lo dices en serio?

No se equivoca. Es una estupidez. Pero ¿cómo puedo decirle lo que quiero decirle? Que he llamado a su padre varias decenas de veces, que no sé dónde está. Y que lo que es seguro es que no tengo ni idea de cuándo va a volver con nosotras.

Bailey se levanta de la cama y se dirige hacia el baño, y hacia el terrible día que tiene por delante, que tenemos por delante. Casi la interrumpo y le digo que vuelva a la cama. Pero me parece que eso es más bien lo que yo necesito. ¿Salir un poco de casa no sería lo mejor para ella? ¿Ir al instituto? ¿Olvidarse de su padre durante cinco minutos?

«Protégela.»

—Voy a llevarte —digo—. No quiero que vayas sola a pie esta mañana.

—Lo que tú digas —contesta.

Aparenta estar demasiado cansada para discutir. Una tregua.

—Estoy segura de que pronto tendremos noticias de tu padre. Y todo empezará a tener mucho más sentido.

—Oh, ¿estás segura de eso? —pregunta—. Guau, ¡qué alivio!

Su sarcasmo no puede enmascarar lo cansada que está, lo sola que se siente. Me hace echar de menos a mi abuelo, él sí que sabría exactamente cómo hacer que Bailey se sienta mejor. Él habría sabido cómo darle lo que necesita, sea lo que sea, hacerle saber que se la quiere en un momento como este. Que sepa que puede confiar. Hizo lo mismo conmigo. ¿Cuántos meses después de que se fuera mi madre me encontró en mi cuarto, intentando escribirle una carta? ¿Preguntándole cómo pudo abandonarme?

Estaba llorando, y me sentía enfadada y asustada. Y nunca olvidaré lo que hizo. Llevaba su mono de trabajo y unos gruesos guantes de color violeta, rugosos. Acababa de comprarlos. Los encargó especialmente en violeta porque ese era mi color favorito. Se quitó los guantes y se sentó en el suelo a mi lado para ayudarme a escribir la carta, exactamente como yo quería escribirla. Sin juicios. Me ayudó a escribir correctamente las palabras con cuya ortografía tenía problemas. Esperó hasta que decidí cómo quería acabar la carta exactamente. Luego la leyó en voz alta para que pudiera oír cómo sonaba, haciendo una pausa cuando llegó a la frase donde preguntaba a mi madre cómo era posible que hubiera elegido abandonarme. «Quizá no es la única pregunta que deberíamos hacernos —dijo mi abuelo—. Quizá deberíamos pensar si a nosotros nos gustaría que todo fuera distinto. Cuestionarnos si en realidad no nos ha hecho un favor a su manera...» Alcé la vista hacia él, empezando a comprender adónde estaba intentando llevarme sutilmente. «Después de todo, gracias a lo que ha hecho tu madre... ahora te tengo conmigo.»

Eran las palabras más generosas posibles. Las más reconfortantes y generosas. ¿Qué le diría a Bailey? ¿Cuándo voy a averiguar cómo le puedo decir lo mismo?

—Oye, Bailey, lo estoy intentando —digo—. Lo siento. Ya sé que siempre te digo las cosas que no quieres oír.

—Bueno —contesta mientras cierra la puerta del cuarto de baño tras ella—, por lo menos lo sabes.

La ayuda está de camino

Cuando decidimos que me mudara a Sausalito, Owen y yo hablamos sobre cómo hacer la transición lo más fácil posible para Bailey. Sentía intensamente, seguramente más que Owen, que no debíamos hacer que Bailey se mudara de la única casa que hacía conocido, en la que había vivido desde que tenía uso de memoria. Quería que tuviera una continuidad. La casa flotante, con sus vigas de madera y sus ventanales, y las vistas de novela sobre el muelle Issaquah, era su continuidad. Su puerto seguro.

Pero me pregunto si eso no provocó que el cambio fuera aún más evidente: alguien que se mudaba a su lugar más preciado y no podía hacer nada para impedirlo.

Con todo, hice lo posible para no alterar el equilibrio. Su equilibrio. Incluso en la forma de mudarme a la casa intenté mantener la paz. Puse mi toque personal en nuestro dormitorio, pero lo único que redecoré aparte de eso no era siquiera una habitación, sino el porche, que abrazaba cariñosamente la parte frontal de la casa. Antes de llegar, el porche estaba vacío. Pero lo revestí de plantas en macetas, mesas de té rústicas, y fabriqué yo misma un banco para ponerlo al lado de la entrada.

Es un enorme banco mecedora recubierto de roble blanco, con cojines de rayas para estar más cómodos.

Owen y yo habíamos convertido en un ritual sentarnos en el banco juntos el fin de semana para tomarnos el café de la mañana. Era el momento de ponernos al día de todo lo que había pasado durante la semana mientras el sol salía lentamente sobre la bahía de San Francisco, calentando el banco con sus rayos. Owen se mostraba mucho más animado en aquellas conversaciones que durante la semana de trabajo, como si se fuera librando de una carga a medida que el día avanzaba, vacío y relajado.

Esa es en parte la razón por la que el banco me hace tan feliz, porque me reconforta incluso aunque solo pase a su lado. Y también el motivo por el que me llevé un susto tremendo al ver que había alguien sentado en él cuando salí a sacar la basura.

—¿Día de tirar la basura? —dice.

Me giro para encontrarme a un hombre que no reconozco apoyado en el brazo del banco, como si le perteneciera. Lleva una gorra de béisbol puesta hacia atrás y un paravientos, y se aferra a una taza de café.

—¿Puedo ayudarle? —pregunto.

—Eso espero. —Hace un gesto para señalar mis muñecas—. Pero tal vez quiera dejar eso antes.

Bajo la vista y compruebo que sigo cargando con la basura, dos pesadas bolsas, en mis manos. Las dejo en los contenedores. Luego me giro para observarlo. Es joven, tal vez apenas treinta años. Y es atractivo, hasta tal punto que una se queda desarmada, con una fuerte mandíbula, ojos negros… Es casi demasiado guapo. Pero su forma de sonreír le delata. Y él lo sabe mejor que nadie.

—Hannah, supongo —dice—. Encantado de conocerte.

—¿Quién demonios eres? —pregunto.

—Soy Grady —contesta.

Muerde el borde de la taza de café, sujetándola con los labios mientras me indica por señas que le dé un segundo. Luego se mete la mano en el bolsillo y saca algo que parece una placa. La sostiene ante mí para que la coja.

—Grady Bradford —dice—. Puedes llamarme Grady. O agente Bradford si lo prefieres, aunque me parece terriblemente formal para nuestra conversación.

—¿Y de qué tipo de conversación se trata?

—Una amistosa —dice. Entonces sonríe—. Con fines amistosos.

Estudio la placa. Presenta una estrella rodeada por un aro circular. Deseo recorrer con el dedo el aro, tocar la estrella, como si eso fuera a ayudarme a determinar si la placa es genuina.

—¿Eres agente de policía?

—Un agente federal, en realidad —responde.

—No tienes pinta de agente federal —digo.

—¿Y qué aspecto tienen? —inquiere.

—Tommy Lee Jones en *El fugitivo* —contesto.

Se ríe.

—Es cierto, soy más joven que algunos de mis compañeros, pero mi abuelo estaba en el servicio, así que empecé pronto —explica—. Te aseguro que entré de forma legítima.

—¿Cuál es tu función como agente federal?

Recupera la placa y se pone en pie, el banco empieza a balancearse al retirar el peso de su cuerpo.

—Bueno, principalmente investigo a personas que estafan al Gobierno de Estados Unidos —dice.

—¿Crees que mi marido ha hecho eso?

—Creo que The Shop sí lo ha hecho. Pero no, no estoy convencido de que tu marido sea responsable. Aunque tendría que hablar con él antes de poder evaluar su implicación —aclara—. Pero parece ser que él no desea mantener esa conversación.

Eso me sorprende por alguna razón. Me sobresalta como si no fuera toda la verdad, por lo menos no la razón verdadera que pueda explicar qué está haciendo Grady en mi embarcadero.

—¿Puedo volver a ver la placa? —digo.

—512-555-5393 —dice.

—¿Es ese tu número de placa?

—Es el teléfono de la oficina en la que trabajo —responde—. Llama, si quieres. Te confirmarán quién soy. Y que solo necesito unos cuantos minutos de tu tiempo.

—¿Tengo otra opción?

Me sonríe.

—Siempre hay otras opciones —dice—. Pero apreciaría de veras que pudiéramos hablar.

No tengo la sensación de más opciones, por lo menos ninguna buena. Y no sé si me gusta este Grady Bradford, con un acento que se nota que ha practicado. Pero ¿hasta qué punto podría gustarme alguien que quiere hacerme un montón de preguntas sobre Owen?

—¿Qué me dices? Estaba pensando en dar un paseo.

—¿Por qué iba a pasear contigo?

60

—Es un bonito día —dice—. Y te he traído esto.

Rebusca debajo del banco y saca otra taza de café, muy caliente, recién hecho en Fred's. En un lateral de la taza aparecen escritas las palabras «EXTRA AZÚCAR» y «TOQUE DE CANELA» en grandes letras negras. No solo me ha traído una taza de café. Me ha traído una taza de café justo como a mí me gusta.

Aspiro el aroma del café y doy un sorbito. Es la primera sensación placentera desde que empezó todo este lío.

—¿Por qué sabes cómo me gusta el café? —pregunto.

—Un camarero llamado Benj me ayudó. Dijo que tú y Owen compráis el café allí el fin de semana. El tuyo con canela, el de Owen negro.

—Esto es una forma de soborno.

—Solo si no funciona —dice—. De lo contrario, solo es una taza de café.

Alzo la vista hacia él y tomo otro sorbo.

—¿Vamos por la acera del sol? —pregunta.

2

Abandonamos el muelle y caminamos hacia el sendero peatonal, dirigiéndonos hacia el centro, con las vistas al puerto de Waldo Point en la distancia.

—¿Supongo que no sabes nada de Owen? —pregunta.

Recuerdo nuestro beso de despedida al lado de su coche, ayer, lento y prolongado. Owen no estaba en absoluto nervioso, tenía una sonrisa en la cara.

—No. No le he visto desde que salió hacia el trabajo ayer.

—¿Y no ha llamado?

Niego con la cabeza.

—¿Suele llamar desde el trabajo?

—Normalmente sí —digo.

—Pero ayer no.

—Puede que lo intentara, no lo sé. Fui al edificio del ferri en San Francisco, y hay un montón de zonas sin cobertura en ese trayecto, así que…

Asiente, sin demostrar un ápice de sorpresa, casi como si ya lo supiera. Como si estuviera jugando conmigo.

—¿Qué pasó cuando volviste? —pregunta—. ¿Del edificio del ferri?

Hago una respiración profunda y pienso un momento en ello. Pienso en decirle la verdad. Pero no sé qué hará con la información sobre la chica de doce años y la nota que me dio, sobre la nota que Owen le dejó a Bailey en el instituto, sobre la bolsa con el dinero. Hasta que aclare yo misma todo esto no voy a incluir a alguien a quien acabo de conocer.

—No estoy segura de a qué te refieres —digo—. Hice la cena para Bailey, que por cierto aborreció, y luego se fue a su ensayo de teatro. Escuché las noticias sobre The Shop en NPR mientras la esperaba en el aparcamiento del instituto. Volvimos a casa. Owen no. No pudimos dormir.

Inclina la cabeza, me observa, como si no me creyera, no

del todo. No le juzgo por eso. No debería creerme. Pero parece dispuesto a dejarlo pasar.

—Entonces… no ha llamado esta mañana, ¿estoy en lo cierto? —pregunta—. ¿Ni tampoco ha enviado un correo?

—No —respondo.

Hace una pausa, como si se le acabara de ocurrir algo.

—Es una locura cuando alguien desaparece así, ¿no? Sin explicación alguna —comenta.

—Sí.

—Y sin embargo… no pareces muy enfadada.

Me detengo, me irrita que crea que sabe lo suficiente de mí como para emitir un juicio personal sobre cómo me siento.

—Lo siento, no era consciente de que había una forma adecuada de reaccionar cuando se hace una redada en la empresa de tu marido y este desaparece —digo—. ¿Estoy haciendo alguna otra cosa que consideres inapropiada?

Parece reflexionar un poco.

—No realmente.

Bajo la mirada hasta su dedo anular. No hay ningún anillo.

—¿Puedo suponer que no estás casado?

—No —responde—. Espera…, ¿te refieres a ahora o si he estado casado alguna vez?

—¿La respuesta sería diferente?

Sonríe.

—No.

—Bueno, si lo estuvieras, entenderías que estoy más preocupada por mi marido que por cualquier otra cosa.

—¿Sospechas que le han jugado una mala pasada?

Pienso en las notas que ha dejado Owen, en el dinero. Y en lo que me contó la chica de doce años, que se encontró a Owen en los pasillos del colegio; en la conversación de Owen con Jules. Owen sabía adónde iba. Sabía que tenía que huir. Eligió marcharse.

—No creo que se lo hayan llevado contra su voluntad, si es a eso a lo que te refieres.

—No exactamente.

—Entonces, ¿qué me estás preguntando, Grady? ¿Puedes ser un poco más concreto?

—Grady. Me gusta. Me alegro de que nos estemos tuteando y llamando por el nombre.

—¿Cuál es la pregunta?

—Tú sí que estás aquí, te has quedado sola recogiendo los pedazos del desastre que ha dejado. Por no hablar de que tienes que cuidar a su hija —dice—. Eso me pondría furioso. Y no pareces estarlo. Lo cual me hace pensar que hay algo que sabes y que no me estás contando…

Su voz se endurece. Y sus ojos se oscurecen hasta que le hacen parecer lo que es: un investigador. Y de pronto me encuentro al otro lado de una línea imaginaria que él dibuja para distanciarse de la gente de la que sospecha que ha cometido alguna fechoría.

—Si Owen te dijo algo sobre su paradero, o el porqué de su huida, necesito saberlo —dice—. Es la única manera de protegerle.

—¿Es ese tu principal interés? ¿Protegerle?

—Lo es. De veras.

Suena como si fuera verdad, lo cual me enerva. Me pone más incómoda incluso que cuando adopta el modo investigador.

—Debería volver a casa.

Empiezo a apartarme de él, aunque Grady Bradford me hace perder un poco el equilibrio al encontrarse tan cerca de mí.

—Necesitas un abogado —dice.

Vuelvo a girarme hacia él.

—¿Qué?

—El caso es que —explica— te van a hacer un montón de preguntas sobre Owen, como mínimo hasta que vuelva para poder responderlas él en persona. Preguntas que no tienes

63

obligación de contestar. Pero es más fácil evitarlas si dices que tienes un abogado.

—O puedo decir simplemente la verdad. Que no tengo ni idea de dónde está Owen. Y que no tengo nada que ocultar.

—No es tan simple. Hay gente que te ofrecerá información para que parezca que está de tu lado. Y del de Owen. Pero no es así. No están del lado de nadie más que del suyo propio.

—¿Gente como tú? —digo.

—Exactamente —dice—. Pero yo he hecho una llamada telefónica para ti esta mañana, he hablado con Thomas Shelton, un viejo amigo que trabaja en derecho de familia para el estado de California. Solo quería asegurarme de que estarás protegida en caso de que aparezca alguien caído del cielo pidiendo la custodia temporal de Bailey hasta que pase todo esto. Thomas moverá algunos hilos para garantizar que se te concede la custodia temporal.

Se me escapa una larga espiración, incapaz de disimular mi alivio. Ya se me había pasado por la cabeza que, si esta situación se prolonga demasiado, perder la custodia de Bailey es una posibilidad. No tiene más familia (sus abuelos murieron, no tiene más parientes cercanos), pero no somos familiares de sangre. No la he adoptado. ¿Acaso no podría el estado llevársela en cualquier momento? Por lo menos hasta que determinen dónde está su único tutor legal y por qué ha abandonado a su hija.

—¿Y tiene la autoridad para hacerlo? —pregunto.

—Sí. Y lo hará.

—¿Por qué?

Se encoge de hombros.

—Porque se lo he pedido —contesta.

—¿Por qué haces eso por nosotras?

—Para que confíes en mí cuando te digo que lo mejor que puedes hacer por Owen es pasar desapercibida y buscarte un abogado —explica—. ¿Conoces alguno?

Pienso en el único abogado que conozco en la ciudad. Y en las pocas ganas que tengo de hablar con él, especialmente ahora.

—Desgraciadamente —digo.

—Llama a tu abogado entonces. O a tu abogada.

—Abogado —aclaro.

—Bien, pues llámale. Y mantén un perfil bajo.

—¿Quieres volver a repetirlo? —pregunto.

—No, ya he dicho bastante.

Entonces algo cambia en su rostro y se abre paso una sonrisa. El modo investigador aparentemente ha quedado atrás.

—Owen no ha usado ninguna tarjeta de crédito, cheque, nada, en las últimas veinticuatro horas. Y no lo hará. Es demasiado listo, o sea, que puedes dejar de llamarle porque estoy seguro de que se ha deshecho del móvil.

—Entonces, ¿por qué me has preguntado si me ha llamado?

—Porque podría haber usado otro teléfono —dice—. Uno desechable. De los que no son fáciles de localizar.

Teléfonos desechables, pruebas documentales. ¿Por qué está intentando Grady hacer que Owen parezca un genio criminal?

Empiezo a formular una pregunta, pero pulsa un botón del llavero y los intermitentes de un coche al otro lado de la calle se iluminan, cobrando vida.

—No te entretengo más, tienes demasiadas cosas de las que ocuparte —dice—. Pero cuando sepas algo de Owen, dile que puedo ayudarle si me deja.

Luego me da una servilleta de Fred's, con su nombre, «GRADY BRADFORD», y dos números de teléfono debajo, supongo que son suyos, en uno de ellos se indica que es un móvil.

—Puedo ayudarte a ti también —dice.

Me guardo la servilleta en el bolsillo mientras cruza la calle y se mete en el coche. Empiezo a alejarme, pero, al encender el motor, se me viene algo a la cabeza y voy hacia el coche.

—Espera. ¿En qué parte concretamente? —digo.

Baja la ventanilla.

—¿En qué parte qué?

—¿En qué parte podrías ayudarme?

—En la parte fácil —dice—. Salir de esta.

—¿Cuál es la difícil?

—Owen no es quien tú crees que es —concluye.

Y luego Grady Bradford ya no está.

Esos no son tus amigos

$\mathcal{V}$uelvo a casa solo el tiempo justo para recoger el portátil de Owen.

No voy a quedarme aquí sentada pensando en lo que ha dicho Grady y en todas las cosas que parece haber omitido y que me están perturbando aún más. ¿Cómo podía saber tantas cosas de Owen? Quizás Avett no era el único a quien han estado siguiendo de cerca durante el último año y pico. Tal vez la buena acción de Grady (ayudándome con la custodia de Bailey, dándome consejos) solo era para que metiera la pata y le dijera algo que a Owen no le gustaría que supiera.

¿Acaso ya he metido la pata? No lo creo, pienso, mientras repaso nuestra conversación. Pero no voy a arriesgarme en el futuro, no con Grady, ni con cualquier otra persona. Antes voy a averiguar qué pasa con Owen.

Giro a la izquierda al salir del muelle y me dirijo hacia mi taller.

Pero antes tengo que hacer una parada en la casa del amigo de Owen. Aunque no tengo demasiadas ganas de hacerla, pero si alguien puede saber algo de lo que Owen está pensando, de lo que puede que se me esté pasando por alto, ese es Carl.

Carl Conrad: el mejor amigo de Owen en Sausalito. Y una de las pocas personas sobre las que Owen y yo no estamos de acuerdo. Owen cree que no soy justa con él, y quizá tenga razón. Es divertido, inteligente, y me aceptó desde el primer minuto en que llegué a Sausalito. Pero también engaña habitualmente a su mujer, Patricia, y no me gusta saberlo. A Owen tampoco le gusta, pero dice que es capaz de separar eso en su mente, por lo buen amigo que ha demostrado ser Carl con él.

Así es Owen. Valora al primer amigo que hizo en Sausalito en lugar de juzgarlo. Sé que mi marido funciona así. Aunque tal vez no ha juzgado a Carl por otras razones. Quizá no le juzga porque Carl le devuelve el favor al no cuestionar algún secreto que Owen se sintió seguro de confiarle.

Incluso aunque esta hipótesis sea errónea, necesito hablar con él de todos modos.

Porque Carl es además el único abogado que conozco en la ciudad.

Llamo a la puerta, pero nadie responde. Ni Carl, ni Patty. Es raro porque Carl trabaja en casa. Le gusta estar disponible para sus dos hijos pequeños, que a esa hora suelen dormir la siesta. Carl y Patty son muy rigurosos con los horarios de los niños. Patty me aleccionó al respecto en la primera noche que salimos juntos. Patty acababa de celebrar su cumpleaños, veintiocho, lo cual hacía la disertación aún más entrañable. Si es que todavía era capaz de tener hijos (así es como lo dijo), iba a tener que tomar precauciones para que no llevasen la batuta. Tendría que demostrarles quién estaba al mando. Y eso implicaba horarios. En su caso eso significaba una siesta a las doce y media todos los días.

Es la una menos cuarto. Si Carl no está en casa, ¿por qué no está Patty?

Pero a través de las persianas de la sala, veo que Carl sí está en casa. Le veo de pie, escondido tras las persianas, esperando que me vaya.

Llamo de nuevo a la puerta, pulsando largamente el timbre. Voy a seguir llamando el resto de la tarde hasta que me deje entrar. La siesta de los niños no va a poder ser.

Carl abre la puerta de par en par. Sostiene una cerveza; se ha peinado. Esas son las primeras señales de que pasa algo raro. Normalmente no se peina, y él cree que eso le hace parecer más sexi. Y hay algo en su mirada, una extraña mezcla de nerviosismo y miedo, y algo más que no acierto a determinar, probablemente porque estoy tan sorprendida de que se estuviera ocultando.

—Pero ¿qué demonios, Carl? —suelto.

—Hannah, tienes que irte —dice Carl.

Está enfadado. ¿Por qué está enfadado?

—Solo será un minuto —digo.

—Ahora no, no puedo hablar ahora mismo —contesta.

Hace ademán de cerrar la puerta, pero se lo impido. Mi fuerza nos sorprende a ambos, la puerta se le escapa de las manos y se abre aún más.

Entonces veo a Patty. Está de pie en el umbral de la sala de estar, con su hija Sarah en brazos, las dos ataviadas con vestidos de estampado de cachemir a conjunto, el pelo negro recogido hacia atrás en dos trenzas sueltas. Su atuendo y peinado idénticos realzan aún más lo que Patty quiere que la gente vea cuando miran a Sarah: una versión igualmente presentable pero más pequeña de ella misma.

Tras ella puede verse el salón lleno, una decena de padres y bebés, que miran a un payaso haciendo formas de animales con globos. Una pancarta donde puede leerse «FELIZ CUMPLEAÑOS, SARAH» pende sobre sus cabezas.

Es la segunda fiesta de cumpleaños de su hija. Se me había olvidado por completo. Se suponía que Owen y yo debíamos venir a celebrarlo con ellos. Y ahora ni siquiera me abre la puerta.

Patty me saluda con aire confundido.

—Eh… Hola… —dice.

Le devuelvo el saludo con la mano.

—Hola.

Carl se vuelve hacia mí, con un tono de voz moderado, pero firme.

—Ya hablaremos luego —dice.

—Se me olvidó, Carl. Lo siento. —Sacudo la cabeza—. No era mi intención aparecer en medio de la fiesta.

—No pasa nada. Pero vete.

—Ya me voy pero… ¿podrías por favor salir afuera y hablar conmigo un par de minutos? No te lo pediría si no fuera urgente. Creo que necesito un abogado. Ha pasado algo en The Shop.

—¿Te crees que no lo sé? —dice.

—Entonces, ¿por qué no quieres hablar conmigo?

Antes de que le dé tiempo a responder, Patty viene hacia donde estamos y le pasa Sarah a Carl. Luego le da a su marido un beso en la mejilla. Se trata de un espectáculo. Para él. Para mí. Para la fiesta.

—Hola —saluda, besándome en la mejilla también—. Me alegro de que hayas podido venir.

Bajo la voz.

—Patty, siento haber interrumpido la fiesta, pero le ha pasado algo a Owen.

—Carl —dice Patty—, lleva a los invitados afuera, ¿sí? Es hora de tomar unos helados.

Mira al grupo y les sonríe.

—Todo el mundo al patio trasero con Carl. Tú también, señor Silly —le dice al payaso—. ¡Es hora de helado!

Entonces, y solo entonces, se gira hacia mí.

—Hablemos en la entrada, ¿sí? —dice.

Empiezo a decirle que es con Carl con quien necesito hablar, el cual se aleja con Sarah apoyada en la cadera, pero Patty me hace salir al porche delantero. Cierra la gruesa puerta roja y vuelvo a estar en el lado equivocado.

Es entonces, en la privacidad del porche, cuando Patty se gira hacia mí, con los ojos echando chispas. La sonrisa ha desaparecido.

—¿Cómo te atreves a venir? —suelta.

—Se me olvidó la fiesta.

—Al diablo con la fiesta —dice—. Owen le ha roto el corazón a Carl.

—¿Que le ha roto el corazón…? ¿Cómo? —digo.

—Vaya, no lo sé. ¿Quizá tiene algo que ver con que nos haya robado todo nuestro maldito dinero?

—¿A qué te refieres?

—¿Owen no te contó que nos convenció para participar en la salida a bolsa de The Shop? Engañó a Carl vendiéndole el potencial del *software*, diciéndole que los beneficios serían enormes. Aunque no mencionó que el *software* no funcionaba.

—Oye, Patty…

—Así que todo nuestro dinero está ahora inmovilizado en las acciones de The Shop. En realidad debería decir que lo que queda de nuestro dinero está invertido en unas acciones cuyo valor, según mis últimas comprobaciones, es de trece céntimos.

—Nuestro dinero también está invertido en esas acciones. Si Owen lo hubiera sabido, ¿por qué lo habría hecho?

—Tal vez creía que no los pillarían. O quizás es un maldito idiota, eso no te lo sabría decir —contesta—. Pero te prometo que, si no te vas de mi casa, ahora mismo, voy a llamar a la policía. No bromeo. No eres bienvenida aquí.

—Comprendo que estés enfadada con Owen. De veras. Pero Carl podría ayudarme a dar con él, y esa es la manera más rápida de solucionarlo.

—A menos que estés aquí para pagar la universidad de nuestros hijos, no tengo nada que hablar contigo.

No sé qué replicar, pero sé que tengo que decir algo antes de que vuelva adentro. Tras haberlo visto en persona, y observar la mirada en sus ojos, no puedo evitar tener la sensación de que Carl podría saber algo.

—Patty, ¿puedes parar un momento, por favor? —digo—. Yo tampoco entiendo nada. Igual que tú.

—Tu marido ha colaborado en un fraude de quinientos mil millones de dólares, así que no estoy segura de que pueda creerte —responde—. Pero si no me estás mintiendo, eres la persona más estúpida del mundo, incapaz de ver quién es tu marido realmente.

No me parece que sea el mejor momento para contarle que, hablando de comportarse como una tonta, ella tampoco está consiguiendo evitarlo. Su marido lleva acostándose con su compañera de trabajo, Cara, desde que Patty estaba embarazada de la niña a la que el señor Silly se encarga de entretener en el patio trasero. Quizá somos todas tontas, de una u otra forma, cuando se trata de ver cómo son en su totalidad las personas a las que amamos, esas personas a las que intentamos amar.

—¿De veras esperas que me crea que no sabías lo que estaba pasando? —pregunta.

—¿Por qué habría venido aquí en busca de respuestas si lo supiera? —digo.

Ladea la cabeza, como reflexionando. Quizá le ha llegado el mensaje, o tal vez se está dando cuenta de que simplemente le da igual. Pero su rostro se relaja.

—Vete a casa con Bailey —dice—. Simplemente vete. Va a necesitarte. —Empieza a caminar de regreso a la casa. Luego se gira hacia mí—. Ah. Y cuando hables con Owen, dile que le jodan.

Y, con eso, cierra la puerta.

Me apresuro de camino a mi taller.

Mantengo la vista baja mientras giro hacia Litho Street y paso por la casa de LeAnn Sullivan. De reojo veo que ella y su marido están sentados en el porche delantero, en su rito habitual de tomar limonada por la tarde. Pero finjo estar ocupada hablando por teléfono. No me paro como suelo hacer para saludarlos y tomar un vaso de limonada con ellos.

Mi taller se encuentra en una pequeña casa de un antiguo artesano al lado de la suya. Son doscientos sesenta metros cuadrados, con un patio enorme, justo la clase de espacio del que soñaba disponer cuando estaba en Nueva York, la clase de espacio con el que soñaba en Nueva York cada vez que tenía que ir en metro a casa del almacén de un amigo en el Bronx para trabajar en algunas piezas que no cabían en mi taller de Greene Street.

Empiezo a notar que me relajo en cuanto traspaso la verja delantera y la cierro tras de mí. Pero en lugar de pasar al interior, rodeo la casa hasta el patio y la pequeña cubierta donde me gusta preparar mi trabajo de oficina. Tomo asiento en una mesilla y enciendo el portátil de Owen. Aparto a Grady Bradford de mi mente. Aparto también la ira de Patty. Ignoro el hecho de que Carl ni siquiera se atreviera a mirarme, por no hablar de que no me facilitara ninguna información que solo él puede saber. De alguna manera eso me ayuda a centrarme, consciente de que tengo que averiguar las cosas por mí misma. Y me siento más sosegada entre mis cosas, mi trabajo. Es mi lugar preferido en Sausalito. Hace que parezca casi normal que esté metiéndome sin permiso en el ordenador personal de mi marido.

Cuando se acaba de encender el portátil de Owen, introduzco la primera contraseña. No veo nada inusual que me llame la atención. Hago clic para abrir la carpeta «FOTOS», que básicamente es la biblia de Bailey. Hay cientos de fotografías de ella, desde la escuela primaria al instituto, fotografías de cada cumpleaños desde los cinco años en Sausalito. Las he visto muchas veces. A Owen le encantaba contarme las etapas que me había perdido de su vida: la pequeña Bailey jugando su primer partido de fútbol, deporte que se le daba fatal; la pequeña Bailey en su primera obra de teatro en la escuela, en segundo curso (el musical *Anything Goes*), donde estuvo deslumbrante.

No encuentro demasiadas fotos de cuando Bailey era muy pequeña, cuando todavía vivían en Seattle, por lo menos no en la carpeta principal. Así que hago clic sobre una subcarpeta etiquetada como «O.M.».

Es la carpeta de Olivia Michaels. La primera mujer de Owen. La madre de Bailey.

Olivia Michaels, nacida Olivia Nelson: profesora de Biología en un instituto, nadadora sincronizada, compañera de Owen en Princeton. Hay solo un puñado de fotografías en esta carpeta: Owen solía decir que Olivia odiaba que le hicieran fotos. Pero las que hay son muy bellas, seguramente porque ella era hermosa: alta y esbelta, con una larga melena pelirroja que le llegaba hasta la mitad de la espalda y un montón de pecas que le hacían parecer que tuviera permanentemente dieciséis años.

Nos parecemos, aunque no somos exactamente iguales: ella era más guapa, para empezar, de aspecto más interesante. Pero, dejando a un lado un par de detalles, cabría decir que tenemos cierta similitud. La altura, el pelo largo (el mío es rubio), tal vez incluso la forma de sonreír. La primera vez que Owen me enseñó una foto de ella, se lo comenté. Pero Owen dijo que no veía el parecido. No se puso a la defensiva, solo dijo que, si pudiera ver a su primera mujer en persona, no pensaría que teníamos mucho en común.

Me pregunté si las fotografías también eran engañosas en cuanto a lo poco que se parecía Olivia a Bailey, con excepción de mi foto favorita de Olivia. En esa foto está sentada en un embarcadero vestida con unos pantalones vaqueros rotos y una blusa blanca de botones. Una mano descansa sobre su mejilla y se ríe echando la cabeza hacia atrás. La pigmentación es diferente, pero hay algo en su sonrisa que podría recordar a la de su hija, algo que imagino que coincidiría con la de Bailey en persona. Convierte a Olivia en la pieza que faltaba, y conecta a Bailey con alguien aparte de Owen.

Alargo el dedo y toco la pantalla. Deseo preguntarle qué es lo que se me escapa de su hija, de su marido. A buen seguro sabe mucho más que yo, estoy segura de ello, lo cual percibo como una herida en sí misma.

Respiro profundamente y hago clic en la carpeta con el nombre «THE SHOP». Contiene cincuenta y cinco documentos, todos ellos sobre códigos y programas HTML. Si hay un código oculto dentro de los códigos reales, estoy segura de que no voy a ser capaz de encontrarlo. Anoto que tengo que buscar a alguien que sea capaz de hacerlo.

Curiosamente, hay un documento en «THE SHOP» titulado «TESTAMENTO MÁS RECIENTE». No me gusta que esté allí, sobre todo teniendo en cuenta lo que está pasando, pero me relajo cuando lo abro. La fecha del testamento es inmediatamente posterior a nuestra boda. Ya me lo había enseñado antes. Y nada ha cambiado. O casi nada. Veo una pequeña nota al final de la última página, justo encima de la firma de Owen. ¿Acaso ya estaba allí y no la vi? Nombra a su procurador, alguien de quien nunca he oído hablar: L. Paul. No hay ninguna dirección. Ni número de teléfono.

L. Paul. ¿Quién es esa persona? ¿Y dónde he visto su nombre antes?

Mientras tomo nota también de L. Paul en un cuaderno, escucho una voz femenina detrás de mí.

—¿Ha descubierto algo interesante?

Me giro y veo a una mujer más mayor que yo de pie donde empieza mi patio, acompañada de un hombre. Lleva un traje de chaqueta azul marino y los cabellos canos recogidos hacia atrás en una cola de caballo. El hombre va menos arreglado, lleva una camisa hawaiana arrugada, le pesan los párpados y luce una espesa barba que le hace parecer más viejo de lo que es, aunque sospecho que tiene más o menos mi edad.

—¿Qué están haciendo aquí? —pregunto.

—Hemos intentado llamar al timbre de la entrada —responde el hombre—. ¿Es usted Hannah Hall?

—Preferiría una respuesta mejor a mi pregunta de por qué están entrando sin permiso en mi propiedad antes de contestar a la suya —digo.

—Soy el agente especial Jeremy O'Mackey, del FBI, y mi compañera es la agente especial Naomi Wu —explica.

—Llámeme Naomi. ¿Podríamos hablar con usted?

De forma instintiva, cierro el ordenador.

—La verdad es que no es un buen momento —digo.

La mujer me ofrece una sonrisa pegajosamente dulce.

—Solo serán unos minutos —insiste—. Luego nos iremos y la dejaremos en paz.

Ya están subiendo los escalones que conducen a la cubierta y toman asiento en las sillas al otro lado de la mesilla.

Naomi me hace llegar su placa por encima de la mesa y el agente O'Mackey la imita.

—Espero no haber interrumpido nada importante —dice Naomi.

—Espero que no me hayan seguido hasta aquí, eso es lo que yo espero —contesto.

Naomi me observa, con aspecto de estar más que un poco sorprendida por mi tono de voz. Estoy demasiado irritada como para que me importe. Me siento irritada y más que un poco preocupada de que me exijan llevarse el ordenador de Owen antes de que averigüe qué podría descubrir en él.

También hay algo más. Estoy pensando en las palabras de Grady Bradford: «No respondas preguntas que crees que no debes contestar». Me estoy mentalizando de que tengo qué acatarlas al pie de la letra.

Jeremy O'Mackey alarga la mano hacia delante para recuperar su placa.

—Supongo que es consciente de que estamos iniciando un proceso de investigación de la empresa de tecnología en la que trabaja su marido —empieza—. Teníamos la esperanza de que pudiera arrojar alguna luz sobre su paradero.

Dejo el ordenador sobre el regazo, para protegerlo.

—Me encantaría, pero no tengo ni idea de dónde está mi marido. No le he visto desde ayer.

—Es algo extraño, ¿no? —dice Naomi, como si se le acabara de ocurrir—. ¿No haberle visto?

La miro a los ojos.

—Mucho, sí.

—¿Le sorprendería saber que su marido no ha utilizado su móvil ni ninguna de sus tarjetas de crédito desde ayer? No hay ni un solo rastro documental —prosigue.

No contesto.

—¿Sabe cuál puede ser el motivo? —pregunta O'Mackey.

No me gusta la manera en que me miran, como si ya hubieran decidido que estoy ocultándoles algo. Es un recordatorio más, que me sobra, de que ojalá sí estuviera ocultando algo.

Naomi saca un cuadernillo del bolsillo y lo abre.

—¿Es cierto que ha tenido relaciones comerciales con Avett y Belle Thompson? —pregunta—. ¿Que le han encargado obras suyas por valor de ciento cincuenta y cinco mil dólares durante los últimos cinco años?

—No puedo recordar de memoria si esa es la suma correcta. Pero sí, son clientes míos.

—¿Ha hablado con Belle desde que Avett fue arrestado ayer? —pregunta.

Pienso en los mensajes que le he dejado en el buzón de voz. Seis en total. Mensajes que no ha contestado. Niego con la cabeza.

—¿Ella no ha intentado llamarla? —insiste.

—No —digo.

Ladea la cabeza, reflexiona.

—¿Está segura de ello?

—Sí, estoy segura de con quién he hablado y con quién no.

Naomi se inclina hacia delante, hacia mí, como si fuera mi amiga.

—Solo queremos asegurarnos de que nos está contando todo lo que sabe. No como su amiga Belle.

—¿A qué se refiere?

—Digamos que el hecho de comprar cuatro vuelos a Sídney desde distintos aeropuertos del Norte de California, en un intento de abandonar el país inadvertidamente, no ha ayudado mucho a su declaración de inocencia. No es como si proclamara a voz en grito «yo no sé nada», ¿no le parece?

Evito cautelosamente mostrar ninguna reacción. ¿Cómo es posible que esto esté ocurriendo? ¿Cómo es posible que Avett esté en la cárcel y Belle intentando escabullirse a su país natal? ¿Y cómo puede ser que no sea posible localizar a Owen en medio de todo esto? Owen, que es inteligente, que con frecuencia es capaz de ver la imagen de conjunto. ¿De veras puedo creer que pasó por alto tantas cosas de ese panorama global?

—¿Belle habló sobre The Shop con usted? —pregunta Naomi.

—Nunca me comentó nada sobre el trabajo de Avett —digo—. A Belle no le interesaba.

—Eso coincide con lo que nos ha dicho.

—¿Dónde está Belle ahora?

—En su casa de Saint Helena, y su pasaporte está en manos de su abogado. Se mantiene en su posición de que está estupefacta de solo pensar que su marido podría ser culpable de este delito —dice el agente O'Mackey. Hace una pausa—. Pero nuestra experiencia nos dice que la esposa suele estar al corriente.

—No es mi caso —digo.

Naomi interviene de nuevo, casi como si no hubiera contestado.

—Mientras esté segura… —dice—. Alguien tiene que pensar en la hija de Owen.

—Yo me encargo.

—Bien —añade—. Bien.

Suena como una amenaza. Y puedo entender lo que está fingiendo no decir. Entiendo la insinuación de que podrían llevarse a Bailey. ¿No me aseguró Grady que no lo harían?

—Tendremos que hablar con Bailey también —dice O'Mackey—. Cuando vuelva del instituto hoy.

—No van a hablar con ella —digo—. No sabe nada del paradero de su padre. Hay que dejarla en paz.

O'Mackey imita mi tono de voz.

—Me temo que eso no depende de usted —continúa—. Podemos acordar una hora o simplemente presentarnos en su casa esta noche.

—Hemos pedido asesoría legal —digo—. Si quieren hablar con ella, tendrán que ponerse primero en contacto con nuestro abogado.

—¿Y quién es su abogado? —pregunta Naomi.

Respondo antes de permitirme tener en consideración las implicaciones de nombrarlo.

—Jake Anderson. Tiene su base en Nueva York.

—Bien. Haga que se comunique con nosotros —dice Naomi.

Asiento, intentando dilucidar cómo distender la situación, ya que no deseo estropear lo que sea que Grady me prometió por la mañana, que Bailey se quedaría donde está. Eso es lo más importante.

—Miren, ya sé que solo están haciendo su trabajo —digo—. Pero estoy cansada y, como ya le dije al agente federal esta mañana, no tengo más respuestas para ustedes.

—Un momento…, ¿qué está diciendo? —pregunta O'Mackey.

Miro alternativamente al agente y a una Naomi que ha dejado de sonreír.

—El agente federal que vino a verme esta mañana —repito—. Ya hemos repasado todo esto.

Se miran uno al otro.

—¿Cómo se llamaba? —pregunta O'Mackey.

—¿El agente federal?

—Sí —insiste—. ¿Cómo se llamaba el agente federal?

Naomi me mira con los labios fruncidos, como si las reglas del juego hubieran cambiado y ella no estuviera preparada. Y por esa razón decido no decir la verdad.

—No me acuerdo —respondo.

—¿No se acuerda de su nombre?

No digo nada más.

—No recuerda el nombre del agente federal que apareció en la puerta de su casa esta mañana. ¿Lo dice en serio?

—No dormí mucho la noche pasada, y todo está un poco borroso.

—¿Recuerda si el agente le enseñó una placa? —dice O'Mackey.

—Sí lo hizo.

—¿Sabe qué aspecto tiene una placa de agente federal? —pregunta Naomi.

—¿Se supone que debo saberlo? —contesto—. Tampoco sé qué aspecto tiene una placa de agente del FBI, ya que está mencionando algunas cosas que no sé. Seguramente debería confirmar que ustedes son quienes dicen ser. Y después podemos continuar esta conversación.

—Estamos simplemente un poco confusos, porque este caso no corresponde a la jurisdicción de la oficina federal —explica—. Por eso necesitamos verificar la identidad de la persona que habló con usted esta mañana. No deberían haber estado allí sin nuestra aprobación. ¿Amenazaron a Owen de alguna forma? Porque debería saber que, si la implicación de Owen es mínima, podría ayudarse a sí mismo testificando contra Avett.

—Eso es cierto —corrobora O'Mackey—. Ni siquiera es sospechoso todavía.

—¿Todavía? —pregunto.

—No quería decir eso —corrige Naomi.

—No, no quería decir «todavía» —dice O'Mackey—. Quería decir que no hay ninguna razón que justifique la visita de un agente federal.

—Resulta curioso, agente O'Mackey, que él dijera lo mismo de ustedes.

—¿En serio? —Naomi recobra la compostura, sonríe—. Empecemos de nuevo, ¿de acuerdo? —propone—. Estamos todos en el mismo equipo. Pero, en el futuro, puede que desee que su abogado esté presente cuando alguien se presente en su casa para hablar con usted.

Imito su sonrisa.

—Me parece una idea estupenda, Naomi. Voy a empezar a ponerla en práctica ahora mismo —digo.

Luego señalo la verja y espero a que se levanten y la atraviesen para marcharse.

No uses eso en mi contra

Cuando estoy segura de que los agentes del FBI se han ido, salgo del taller.

Vuelvo caminando al muelle, apretando el ordenador de Owen fuertemente contra el pecho. Paso por el colegio de primaria justo cuando están saliendo los niños.

Alzo la vista, sintiendo que alguien me mira. Muchas madres (y padres) observan fijamente en mi dirección. No son exactamente miradas airadas, no como las de Carl y Patty, más bien son miradas que demuestran preocupación, pena. Esas personas querían a Owen, después de todo. Siempre le han querido. Le han acogido. Va a ser necesario algo más que ver el nombre de su empresa en las noticias para que duden de él. Es lo que tienen las ciudades pequeñas, las personas se protegen unas a otras. Les cuesta mucho volverse en contra de alguien a quien quieren.

También les cuesta mucho aceptar a alguien nuevo. Como yo. Todavía no están seguros de si quieren aceptarme. Y al principio, cuando me mudé a Sausalito, era mucho peor. Todos esos ojos curiosos que me escudriñaban, pero por otras razones. Hacían comentarios en un tono lo suficientemente alto como para que Bailey se enterara y nos los transmitiera cuando volvía a casa. Querían saber quién era esa forastera con la que Owen había decidido casarse. No entendían cómo el soltero más codiciado de Sausalito había dejado de estar en el mercado por una tornera de madera, aunque ellos no me llamaban así. Decían que era una carpintera, una carpintera que no llevaba maquillaje ni zapatos de moda. Decían que era raro que Owen hubiera elegido a una mujer así, con cara de niña y casi cuarenta años, que probablemente no iba a poder darle más hijos. Una mujer que aparentemente no había podido parar de jugar con madera el tiempo suficiente como para tener una familia propia.

Parecían no comprender lo que Owen entendió desde el principio. Que no tengo ningún problema en estar sola. Mi abuelo me había educado para depender únicamente de mí misma. Los problemas surgían cuando intentaba encajar en la vida de otra persona, especialmente cuando eso significaba renunciar a una parte de mí misma en el proceso. Por eso había tenido que esperar hasta que no tuviera que hacerlo, hasta que tuve la sensación de que alguien encajaba sin esfuerzo. Quizás es una excusa fácil. Quizás es más acertado decir que lo que tuve que hacer para estar con Owen no lo sentí como un esfuerzo. Eran más bien detalles.

Ya en la casa, cierro con llave la puerta y saco el móvil para buscar un nombre en mis contactos. Jake. Es la última llamada que deseo hacer en ese momento, pero la hago de todos modos. Llamo al otro abogado que conozco.

—Anderson al habla… —dice cuando coge el teléfono.

El sonido de su voz me devuelve a Greene Street, a la sopa de cebolla y bloody marys en The Mercer Kitchen los domingos, a otra vida. Me devuelve a esa época porque así es como mi exprometido siempre ha respondido al teléfono. Jake Bradley Anderson, doctor en Leyes y máster en Administración de Empresas por la Universidad de Míchigan, triatleta, excelente cocinero.

En los dos años transcurridos desde que hablamos por última vez, no ha cambiado su forma de saludar, aunque suene petulante. Le gusta que suene así. Por eso lo hace. Cree que la pedantería y la intimidación son algo bueno, teniendo en cuenta lo que hace para ganarse la vida. Es un abogado litigante en un bufete de alta categoría en Wall Street, de camino a ser uno de sus más jóvenes socios principales. No es un abogado criminalista, pero es un buen abogado, como él mismo sería el primero en decir. Espero que esa arrogancia de Jake me sirva ahora de ayuda.

—Eh, hola —digo.

No pregunta quién es. Sabe quién soy, aun después de tanto tiempo. También sabe que tiene que pasar algo terrible para que le llame.

—¿Dónde estás? —pregunta—. ¿Estás en Nueva York?

Cuando le llamé para decirle que me iba a casar, me dijo que algún día regresaría de repente a casa, preparada para que volviésemos a estar juntos. Lo creía de veras. Aparentemente, piensa que ha llegado ese día.

—Sausalito. —Hago una pausa, siento pavor de las palabras que no quiero decir—. Podría necesitar tu ayuda, Jake. Creo que necesito un abogado…

—Entonces…, ¿te vas a divorciar?

Intento reprimirme para no colgar el teléfono. Jake no puede evitarlo. Aunque se sintió aliviado cuando cancelé la boda, aunque se casara con otra persona cuatro meses después (de la que se divorció al poco), le gustaba jugar el papel de víctima en nuestra relación. Jake se aferraba a la narrativa de que, debido a mi historia personal, tenía demasiado miedo de dejarle entrar realmente, que creía que me abandonaría como hicieron mis padres. Nunca comprendió que no tuviera miedo de que alguien me abandonara. Tenía miedo de que la persona equivocada pudiera quedarse.

—Jake, te llamo por mi marido —explico—. Está metido en un lío.

—¿Qué ha hecho? —pregunta.

Es la mejor respuesta que puedo esperar de él, así que le cuento toda la historia, empezando por ponerle al corriente del trabajo de Owen, la investigación en The Shop y la insólita desaparición de mi marido, hasta llegar a las respectivas visitas de Grady Bradford y el FBI, y que el FBI no sabía nada de Grady. Le explico que nadie parece conocer el paradero de Owen, ni cuál será su próximo paso, ni siquiera Bailey, ni yo.

—Y su hija… ¿está contigo? —pregunta.

—Bailey, sí. Está conmigo. Y eso es seguramente lo último que desea.

—¿También la ha abandonado a ella? —No contesto—. ¿Cuál es su nombre completo? —prosigue.

Le oigo teclear en su ordenador, tomar notas, hacer uno de los gráficos que solía extender sobre el suelo de nuestro salón. Owen, ahora, en la diana.

—Para empezar, no te preocupes por que los del FBI no supieran nada del tipo de los federales que fue a hablar contigo. Podrían estar mintiendo. Además, a menudo hay conflictos territoriales entre las distintas agencias de las fuerzas de la ley, especialmente cuando la jurisdicción está en entredicho. ¿Has tenido alguna noticia de la SEC?

—No.

—Las tendrás. Debes derivar a cualquier agente de la ley a mí, al menos hasta que sepamos qué está pasando. No digas nada, solo que me llamen a mí directamente.

—Te lo agradezco de veras. Gracias.

—De nada —dice—. Pero tengo que preguntarte algo… ¿Hasta qué punto estás metida en esto?

—Bueno, es mi marido, de modo que yo diría que de forma íntima.

—Van a venir con órdenes de registro —me informa—. Me sorprende que todavía no lo hayan hecho. De modo que, si hay algo que pueda implicarte, tendrás que sacarlo de casa.

—No puedo estar implicada —digo—. No tengo nada que ver con esto.

Siento que me pongo a la defensiva. Y también un repunte de ansiedad al pensar que alguien podría aparecer en casa con una orden de registro; al pensar en la bolsa de lona que podrían encontrar, todavía intacta, oculta bajo el fregadero de la cocina.

—Jake, estoy intentando descubrir dónde está Owen. Y por qué pensó que la única salida era huir.

—Para empezar, seguramente porque no quiere ir a la cárcel.

—No, no puede ser eso. No ha huido por esa razón.

—Entonces, ¿cuál es tu teoría?

—Está intentando proteger a su hija —digo.

—¿De qué?

—No lo sé. Quizá cree que va a arruinarle la vida si acusan a su padre injustamente. Tal vez se ha marchado a algún lugar para intentar demostrar que es inocente.

—No me parece probable. Pero... existe la posibilidad de que haya algo más —añade.

—¿Como qué?

—Otras cosas peores de las que sea culpable —responde.

—Eso me ayuda mucho, Jake.

—Mira, no voy a dorar la píldora. Si Owen no huye por culpa de The Shop, probablemente huye de lo que The Shop pudiera revelar sobre él. La cuestión es de qué podría tratarse... —Hace una pausa—. Cuento con un investigador privado muy bueno. Le pediré que haga algunas pesquisas. Pero necesito que me envíes por *email* todo el historial de Owen. Todo lo que sepas. Dónde fue a la escuela, dónde creció. Y las fechas. Todo. Dónde y cuándo nació su hija.

Escucho cómo Jake empieza a morder el bolígrafo. Nadie en el mundo podría dilucidar qué está haciendo, su hábito secreto. La única cosa que demuestra poca confianza en sí mismo. Pero yo puedo imaginármelo como si estuviera sentado delante de mí, mirando fijamente el maltratado capuchón del boli. Es algo terrible, saberlo todo de alguien incluso mucho después de querer saberlo.

—Y hazme un favor. Ten el móvil a mano en caso de que necesite contactar contigo. Pero no contestes a números que no reconozcas.

Pienso en Grady cuando dijo que Owen se había deshecho de su móvil, que ha tirado el teléfono cuyo número es el único que puedo reconocer.

—¿Y si es Owen?

—Owen no va a llamarte ahora —dice—. Y lo sabes.

—No lo sé.

—Yo creo que sí.

No añado nada más. Aunque sospecho que tiene razón, no voy a decírselo. No voy a traicionar a Owen de esa forma. Ni a Bailey.

—Y necesitas descubrir por qué ha huido, algo más específico que un intento de proteger a su hija —prosigue—. Cuanto antes mejor. El FBI no va a tardar en dejar de ser amable en sus interrogatorios.

Me da vueltas la cabeza al pensar en lo poco amables que ya han sido los agentes del FBI.

—¿Sigues ahí? —pregunta.

—Estoy aquí.

—Simplemente… intenta mantener la calma. Sabes más de lo que crees. Y sabes cómo salir de esta. —Eso basta para hacerme llorar, por cómo lo dice, con seguridad, con dulzura; es la versión profundamente amable de Jake—. Pero en el futuro —prosigue— no digas que alguien es inocente, ¿de acuerdo? Di que no es culpable, si tienes que decir algo. Pero decir que alguien es inocente te hace quedar como una idiota. Especialmente cuando la mayoría de la gente no puede ser más culpable.

Y encima sé que tiene razón. Solo me faltaba eso.

Seis semanas antes

—Deberíamos tomarnos unas vacaciones —dijo Owen—. Ya va siendo hora.

Era medianoche. Estábamos en la cama, su mano coge la mía y se la lleva al pecho, al corazón.

—Deberías venir conmigo a Austin —dije yo—. ¿O eso no contaría como vacaciones?

—¿Austin? —preguntó.

—Tengo ese simposio de torneros de madera del que te hablé. Podríamos convertirlo en una escapada. Pasar un par de días en la región de Texas Hill Country…

—¿Es en Austin? No me dijiste que era en Austin…

Después asiente con la cabeza, como si estuviera sopesándolo, considerando si viene conmigo, pero siento que algo cambia en él. Siento que algo se cierra en su cuerpo.

—¿Qué pasa? —pregunté.

—Nada —respondió.

Pero dejó de cogerme la mano y empezó a jugar con su anillo de bodas, haciéndolo girar en el dedo. Lo había hecho yo. Lo hice exactamente igual que el mío: dos delgados anillos que, desde la distancia, parecían de brillante platino. Pero los nuestros son de grueso acero satinado, imitan el roble blanco. Rústicos y elegantes a la vez. Usé el torno más pequeño que tengo. Owen estaba sentado en el suelo a mi lado mientras trabajaba.

—Bailey también tiene una salida del colegio a Sacramento muy pronto —dijo—. Podríamos ir a Nuevo México, los dos solos, perdernos por la región de las rocas blancas.

—Me encantaría. Hace mucho que no he estado en Nuevo México.

—Yo tampoco. Desde que estaba en la universidad. Condujimos hasta Taos, pasamos una semana en las montañas.

—¿Fuisteis en coche desde Nueva Jersey? —pregunté.

Seguía jugueteando con el anillo, distraídamente.

—¿Qué?

—¿Fuisteis en coche desde Nueva Jersey a Nuevo México? Tuvisteis que tardar una eternidad.

Al escuchar la pregunta, dejó en paz el anillo.

—No estaba en la universidad.

—¡Owen! Acabas de decir que fuiste a Taos durante tu época en la universidad.

—No estoy seguro. Era una montaña en algún sitio. Quizás era Vermont. Solo recuerdo que el aire estaba demasiado enrarecido.

Me reí.

—¿Qué te pasa?

—Nada. Es solo…

Le miré, intentando seguir el hilo de las palabras que no decía.

—Es solo que esos recuerdos me devuelven a una fase extraña de mi vida.

—¿La universidad?

—La universidad. Y también después. —Sacudió la cabeza—. Estar atrapado en una montaña que no recuerdo —dijo.

—Vale…, eso es tal vez lo más raro que me has dicho nunca.

—Lo sé.

Se levantó y encendió la luz.

—Mierda —dijo—. De verdad que necesito unas vacaciones.

—Pues hagámoslas.

—De acuerdo. Hagámoslas.

Volvió a acostarse, puso su mano sobre mi estómago y pude notar que volvía a relajarse. Noté que volvía a mí. Por eso decidí no presionarle. No quería presionarle en lo que fuera que él casi había decidido compartir conmigo.

—No tenemos que hablar de ello ahora, pero solo para que conste —empecé a contar—. Me pasé casi toda la época de la universidad tocando la guitarra en un grupo de versiones de Joni Mitchell, asistiendo a recitales de poesía y saliendo con un estudiante de posgrado de Filosofía que trabajaba en un manifiesto sobre cómo la televisión era la herramienta con la que el gobierno intentaba controlar una revolución.

—No estoy seguro de que estuviera demasiado equivocado al respecto —comentó.

—Quizá no, pero el caso es que creo que, por muchas cosas que me cuentes de quién eras en tu vida pasada, no cambiará nada, por lo menos entre nosotros.

—Bien —susurró—. Gracias a Dios.

El día no demasiado bueno de Bailey

*B*ailey parece estar muy deprimida cuando vuelve del instituto.

Estoy sentada en el banco, tomando una copa de vino tinto, con una manta sobre las piernas. Intento revivir el día, un día que empezó y acabará sin Owen, por muy imposible que parezca. Por muy enojada, triste, estresada y sola que esa realidad me haga sentir.

Vuelve zigzagueando por el muelle, con la cabeza baja, hasta que llega a la casa. Entonces se detiene ante mí, justo delante del banco, y se queda ahí en pie. Con los ojos brillantes.

—Mañana no iré —dice—. No voy a volver a ir al instituto.

Observo sus ojos, su miedo. Ahí estamos: cada una es el reflejo de la otra. Esta es la manera que menos deseaba para llegar hasta este punto.

—Fingen que no hablan de ello —dice—. De mi padre. De mí. Es peor que si me dijeran las cosas a la cara. Como si de todas formas no pudiera oírlos murmurar todo el día sobre ello.

—¿Qué decían?

—¿Qué parte quieres escuchar? —pregunta—. ¿Cuando Brian Padura le preguntó a Bobby después de Química si mi padre era un criminal? ¿O cuando Bobby le dio un puñetazo en la boca por decirlo?

—¿Eso hizo Bobby?

—Pues sí.

Muevo la cabeza de arriba abajo en señal de aprobación, un tanto impresionada por Bobby.

—Pero eso no es lo peor —continúa.

Le hago sitio en el banco desplazándome levemente a un lado. Bailey se sienta, pero solo en el borde, como si fuera a cambiar de opinión en cualquier momento.

—¿Por qué no te tomas mañana libre?

Me mira, sorprendida.

—¿De veras? —dice—. ¿No vas a intentar siquiera discutir conmigo por eso?

—¿Acaso ayudaría?

—No.

—En lo que a mí respecta, estás dispensada de ir a la escuela mañana. Si tu día se parece mínimamente al mío, te lo mereces.

Asiente con la cabeza y empieza a morderse las uñas.

—Gracias —dice.

92

Quiero alargar la mano y quitarle la suya de la boca, cogerla entre las mías. Quiero decirle que todo va a ir bien, que cada vez será más fácil, de una u otra forma. Pero, aunque eso pudiera consolarla, no será así viniendo de mis labios.

—No tengo energía para cocinar nada, o sea, que esta noche la única opción nutricional son dos pizzas de champiñones y cebolla con extra de queso que ya están de camino, llegarán dentro de media hora o menos.

Casi parece sonreír, y eso destapa en mi interior la pregunta que sé que tengo que hacerle, la pregunta que espero que me ayude a averiguar lo que está dando vueltas en mi mente tras llamar a Jake.

—Bailey —digo—, sigo pensando en lo que me preguntaste antes sobre qué quería decir tu padre en la nota que te escribió. Qué quería decir con «sabes lo que importa...».

Bailey suspira, aparentemente demasiado exhausta como para acompañar su respuesta poniendo los ojos en blanco, como suele ser el caso.

—Sé que mi padre me quiere. Tenías razón —dice.

—Tal vez me he equivocado —añado—. Me refiero al significado de esa frase. Tal vez quería decir algo más.

Me mira a los ojos, confusa.

—¿Qué quieres decir?

—Tal vez escribió eso en tu nota porque sabes algo —digo—. Sabes algo de él que él quiere hacerte recordar.

—¿Qué es lo que podría saber? —pregunta.

—No estoy segura.

—Bueno, me alegro de que hayamos aclarado esto —dice. Luego hace una pausa—. Aunque todo el mundo en el instituto parece estar de acuerdo contigo.

—¿A qué te refieres?

—Todos creen que sé por qué mi padre está haciendo lo que sea que está haciendo —dice—. Como si a la hora del desayuno me hubiera dicho que estaba planeando robar quinientos mil millones de dólares y luego desaparecer.

—No sabemos si tu padre tuvo algo que ver con eso —apunto.

—No, solo sabemos que no está aquí.

Bailey tiene razón. No está aquí. Por lo que sabemos podría estar en cualquier sitio. Eso me hace pensar de nuevo en lo que Grady Bradford me comunicó esta mañana sin darle importancia, la información que de forma inadvertida me facilitó al intentar convencerme de que hablara con él, de que estaba de nuestra parte. Me dio su número de teléfono. Me dio el número de teléfono de la oficina donde trabaja. Con un prefijo que no pude reconocer: 512. Meto la mano en el bolsillo trasero y saco la servilleta de Fred's. Ahí están los dos números, y ambos empiezan de la misma forma. No hay ninguna dirección.

Alargo la mano para coger el móvil que descansa sobre la mesita auxiliar y llamo a la oficina. El corazón se me acelera cuando oigo el primer tono, cuando una operadora automática responde, diciendo que he contactado con la oficina federal.

93

LAURA DAVE

La sucursal de la oficina federal del oeste de Texas. Ubicada en Austin, Texas.

Grady Bradford está trabajando muy lejos de su oficina en Austin. ¿Por qué un agente federal de Texas se ha presentado ante mi puerta? Y, sobre todo, ¿por qué un agente federal que, si decido creer a O'Mackey y Naomi, no tiene autorización para iniciar esa investigación? Y si la tiene, ¿por qué? ¿Qué ha hecho Owen para que Bradford lo investigue? ¿Qué tiene que ver Texas con todo esto?

—Bailey —digo—. ¿Fuiste con tu padre alguna vez a Austin?

—¿Austin, en Texas? No.

—Piénsalo un momento. ¿Alguna vez habéis pasado por Austin de camino a otro lugar? ¿Quizás antes de que os mudarais a Sausalito? ¿Cuando todavía vivíais en Seattle...?

—Te refieres a cuando tenía más o menos... ¿cuatro años?

—Soy consciente de que hace mucho tiempo.

Bailey alza la vista, buscando en su mente un día, un momento que hace mucho que ha olvidado, y que de pronto le dicen que tal vez es demasiado importante como para olvidarlo. Parece molesta por no poder encontrar ese momento. Y disgustarla es lo último que deseo.

—¿Por qué me preguntas estas cosas? —quiere saber.

—Antes vino un agente federal de Austin —explico—. Estaba pensando que tal vez ha venido hasta aquí porque tu padre tiene algún vínculo con esa ciudad.

—¿Con Austin?

—Sí —afirmo.

Hace una pausa, reflexiona, parece estar buscando algo en su cabeza.

—Tal vez... —empieza a decir—. Hace mucho tiempo... Es posible que estuviera ahí para una boda. Cuando era muy pequeña. Quiero decir que estoy bastante segura de que era una de las damas de honor porque me hicieron posar para todas esas fotos. Y creo que alguien me dijo que estábamos en Austin.

—¿Cómo estás de segura de todo eso?

—No estoy segura —responde—. Estoy lo menos segura que se puede estar.

—Vale, ¿qué recuerdas de la boda? —pregunto, intentando reducir el abanico de posibilidades.

—No lo sé… Lo único que recuerdo es que todos estábamos allí.

—¿Tu madre también? —pregunto.

—Supongo que sí. Pero creo que no estaba en la parte que mejor recuerdo. Mi padre y yo salimos de la iglesia y fuimos a dar un paseo, me llevó al estadio de fútbol. Se estaba celebrando un partido. Nunca había visto nada igual. Ese estadio enorme. Todo iluminado. Todo era de color naranja.

—¿Naranja? —pregunto.

—Luces naranjas, uniformes naranjas, me encantaba el naranja, estaba obsesionada con Garfield, así que ya ves… Eso es lo que recuerdo. Mi padre señalando todos esos colores y diciendo: «Es como Garfield».

—¿Y crees que estuviste en una iglesia?

—Sí, una iglesia. En Texas, o puede ser que en el lugar más alejado de Texas —dice.

—Pero ¿nunca preguntaste a tu padre dónde se celebró esa boda? ¿Nunca le pediste que te diera más detalles?

—No. ¿Por qué debería haberlo hecho?

—Tienes razón.

—Además, le molestaba que hablara del pasado —dice.

Eso me sorprende.

—¿Por qué piensas que le molestaba?

—Por lo poco que recuerdo de mi madre.

Guardo silencio. Aunque Owen ya me había mencionado algo parecido. Había llevado a Bailey a un terapeuta cuando era pequeña, aparentemente había bloqueado a su madre en su mente. El terapeuta le dijo a Owen que era algo muy habitual. Era un mecanismo de defensa ante la sensación de abandono al perder a una madre a una edad tan temprana como era el caso de Bailey cuando perdió a Olivia. Pero Owen pensaba que era algo más grave, y por alguna razón parecía culparse por ello.

Bailey cierra los ojos, como si pensar ahora en su madre fuera demasiado; como si pensar en su padre también fuera demasiado. Se restriega los párpados, justo después de que pueda ver cómo se le escapa una lágrima. Justo después de darse cuenta de que la he visto. Ni siquiera está intentando ocultar lo sola que se siente. Y entonces me doy cuenta de algo, al rozar sin querer a Bailey en esa clase de dolor que sufre. Haré todo lo que pueda para eliminar ese dolor. Para ayudarla. Haré lo que sea para que vuelva a sentirse bien.

—¿Podemos hablar de otra cosa? —dice. Pero enseguida alza la mano—. ¿Sabes qué? Retiro lo dicho. ¿Podemos intentar no hablar de nada? Lo que más deseo es no hablar de nada en absoluto.

—Bailey… —digo.

—No —me rechaza—. ¿Puedes simplemente dejarme tranquila?

Después se reclina en el banco, esperando a la pizza y a que me vaya, independientemente del orden en que suceda una cosa o la otra.

¿Qué es lo que no quieres recordar?

Me voy adentro, como muestra de respeto a Bailey y su petición de estar sola. No tengo ganas de presionarla. Ni de exigirle que entre en casa. Está confundida y enojada, preguntándose si su padre es quien ella cree que es, preguntándose si todavía puede confiar en aquella persona tal y como la conocía desde siempre: estable, generosa, suya. Está enojada por tener que cuestionarse eso; está enfadada con él y con ella misma. Es una sensación con la que puedo sentirme identificada.

«Protégela.»

Pero ¿de qué? ¿De aquello, lo que quiera que sea, en lo que Owen se ha visto involucrado en la trama de The Shop? ¿De lo que él ha permitido que suceda allí? ¿O tal vez Owen quiere que proteja a Bailey de algo más? ¿Algo que todavía no puedo ver? ¿Algo que todavía no quiero ver?

Recorro de un lado a otro el dormitorio. No quiero contrariar a Bailey, pero siento la apremiante necesidad de tirar de cualquier hilo que pueda encontrar. Es lo único que se me ocurre hacer: reconsiderar (pedirle que considere) nuestros brumosos y amables recuerdos de Owen. Yuxtaponerlos junto a las últimas veinticuatro horas. ¿Dónde se halla el punto de encuentro?

De pronto, uno de los posibles puntos de unión regresa contraatacando. Austin. Hay otra cosa que sé de Austin y de Owen. Poco después de mudarme a Sausalito, me ofrecieron un trabajo allí. Una estrella de cine estaba reformando su casa, su residencia en un rancho en Westlake Drive, al pie del lago Austin.

Quería que alguien la ayudara a librarse del aura de su exmarido, a quien le encantaba todo lo moderno y odiaba todo lo rústico. Su diseñador de interiores le había sugerido mis obras de madera. Pero ella quería participar activamente, y eso implicaba tener que viajar a Austin durante dos semanas y repasar todo el proceso con ella.

Le pedí a Owen que me acompañara, pero él rechazó la idea. Estaba molesto por que quisiera ir a otro lugar que pudiera retrasar mi mudanza a Sausalito, y por ende nuestra nueva vida juntos de forma real, tal como habíamos venido planeando.

Yo también estaba ansiosa por ir a California, y con mucha menos ansiedad por trabajar mano a mano con la cada vez más exigente actriz. Así que decliné su oferta. Pero registré su extraño comportamiento. Era algo atípico del carácter de Owen reaccionar de ese modo, controlador, dependiente. Cuando saqué el tema, me pidió disculpas por reaccionar así. Dijo que la mudanza le estaba poniendo nervioso. Nervioso por cómo se adaptaría Bailey a tenerme en casa. Para Owen, en última instancia todo dependía de Bailey. Todos los cambios que la afectaran también le afectarían a él. Comprendía su inquietud. Lo dejé pasar.

Pero ahora estoy pensando en la otra señal de alarma relacionada con Austin. Cuando le pedí que me acompañara a Austin para mi simposio de torneros de madera, por un momento su aspecto se volvió sombrío. No rehuyó la propuesta, pero se escabulló. Sí que lo hizo. De modo que es posible que no se tratara solo de Bailey. Puede que tuviera algo que ver con Austin en sí mismo. Algo que Owen no quería que yo supiera. Algo de lo que había huido.

Busco el móvil y llamo a Jake, un acérrimo fan del fútbol americano: universitario, la Liga Nacional, partidos clásicos en YouTube a las ocho de la mañana.

—Es tarde aquí —dice, en lugar de «hola».

—¿Qué puedes decirme del estadio de fútbol de Austin? —pregunto.

—Puedo decirte que no se llama así —contesta.

—¿Sabes algo sobre el equipo?

—¿Los Longhorns? ¿Qué quieres saber?

—Los colores.

—¿Por qué?

Espero.

Suspira.

—Naranja y blanco —responde.

—¿Estás seguro?

—Sí, naranja oscuro y blanco. Los uniformes, la mascota. Los postes de la portería. Las luces en los partidos nocturnos. El estadio entero. Es medianoche. No, más tarde aún. Estaba durmiendo. ¿Por qué me lo preguntas?

No me parece que pueda decirle la verdad, porque suena como una locura. El agente federal que se presentó en casa viene de allí. Bailey recuerda haber estado allí. Tal vez. Y Owen reaccionó de forma extraña ante la perspectiva de hacer un viaje allí, en dos ocasiones distintas, que ahora he podido recordar.

No quiero decirle que Austin es todo lo que tengo.

Pienso en mi abuelo. Si estuviera vivo, sentado aquí conmigo, podría contárselo. No pensaría que estoy loca. Simplemente se sentaría conmigo y me ayudaría a repasarlo todo hasta que yo misma me diera cuenta de qué es lo que tengo que hacer. Por eso era tan bueno en su trabajo; y en ayudarme a comprender en qué consistía el mío. La primera lección que me enseñó fue que no se trataba únicamente de darle forma a un bloque de madera hasta conseguir aquello en lo que quería convertirlo. Se trataba además de ir quitando las capas, para ver qué había dentro de la madera, qué había sido antes. Ese era el primer paso para crear algo hermoso. El primer paso para conseguir algo de la nada.

Si Owen estuviera aquí, también lo comprendería. A él

también podría contárselo. Me miraría a los ojos y se encogería de hombros. «No tienes nada que perder.» Me miraría y sería capaz de verlo: de ver lo que yo ya hubiera decidido.

«Protégela.»

—¿Jake? Te llamo luego —digo.

—¡Mañana! —contesta—. Llámame mañana.

Cuelgo y vuelvo a salir afuera. Me encuentro a Bailey donde la dejé, con la mirada perdida en la bahía, dando sorbitos a mi vaso de vino, como si fuera el suyo.

—¿Qué estás haciendo? —pregunto.

El vaso está casi vacío. Estaba lleno cuando entré en la casa. Ahora no queda casi nada. Sus labios están teñidos por el vino, las comisuras de los labios manchadas de rojo.

—¿Puedes no enfadarte? —responde—. Solo he bebido un poco.

—No me importa el vino.

—¿Y por qué me miras de ese modo? —pregunta.

—Deberías ir dentro y hacer la maleta —digo.

—¿Por qué?

—Estaba pensando en lo que dijiste, en la boda. En Austin. Y creo que deberíamos ir allí —respondo.

—¿A Austin?

Asiento con un movimiento de cabeza.

Me mira, confusa.

—Eso es una locura. ¿Cómo va a ayudar en algo ir a Austin? —dice.

Quiero ofrecerle una respuesta sincera. ¿Y si pruebo a citar a mi abuelo y le digo que podría ser como quitarle las capas al bloque de madera? ¿Me escucharía? Lo dudo. Pero si le cuento que he intentado atar cabos con lo que tengo hasta ahora (una formulación floja en todo caso, en su mejor versión), se rebelará y se negará a ir.

De modo que le digo algo que sí puede escuchar, algo que también es la verdad. Algo que suena como lo que diría su padre.

—Es mejor que quedarse aquí sin hacer nada —digo.

—¿Y qué hay del instituto? —pregunta—. ¿Voy a dejar de ir así como así?

—Dijiste que igualmente no ibas a ir mañana —apunto—. ¿No acabas de decirlo?

—Sí —responde—. Supongo que sí.

Ya estoy dirigiéndome a la casa. Ya estoy de camino hacia el interior.

—Pues haz la maleta.

PARTE 2

Cada clase de madera posee sus propios patrones y colores característicos, que se revelan cuando el bol sale del torno.

Philip Moulthrop

Austin sigue siendo extraño

Salimos desde San José en un vuelo a las seis y cincuenta y cinco minutos de la mañana.

Han pasado cuarenta y seis horas desde que Owen salió de casa hacia el trabajo, cuarenta y seis horas desde la última vez que escuché su voz.

Le cedo a Bailey el asiento de la ventanilla y me siento en el pasillo. Los pasajeros tropiezan conmigo mientras se abren camino hacia el baño situado en la parte posterior del avión.

Bailey se apoya en la ventana para estar lo más lejos posible de mí, con los brazos cruzados y apretados contra el pecho. Lleva una camiseta sin mangas de Fleetwood Mac, sin suéter, y se le está poniendo carne de gallina en los brazos.

No sé si tiene frío o está molesta por algo. O ambas cosas. Nunca hemos ido en avión juntas, así que no pensé en recordarle que metiera una sudadera en el equipaje de mano. Aunque no creo que hubiera seguido mi consejo de todos modos.

De pronto, siento que ese es el peor crimen de Owen. ¿Cómo no me ha facilitado algún punto de referencia antes de desaparecer? ¿Cómo no me ha dejado una lista de normas sobre cómo cuidarla? La primera norma: dile que lleve un jersey para cuando suba al avión; dile que lleve algo que le cubra los brazos.

Bailey mantiene la mirada fija en el exterior, evita el contacto visual. Puede ser que simplemente no tenga ganas de hablar. En lugar de conversar, pues, empiezo a tomar notas en mi cuaderno. Estoy planeando una estrategia. Aterrizamos a las doce y media hora local, lo cual significa que probablemente serán casi las dos antes de llegar al centro de Austin y registrarnos en el hotel.

Me gustaría conocer mejor la ciudad, pero solo he estado en Austin una vez, durante mi último año en la universidad. Jules obtuvo su primer encargo profesional (le pagaban ochenta y cinco dólares y una habitación de hotel) y me invitó a acompañarla. Tenía que fotografiar el festival anual de salsas picantes del *Austin Chronicle* para un blog de comida de Boston. Pasamos casi todo nuestro tiempo en Austin en ese festival, quemándonos la boca con cientos de tipos diferentes de costillas picantes y patatas fritas, verduras ahumadas y salsas de jalapeño. Jules hizo seiscientas fotografías.

Poco antes de irnos de la ciudad, deambulamos por los alrededores de los jardines del barrio de East Austin, donde se celebraba el festival. Encontramos una colina que nos ofreció las vistas más increíbles de la silueta de los edificios del centro de la ciudad recortada contra el horizonte. Había tantos árboles como rascacielos, más cielo azul que nubes. Y la calidez que el lago confería a la ciudad de alguna forma hacía que Austin pareciera más bien un pueblo pequeño.

Jules y yo decidimos entonces que nos mudaríamos a Austin tras la graduación. Era mucho menos caro que Nueva York, mucho más fácil que Los Ángeles. Cuando llegó el momento, no consideramos realmente esa posibilidad, pero en ese instante lo sentimos así, mientras mirábamos la ciudad desde lo alto. Nos parecía que estábamos mirando hacia nuestro futuro.

Este no es el futuro que imaginaba, de eso estoy segura.

Cierro los ojos, intentando impedir que me controlen las preguntas que siguen dando vueltas en mi cabeza en un bucle implacable, las preguntas para las que necesito respuestas. ¿Dónde está Owen? ¿Por qué tenía que huir? ¿Y qué es eso de lo que no me di cuenta y que él tenía tanto miedo de contarme?

Esa es la razón en parte de estar sentada en este avión. Tengo la fantasía de que al irnos de casa algo se desencadenará en el universo que hará que Owen vuelva y responda él mismo a mis preguntas. ¿No es así como se supone que funciona? ¿La tetera que por fin hierve cuando dejas de mirarla? En cuanto aterricemos en Austin, habrá un mensaje de Owen preguntando dónde estamos, diciéndome que está sentado solo en la cocina esperándonos, en lugar de ser al revés.

—¿Qué les apetece tomar?

Alzo la vista y veo a la azafata de pie en el pasillo, al lado de mi asiento, con un carrito de bebidas plateado delante de ella.

Bailey no deja de mirar por la ventanilla, lo único que se ve de ella es la cola de caballo de color violeta.

—Una Coca-Cola normal —dice—. Con mucho hielo.

Me encojo de hombros, como una ofrenda de paz ante lo escueto de la respuesta de Bailey.

—Una Coca-Cola Light, por favor —digo.

La azafata simplemente se ríe, sin dar muestras de estar ofendida.

—¿Dieciséis? —susurra.

Asiento con la cabeza.

—Yo también tengo hijos de dieciséis años —comenta—. Gemelos, además. Créame, lo entiendo.

En este momento Bailey sí se gira hacia ella.

—No es mi madre —dice.

Es cierto. Es algo que Bailey podría haber dicho cualquier otro día, ansiosa por corregir el malentendido. Pero ahora suena distinto, es como una punzada, y me cuesta disimular el dolor que me produce en la expresión de mi cara. No es solo cómo me hace sentir. Es también porque tendrá que rendirse cuentas a sí misma justo después de su comentario: la obviedad imposible de que odiarme o renegar de mí es mucho menos divertido cuando, de momento, solo me tiene a mí.

Su expresión se tensa al darse cuenta. Me quedo callada, mirando la pantalla de televisión del asiento frente a mí, un episodio de *Friends* reproduciéndose sin sonido, Rachel y Joey se besan en la habitación de un hotel.

Finjo no advertir la desesperación de Bailey, pero tampoco me pongo los auriculares. Es lo mejor que se me ocurre para ofrecerle algo de espacio donde respirar, mientras intento hacerle saber que estoy aquí si lo necesita.

Bailey se frota los brazos en un intento de aliviar la carne de gallina, pero no dice nada, no durante un buen rato. Finalmente toma un sorbo de su refresco. Luego hace una mueca.

—Creo que han intercambiado nuestras bebidas —dice.

Me giro para mirarla.

—¿Qué pasa?

Alza el vaso lleno de hielo, rebosante hasta el borde.

—Esta es *light* —explica—. La azafata debe de haberme dado la tuya.

Intento no parecer demasiado sorprendida cuando me pasa la bebida. Y no le llevo la contraria. Le doy a Bailey la mía y espero a que dé un sorbo. Bailey asiente con la cabeza, como si se sintiera aliviada de tener la bebida correcta. Solo que ambas sabemos que la azafata nos ha servido correctamente desde un principio. Y es ahora, solo desde que Bailey ha hecho ese gesto, ese intento de aliviar la tensión, cuando hemos intercambiado nuestras bebidas.

Si esta es la manera de Bailey de acercarse a mí, allí es donde me encontraré con ella.

Tomo un sorbo de la Coca-Cola.

—Gracias —digo—. Nada más probarla ya pensé que sabía raro.

—De nada —contesta. Luego vuelve a mirar por la ventana—. No es para tanto.

Y

En el aeropuerto subimos a un Uber y repaso las noticias en el móvil.

Los reportajes sobre The Shop inundan el sitio web de la CNN, el del *New York Times* y el *Wall Street Journal*. Muchos de los últimos titulares se centran en una conferencia de prensa concedida por el jefe de la Comisión de Bolsa y Valores, y utilizan ciberanzuelos como «The Shop cierra para siempre».

Hago clic sobre el artículo más reciente del *New York Times*, que habla sobre la declaración de la Comisión de Bolsa y Valores de que van a presentar cargos de fraude civil contra Avett Thompson. Y cita una fuente del FBI que afirma que el personal directivo y los ejecutivos de alto rango «con casi toda seguridad» serán citados como personas de interés.

No se menciona a Owen por el nombre. Por lo menos de momento no.

El Uber avanza por Presidential Boulevard y se dirige al hotel, que está en el lago Lady Bird cerca del puente de Congress Avenue. Está lejos del jaleo de la parte más bulliciosa de la ciudad, al otro lado del puente, desde el corazón del centro de Austin.

Rebusco en el bolso y saco una copia impresa de nuestra reserva de hotel, para repasar los datos. El nombre completo de Jules, Julia Alexandra Nichols, parece estar mirándome. Jules me propuso que reservara la habitación con su tarjeta de crédito como medida de seguridad. Llevo la tarjeta y su carné en la cartera, como medida de seguridad adicional en caso de que alguien nos esté siguiendo.

Por supuesto, nuestro vuelo a Austin ha quedado registrado. Jules ha pagado con su tarjeta los billetes, pero en ellos aparecen nuestros verdaderos nombres. De modo que es fácil seguirnos la pista, si es que alguien deseara hacerlo. Pero, incluso aunque supieran que estamos en Austin, no tienen por qué saber dónde exactamente. No voy a facilitarles su trabajo al próximo Grady o a Naomi, para que se presenten de nuevo en la puerta sin avisar.

El taxista, un joven que lleva un pañuelo en la cabeza, mira a Bailey por el espejo retrovisor. No es mucho mayor que ella y está intentando mantener contacto visual. No ceja en su intento de llamar su atención.

—¿Es tu primera vez en Austin? —le pregunta.

—Sí —responde Bailey.

—¿Y qué te parece por ahora?

—¿Basándome en los catorce minutos que han pasado desde que salí del aeropuerto?

Él se ríe, como si ella hubiera hecho una broma, como si le estuviera invitando a seguir hablando.

—Crecí aquí —dice—. Puedes preguntarme lo que quieras de esta ciudad y te contaré aún más cosas de las que deseas saber.

—Está bien saberlo —dice.

Puedo darme cuenta de que Bailey está totalmente desconectada, así que intento iniciar una conversación, por si alguna información pudiera ser útil más adelante.

—¿Creciste aquí? —pregunto.

—Nací y crecí aquí, cuando todavía era una pequeña ciudad —contesta—. En muchos sentidos sigue siéndolo, pero hay muchísima más gente y edificios mucho más grandes.

Sale de la autopista y siento que se me encoge el pecho cuando vislumbro el centro de Austin. Sé que este era el plan, pero, al mirar por la ventana esta ciudad desconocida, todo me parece mucho más loco.

Señala algo por la ventana, hace gestos para indicar un rascacielos.

—Esa es la torre Frost Bank. Solía ser el edificio más alto de Austin. Ahora no creo que se encuentre siquiera entre los cinco más altos. ¿Habéis oído hablar de ella?

—Pues no que yo recuerde.

—Bueno… Tiene una historia curiosa. Si se la mira desde ciertos ángulos, parece un búho. Exactamente igual. Puede que cueste verlo desde aquí, pero es alucinante si consigues reconocerlo.

Bajo la ventana y observo el edificio Frost, las gradas en la parte superior parecen las orejas, las dos ventanas, los ojos. Definitivamente tiene cierta similitud con un búho.

—Esta es la ciudad de la Universidad de Texas, pero todos los arquitectos fueron a la Universidad de Rice y el búho es la mascota de esa universidad. De modo que es como un «que le den a vuestra mascota» y a los Longhorns en general —explica—. Y lo típico, algunas personas dicen que eso es simplemente una teoría de la conspiración, pero basta con mirarlo. ¡El edificio parece un búho! ¿Cómo podría tratarse de una casualidad?

Gira hacia el puente South Congress y puedo ver nuestro hotel en la distancia.

—¿Vais a ver a los Longhorns? —pregunta. Dirige la pregunta a Bailey, intentando de nuevo encontrarse con su mirada en el espejo retrovisor.

—No exactamente —responde.

—Entonces…, ¿qué vais a hacer aquí?

No contesta. Abre la ventana en un intento de disuadirle de que haga más preguntas. No la culpo por ello. No la culpo por no estar especialmente ansiosa de explicar a un desconocido por qué está aquí, intentando recordar si alguna vez estuvo en esta ciudad, buscando información sobre su padre desaparecido.

—Simplemente somos fans de Austin —contesto.

—Bien hecho —dice—. Unas pequeñas vacaciones. Muy comprensible.

Se desvía hacia la entrada del hotel y Bailey abre la puerta antes incluso de que el coche se detenga.

—¡Espera, espera! Déjame darte mi número. Por si hay algo que os pueda enseñar mientras estáis en la ciudad.

—No lo hay —replica Bailey.

Luego se recoloca la tira del bolso en el hombro y empieza a caminar hacia la entrada del hotel.

Recojo las maletas del maletero y me apresuro para poder seguirle el ritmo. Le doy alcance en las puertas giratorias.

—Ese tío era muy pesado —dice.

Empiezo a decir que solo intentaba ser amable, pero no le interesa su amabilidad. Y, puesto que tengo que elegir cuidadosamente mis batallas, decido que esta no va a ser una de ellas.

Entramos en el hotel y recorro con la mirada el vestíbulo: un patio interior de gran altura, el bar, un Starbucks a un lado. Cientos de habitaciones. Justo la clase de hotel anodino que esperaba, un lugar fácil en el que perderse. Solo que quizás estoy escrutándolo demasiado rato, porque atraigo la atención de una empleada del hotel.

Lleva el nombre escrito en una chapa identificativa, «Amy», y el pelo corto a lo *garçon*.

Nos ponemos en la cola de la recepción, pero es demasiado tarde. Se acerca a nosotras, con una sonrisa permanente en la cara.

—Hola —saluda—. Soy Amy, la conserje del hotel. ¡Bienvenidas a Austin! ¿Os puedo ayudar en algo mientras esperáis para registraros?

—Estamos bien. Aunque tal vez nos iría genial un mapa del campus —digo.

—¿De la Universidad de Texas en Austin? —pregunta—. Claro que sí. También puedo organizar una visita al campus. Y además hay un café excelente que no os podéis perder cuando vayáis a esa parte de la ciudad. ¿Sois muy cafeteras?

Bailey me mira como si fuera culpa mía que Amy esté revoloteando a nuestro alrededor parloteando. Y puede que tenga razón. Pregunté por un mapa en lugar de simplemente decirle a la parlanchina Amy que no necesitábamos nada. Pero quiero un mapa. Quiero tener algo entre mis manos que me haga parecer un poco más convencida de lo que estoy haciendo.

—¿Queréis que os organice el transporte para ir hasta allí?

Llegamos al mostrador, donde un recepcionista llamado Steve sostiene dos vasos con limonada.

—Hola, Amy.

—¡Steve! Estaba a punto de dar a estas dos chicas algunos mapas de la universidad y un buen café *flat white*.

—Excelente —dice Steve—. Os ayudaré a instalaros en vuestra guarida. ¿Qué os trae a este pequeño rincón del mundo? ¿Y qué puedo hacer para conseguir que sea vuestro rincón favorito?

Eso es lo que le faltaba a Bailey. Decide empezar a alejarse, Steve ha sido el último clavo en el ataúd de la agresiva amabilidad. Se dirige a la zona de los ascensores, taladrándome con su mirada mientras se aleja. Una mirada de culpa por esas conversaciones que no puede soportar, por estar lejos de casa, simplemente por estar en Austin. Toda la buena disposición que conseguí en el avión aparentemente se ha esfumado.

—Bien, señora Nichols, la habitación está en el octavo piso, con una vista fantástica del lago Lady Bird —dice Steve—. Tenemos un *spa* estupendo en el hotel, por si queréis refrescaros un poco después del vuelo, antes de subir a la habitación. ¿O tal vez preferís que organice el almuerzo?

Alzo las manos en señal de rendición.

—La llave de la habitación, Steve —digo—. Simplemente dame la llave. Lo más rápido posible.

Dejamos las maletas arriba. No nos paramos para comer nada.

A las dos y media salimos del hotel y nos dirigimos al puente de Congress Avenue. Decido que es mejor ir andando. Pienso que un largo paseo puede ayudar a Bailey a refrescar la memoria, suponiendo que haya algún recuerdo que refrescar. Y ese paseo nos llevará a través del corazón de Austin hacia el campus y el estadio de fútbol americano Darrell K. Royal, el único de la ciudad.

En cuanto cruzamos el puente, el centro de la ciudad se extiende ante nosotras, vibrante y abrumador, incluso a primera hora de la tarde. De algún modo parece más bien que sea de noche: hay gente tocando música, los bares están abiertos, restaurantes con mesas en el jardín llenos de gente.

Bailey sigue sin levantar la cabeza, con los ojos en el móvil. ¿Cómo va a reconocer algo si ni siquiera presta atención? Pero cuando nos detenemos ante un semáforo en rojo en la calle 5, con la señal para peatones parpadeando de forma intermitente, alza la vista.

Y cuando lo hace, la pillo mirando dos veces la misma cosa.

—¿Qué? —pregunto.

—Nada.

Sacude la cabeza de un lado a otro. Pero sigue mirando algo fijamente.

Sigo su mirada hasta ver un letrero que anuncia Antone's, en letras azules. Debajo puede leerse «EL HOGAR DEL BLUES». Una pareja se abraza ante la entrada mientras se hacen un selfi.

Bailey señala el club.

—Estoy bastante segura de que mi padre tiene un disco de John Lee Hooker de aquí —comenta.

Sé que está en lo cierto en cuanto lo dice. Visualizo la portada del álbum: con el logo de Antone's y una rotulación elegante. Y John Lee cantando ante un micrófono, con sombrero y gafas de sol, y la guitarra en la mano. Recuerdo una noche de la semana pasada (¿cómo es posible que fuera la semana pasada?) cuando Bailey estaba en el ensayo de teatro y nosotros dos estábamos solos en casa. Owen rasgueaba su guitarra. No puedo recordar la letra de la canción, pero sí la cara de Owen mientras cantaba, eso sí.

—Es cierto —digo—. Tienes razón.

—No creo que sea importante —añade.

—No creo que sepamos todavía qué es lo importante —replico.

—¿Se supone que todo esto debería animarnos o algo así?

¿Animarnos? Hace tres días estábamos los tres juntos en la cocina, a miles de años luz de esta realidad. Bailey estaba comiendo un bol de cereales, hablando con su padre del fin de semana. Quería que Owen la dejara ir a la península de Monterey con Bobby, el cual quería hacer una larga ruta en bicicleta. «Tal vez podamos ir todos», dijo Owen.

Bailey puso los ojos en blanco, pero advertí que lo estaba considerando como una posibilidad, sobre todo después de que Owen dijera que podíamos parar en Carmel de regreso a casa. Quería hacer una parada allí para tomar una sopa de pescado en un pequeño restaurante cercano a la playa que a Bailey le encantaba, y al que habían ido en numerosas ocasiones desde poco después de mudarse a Sausalito.

Eso fue hace tres días. Ahora nos encontramos las dos en una nueva realidad en la que falta Owen, en la que nos pasamos todo el tiempo intentando dilucidar dónde puede estar. Y por qué. Una nueva realidad en la que constantemente me sorprendo preguntándome a mí misma si me estoy equivocando al aferrarme a la creencia de que las respuestas a esas cuestiones no van a cambiar drásticamente la imagen básica que tengo de Owen.

Mi objetivo no es tratar de animarnos. Solo estaba intentando decir algo más neutro, para que Bailey no se dé cuenta de lo enfadada que estoy yo también.

Cuando cambia el semáforo, cruzo rápidamente la calle para girar en Congress Avenue y acelero el paso.

—Intenta seguir el ritmo —digo.

—¿Dónde vamos? —dice Bailey.

—A algún sitio mejor que aquí —respondo.

115

ϒ

Una hora después, rodeamos el Capitolio y seguimos por el bulevar de San Jacinto. Y entonces vislumbramos el estadio. Es enorme, llama la atención, incluso a manzanas de distancia.

De camino hacia el estadio, pasamos por el centro deportivo Caven-Clark. Parece ser el centro recreativo de los estudiantes, con toda una serie de edificios a juego en tonos naranja, en el parque Clark Field, además de una gran pista. Los estudiantes están jugando al pillapilla como entrenamiento de fútbol, haciendo *sprints* por las escaleras y descansando en los bancos, haciendo que esta parte del campus parezca de repente estar completamente separada de la ciudad aunque al mismo tiempo forme parte de ella. Absolutamente integrada.

Consulto el mapa del campus y empiezo a dirigirme a la entrada más cercana del estadio.

Pero Bailey de pronto se detiene.

—No quiero hacer esto —anuncia.

La miro a los ojos.

—Puede que haya estado antes con mi padre en el estadio, ¿y qué? ¿En qué va a ayudarnos eso?

—Bailey… —empiezo a decir.

—En serio, ¿qué estamos haciendo aquí?

No reaccionará bien si le digo que ayer me quedé despierta hasta muy tarde leyendo información sobre los recuerdos de la infancia, cómo los olvidamos. Y cómo los podemos refrescar. Con frecuencia eso sucede cuando volvemos a un lugar y se nos permite experimentarlos del mismo modo que la primera vez. Eso es lo que estamos haciendo aquí. Estamos siguiendo su instinto. Estamos accediendo a su recuerdo de haber estado aquí antes. Y también estamos siguiendo el mío, que desde el momento en que averigüé de dónde venía Grady Bradford me decía que debíamos hacerlo.

—Hay cosas que tu padre no nos ha contado, además de lo que estaba pasando en The Shop —digo—. Estoy intentando descubrir de qué se trata.

—Eso no parece demasiado concreto —replica.

—Cuanto más recuerdes, más podremos concretar —comento.

—Entonces…, ¿es mi responsabilidad?

—No, es la mía. Si me he equivocado al traerte aquí, seré la primera en admitirlo.

Bailey guarda silencio.

—Oye, ¿por qué no entramos? ¿Te importaría hacerlo? —le pido—. Hemos hecho un largo camino para estar aquí.

—¿Tengo otra opción? —pregunta.

—Sí —contesto—. Siempre. Conmigo siempre la tienes.

Puedo verla reflejada en su rostro, veo la sorpresa al darse cuenta de que lo digo en serio. Y es verdad. Estamos a unos treinta metros de la entrada más cercana al estadio, PUERTA 2, pero ahora depende de Bailey. Si quiere dar media vuelta, no se lo impediré. Quizás eso es lo que la hace seguir adelante, porque eso es precisamente lo que hace a continuación.

Se acerca a la puerta, y eso ya me parece una victoria. La segunda victoria: parece estar reuniéndose un grupo para una visita guiada al estadio, y conseguimos acoplarnos a ellos, pasando por el control de seguridad sin que el estudiante distraído que se encarga del mostrador nos dirija apenas una mirada.

—Bienvenidos al estadio Darrel K. Royal —saluda el guía—. Soy Elliot, el encargado de guiaros. ¡Seguidme!

Dirige al grupo hacia la zona del fondo y deja que pasen unos instantes para que todo el mundo pueda contemplar el estadio, que es épico. Tiene capacidad para cien mil fans, «TEXAS» aparece escrito en grande en un extremo del campo, y en el otro «LONGHORNS» en letras un poco más pequeñas. Es tan inmenso, tan imponente, que me parece que es la clase de lugar que no cuesta recordar, retener en la memoria, especialmente en edades tempranas.

Elliot empieza a explicar al grupo lo que pasa en una noche de partido: que se dispara un cañonazo tras cada *touchdown*,

117

que Bevo, la mascota, es un toro real, y que un grupo de *cowboys* de Texas le conducen por todo el campo, cuidan de él.

Cuando acaba su perorata y comienza a guiarnos hacia la sala de prensa, indico por señas a Bailey que se quede rezagada, y vamos hacia las gradas descubiertas.

Tomo asiento en la primera fila, Bailey me imita. Miro hacia el campo, pero la observo con el rabillo del ojo mientras se dispone a acomodarse. Y entonces se sienta una fila por encima de la mía.

—No puedo estar segura de que fuera aquí —dice—. No lo sé. Pero recuerdo a mi padre diciéndome que algún día me gustaría el fútbol tanto como a él. Recuerdo que me dijo que no tuviera miedo de la mascota.

Hay algo que no encaja; no la parte sobre la mascota, que suena exactamente a lo que diría Owen, sino cuando dijo que le encantaba el fútbol. A Owen nunca le ha interesado el fútbol. Por lo menos desde que estamos juntos, apenas le he visto mirar un partido entero. Nada de largas tardes de partidos de fútbol ocupando nuestro fin de semana. Ni resúmenes el lunes por la noche. Fue uno de los muchos aspectos distintos y refrescantes respecto a Jake.

—Pero debo de estar equivocada —añade—. A mi padre no le gusta el fútbol, ¿no? Me refiero a que… nunca vamos a ver ningún partido.

—Eso estaba pensando yo. Pero tal vez le gustaba entonces. Cuando pensaba que haría de ti una aficionada.

—¿Cuando era una niña pequeña?

Me encojo de hombros.

—Quizá pensó que podría convertirte en una Longhorn.

Bailey se gira hacia el campo. Aparentemente, no cabe añadir nada a su recuerdo.

—Creo que debía de ser eso. No se trataba del fútbol en general, sino de su equipo. —Hace una pausa—. O el equipo que fuera, con sus uniformes naranjas…

—Simplemente dime lo que sepas, como si este fuera el lugar donde estuvisteis —le pido—. ¿Vinisteis después de la boda? ¿Era de noche?

—No, era por la tarde. Y yo llevaba mi vestido. El de dama de honor. Eso lo sé. Quizá veníamos de la boda. De la ceremonia. —Hace una pausa—. A menos que me esté imaginando todo esto. Lo cual también parece igualmente plausible.

Siento que empieza a frustrarse. Es más que probable que Bailey ya me haya dicho en Sausalito todo lo que podía recordar, y tal vez deberíamos habernos quedado allí. En nuestra casa flotante, vacía sin Owen. Las dos conviviendo en el espacio que él dejó.

—No sé qué decir —continúa—. Creo que daría lo mismo estar en cualquier otro estadio.

—Pero ¿te resulta familiar?

—Sí, de algún modo.

Entonces se me ocurre algo. Surge como un fogonazo y puedo vislumbrar el resto, en función de su respuesta.

—Entonces, ¿viniste andando?

Me mira de forma extraña.

—Sí, contigo.

—No, me refiero a si recuerdas venir a pie aquel día, desde la boda, con tu padre. Suponiendo que fuera aquí…

Mueve la cabeza de un lado a otro, como si fuera una pregunta absurda, pero entonces abre los ojos como platos.

—Sí, creo que fuimos andando. Si yo iba todavía con el vestido de dama de honor, probablemente vinimos directamente de la iglesia.

No sé si es esta conversación la que está creando el recuerdo o no, pero de pronto Bailey parece más segura.

—Sí que vinimos a pie —dice—. Creo que solo vinimos a ver el partido durante un rato, tras la ceremonia. Vinimos andando. Estoy casi segura de ello…

—Entonces tiene que estar cerca.

119

—¿El qué? —pregunta.

Bajo la vista hacia el mapa y veo las opciones que tenemos: una iglesia católica no demasiado lejos de aquí, dos cabildos episcopales y una sinagoga aún más cerca. Todos ellos a una distancia salvable a pie. Todos ellos potenciales lugares de culto donde Owen estuvo con Bailey antes de traerla aquí.

—¿No recuerdas por casualidad qué clase de ceremonia era? ¿La clase confesional?

—Estás bromeando, ¿no?

No estoy bromeando.

—Por supuesto —contesto.

¿Quién necesita un guía turístico?

Señalo en el mapa con un círculo las iglesias y salimos del estadio por una puerta distinta. Bajamos los escalones y pasamos por una estatua que rinde homenaje a la Longhorn Band. El centro de exalumnos Etter-Harbin se encuentra justo detrás de ella.

—Espera —dice Bailey—. Para un poco…

Me giro hacia ella.

—¿Qué pasa?

Alza la vista hacia el edificio, hacia el letrero en la fachada delantera: «El hogar de los exalumnos de la Universidad de Texas».

Luego inicia el regreso hacia el estadio.

—Esto me suena —dice.

—Bueno, se parece un poco a la otra puerta…

—No, es como si todo me resultara familiar —insiste—. Esta parte del campus. Como si hubiera estado aquí más de una vez, algo así. Lo siento así, como algo familiar. —Empieza a mirar a su alrededor—. Deja que me oriente —prosigue—. Déjame que descubra por qué este sitio me suena tanto. ¿No se trataba de eso? ¿De que se supone que algo debe parecerme familiar?

—Vale —digo—. Tómate tu tiempo.

Intento animarla, aunque no deseo detenerme allí. Quiero llegar a las iglesias antes de que cierren. Quiero encontrar a alguien con quien pueda hablar.

Guardo silencio y llevo mi atención al móvil. Me concentro para poder imaginar la línea temporal. Si Bailey sabe algo, si no nos hemos desviado por completo del camino, tuvo que ser en 2008, cuando todavía vivían en Seattle, cuando Olivia todavía estaba viva. Al año siguiente, Bailey y Owen se mudaron a Sausalito. Y cualquier fecha anterior queda descartada, porque Bailey sería demasiado pequeña como para recordar algo de todo esto, en realidad nada.

De modo que 2008 es el momento óptimo. Si Bailey está en lo cierto sobre cualquiera de las cosas que recuerda, fue ese año cuando estuvo aquí. Busco la programación de fútbol. Busco los partidos en casa de hace doce años.

Pero mientras empiezo a pasar las programaciones para llegar a la que necesito, suena el móvil, y en la pantalla puedo leer «número privado». Lo sostengo en la mano, sin estar segura de qué debo hacer. Podría ser Owen. Pero me acuerdo de Grady diciéndome que no responda a números desconocidos, y tengo la sensación de que puede ser arriesgado. ¿Quién más podría ser? ¿Qué otros problemas puede acarrear atender la llamada?

Bailey me indica por señas el móvil.

—¿Vas a descolgar? ¿O solo te vas a quedar mirándolo?

—Todavía no lo he decidido.

¿Y si fuera Owen? ¿Y si...? Hago clic sobre «aceptar». Pero no digo nada, a la espera de escuchar qué es lo que tiene que decir la persona que me llama.

—¿Hola? ¿Hannah?

La mujer al otro extremo de la línea tiene una voz aguda, irritante, y además cecea. Es una voz que reconozco.

—Belle —digo.

—Oh, qué lío —dice—. Qué atropello. ¿Estás bien? ¿Y cómo está la hija de Owen? —Es Belle esforzándose por ser amable, pero advierto que no la llama por su nombre. Dice la hija de Owen porque nunca se acuerda de que se llama Bailey.

Nunca le ha parecido que sea algo importante que recordar—. Ellos no han hecho esto, ya lo sabes… —continúa.

«Ellos.»

—Belle, he estado intentando llamarte —digo.

—Ya lo sé. Lo sé, debes de estar enloqueciendo. Yo estoy desquiciada. Estoy escondida en Saint Helena como si fuera una criminal. Fuera hay equipos de cámaras acampando delante de la puerta. ¡No puedo ni siquiera salir de casa! Tengo que pedir a mi asistente que me traiga pollo asado y *soufflés* de chocolate de Bouchon para tener algo que comer —dice—. ¿Dónde estás?

Empiezo a esquivar la pregunta, pero ni siquiera es necesario. Belle no espera a que responda. Solo quiere seguir hablando.

—Me refiero a que todo esto es ridículo —continúa—. Avett es un empresario, no un criminal. Y Owen es un genio, aunque eso no hace falta que te lo diga. Lo que digo es que, por todos los santos, ¿por qué diablos tendría que hacer eso Avett? ¿Robar a su propia empresa? Esta es, déjame pensar, ¿la octava empresa que funda? ¿Y a estas alturas en su carrera va a empezar a inflar el valor de las acciones y mentir y robar? ¿O lo que demonios sea que dicen que está haciendo? Por favor, ya tenemos tanto dinero que no sabemos qué hacer con él.

Está luchando, defendiéndose enérgicamente. Pero eso no cambia lo que está dejando a un lado, lo que se niega reconocer. Los éxitos previos de Avett, el engreimiento que comportan, podrían explicar por qué se negaba a fracasar ahora.

—El caso es que le han tendido una trampa —declara.

—¿Quién, Belle?

—¿Cómo demonios voy a saberlo yo? ¿El gobierno? ¿Un competidor? Quizás alguien sin escrúpulos que quería adelantársele para hacerse con el mercado. Esa es la teoría de Avett. La cuestión es que tenemos que superar esto. Avett ha trabajado demasiado duro durante demasiado tiempo como para que le destruyan por un percance con la contabilidad.

Y entonces escucho lo que gente como Patty, Carl o Naomi debe de oír cuando habla conmigo. Escucho el despropósito. Parece que esté loca. Quizás es eso lo que sucede cuando se toca fondo, se pierde la habilidad de medir, de conseguir que las palabras que una pronuncia tengan sentido para el resto del mundo.

—Entonces, ¿me estás diciendo que es una trampa o un error contable? —Hago una pausa—. ¿O simplemente estás afirmando que es culpa de todo el mundo excepto de Avett?

—¿Perdona? —exclama.

Está enojada. No me importa. No tengo tiempo para ella, ahora que sé que esta conversación está destinada a acabar con Belle pidiéndome algo. No tengo nada más que ofrecerle.

Miro a Bailey, que me observa con un interrogante en los ojos: ¿por qué mi tono suena cada vez más airado? ¿Qué significa eso en relación con su padre?

124

—Tengo que irme —digo.

—Espera un momento —me pide. Y entonces es cuando empieza a entrar al trapo. A hablar de lo que realmente quiere—. Los abogados de Avett no consiguen localizar a Owen —prosigue—. Y solo queremos asegurarnos de que…, solo queremos saber… que no está hablando con la policía, ¿no? Porque eso no sería la opción más inteligente para nadie.

—Si Avett no ha hecho nada malo, ¿qué importa lo que diga Owen?

—No seas ingenua. No funciona así.

Casi puedo ver a Belle sentada a la isla de la cocina, en el taburete que hice para ella, sacudiendo la cabeza, incrédula, los aros de oro que siempre lleva rozando sus pómulos.

—¿Y cómo funciona entonces?

—Eeeh… Pues con inducción, o confesiones conseguidas a la fuerza… ¿No me digas que Owen es tan estúpido? —Hace una pausa—. ¿Ha estado hablando con la policía?

Quiero decirle: «Solo sé que no está hablando conmigo».

Pero no voy a hacerle ese regalo. No voy a ofrecerle nada. Estamos en situaciones distintas. Ella no está preocupada por la seguridad de Avett. No está cuestionándose con sinceridad si el gobierno actúa de mala fe o si Avett es culpable. Belle sabe que su esposo es culpable. Solo está tratando de darle la vuelta a todo, hacer lo que sea, para evitar que pague por ello.

Mi preocupación, en cambio, es cómo evitar que Bailey pague por ello.

—Los abogados de Avett tienen que hablar con Owen lo antes posible, para que el relato sea coherente —dice Belle—. Tú también podrías ser de gran ayuda. Tenemos que permanecer todos unidos.

No contesto.

—¿Hannah? ¿Sigues ahí?

—No —respondo—. Ya no.

Luego cuelgo. Cuelgo y vuelvo a mirar la programación antigua de fútbol de la Universidad de Texas en Austin.

—¿Quién era? —pregunta Bailey.

—Se han equivocado —contesto.

—¿Es así como se llama Belle ahora? —dice.

Alzo la vista para mirarla.

—¿Para qué disimular? —replica.

Está furiosa y asustada. Y, aparentemente, estoy empeorando las cosas en lugar de mejorarlas.

—Solo estoy intentando protegerte de parte de esto, Bailey.

—Pero no puedes —responde—. Esa es la cuestión. Nadie puede protegerme de esto. ¿Qué te parece si acordamos que seas la persona que me dice la verdad?

Parece de pronto más mayor de lo que es. Su mirada inquebrantable, los labios apretados. «Protégela.» Lo único que me ha pedido Owen que haga. Lo único imposible.

Asiento, sosteniéndole la mirada. Quiere que le diga la verdad, como si fuera algo fácil de hacer. Quizás es más sencillo que aquello en lo que lo estoy convirtiendo.

125

—Era Belle. Y básicamente lo que ha dicho me confirma que Avett es culpable, o que, como mínimo, tiene cosas que ocultar. Y parecía sorprendida de que Owen haya desaparecido del mapa, en lugar de ayudar a Avett a ocultar esas cosas. Todo lo cual me hace pensar en qué es lo que esconde tu padre. Y por qué. —Hago una breve pausa—. Por eso me gustaría buscar esas iglesias para ver si nos dan alguna pista sobre por qué creía que la única opción que le quedaba era dejarnos atrás. Me gustaría descubrir si solo tiene que ver con The Shop, o si lo que sospecho es cierto.

—¿Qué es?

—Creo que está huyendo de algo que se remonta a mucho antes —anuncio—. Y que tiene que ver con él y contigo.

Bailey se queda callada. Sigue de pie ante mí con los brazos cruzados sobre el pecho. Luego, de forma repentina, los deja caer a un lado. Los deja caer y se acerca un poco a mí.

—Bueno… ,cuando te pedí que me dijeras la verdad, quería decir que, en fin, que no me mientas cuando te pregunto con quién hablas al teléfono.

—¿Me he pasado un poco?

—En el buen sentido —dice.

Puede que sea lo más bonito que me ha dicho nunca.

—Bueno, he intentado escuchar tu petición.

—Gracias por ello —contesta.

Luego me coge el mapa y empieza a estudiarlo ella misma.

Tres meses antes

Eran las tres de la mañana y Owen estaba sentado en la barra del bar del hotel, tomando *bourbon* en un vaso de tubo, sin hielo.

Sintió mi mirada y alzó la vista.

—¿Qué estás haciendo aquí? —dijo.

Le ofrecí una sonrisa.

—Creo que eso debería preguntártelo yo a ti —repliqué.

Estamos en San Francisco, en un hotel *boutique* al otro lado del edificio del ferri. Había una tormenta terrible. La clase de temporal que no suele tener lugar con demasiada frecuencia en Sausalito y que nos ha obligado a evacuar la casa, nuestra casa flotante, debido al riesgo de inundación. Nos ha obligado a refugiarnos al otro lado del Golden Gate, en un hotel abarrotado de otros expatriados procedentes de otras casas flotantes. Aunque aparentemente Owen no se sentía demasiado amparado.

Se encogió de hombros.

—Se me ocurrió bajar para tomar una copa —dijo—. Trabajar un poco…

—¿En qué? —pregunté.

Eché un vistazo alrededor. No tenía el portátil consigo. Ni vi papeles esparcidos a su alrededor. No había nada en el bar, excepto su *bourbon*. Y solo otra cosa más.

—¿Quieres sentarte conmigo? —dijo.

Me senté en un taburete a su lado y me abracé a mí misma con más fuerza. Hacía frío en mitad de la noche. La camiseta de tirantes y los pantalones de chándal no eran la mejor combinación.

—Estás congelada —dijo.

—Estoy bien.

Se quitó la sudadera con capucha y me la puso por encima de la cabeza.

—Enseguida lo estarás —dijo.

Le miré. Y esperé. Esperaba que me dijera qué estaba haciendo allí realmente, qué era lo que tanto le preocupaba como para haber abandonado nuestra habitación. Para que me hubiera dejado en la cama, y a su hija en el sofá extraíble.

—Es solo que el trabajo es ahora mismo un poco estresante. Eso es todo. No pasa nada. Nada que no pueda resolver.

Hizo un movimiento de cabeza para enfatizar lo que acababa de decir. Pero parecía estresado. Parecía más estresado que nunca. Cuando estábamos haciendo las bolsas para venir, le vi en el cuarto de Bailey, cogiendo la hucha cerdito de cuando Bailey era niña, para meterla en su bolsa de lona. Parecía avergonzado cuando le descubrí haciéndolo, y como explicación me dijo que era uno de los primeros regalos que le había hecho a su hija. No quería arriesgarse a perderlo. Pero eso no fue lo más extraño, que Owen estuviera llevándose toda clase de objetos con una carga sentimental (el primer cepillo de Bailey, los álbumes de fotos familiares) en la bolsa para pasar la noche. Lo más raro era que el otro objeto que había en el bar, aparte de su copa, era el cerdito de Bailey.

—Entonces, si lo tienes todo controlado, ¿por qué estás aquí solo sentado, en mitad de la noche, mirando fijamente la hucha con forma de cerdito de tu hija?

—Estaba pensando en abrirla. Por si necesitamos el dinero.

—¿Qué pasa, Owen? —pregunté.

—¿Sabes qué me dijo Bailey ayer por la noche? ¿Cuando le dije que teníamos que evacuar? Me dijo que quería ir con la familia de Bobby. Que estaban en el Ritz y que quería estar con él. Se convirtió en una gran discusión.

—¿Dónde estaba yo?

—Fuiste a cerrar el taller.

Me encogí de hombros, intentando ser amable.

—Está creciendo.

—Lo sé, es absolutamente normal, lo comprendo, pero… Pero cuando le dije que no, pasó una cosa muy extraña —explicó—. La observé mientras me seguía hacia el coche, pateando el suelo. Y yo solo podía pensar: «Va a abandonarme». Quizás es por haber estado solo criándola todo este tiempo, simplemente intentando mantenernos a flote… Pero no creo haber reflexionado nunca realmente sobre ello, o tal vez sencillamente no me lo permití.

—¿Y esa es la razón por la que estás aquí abajo, mirando el cerdito en mitad de la noche?

—Quizás. O tal vez es solo que extraño la cama —dijo—. No puedo dormir. —Alzó el vaso de *bourbon* y se lo acercó a los labios—. Cuando Bailey era pequeña, cuando llegamos a Sausalito, tenía miedo de bajar al muelle. Creo que fue porque, el día después de mudarnos, la señora Hahn se resbaló y cayó, y Bailey vio que casi se cae al agua.

—¡Eso es terrible! —exclamé.

—Sí, bueno, durante un par de meses me hacía llevarla de la mano cuando íbamos por el muelle, desde la puerta de entrada hasta el aparcamiento. Y por el camino preguntaba: «Papi, vas a mantenerme a salvo, ¿verdad? Papi, no vas a dejar que me caiga, ¿verdad?». Tardábamos como seis horas y media en llegar de la puerta de casa al coche.

Me reí.

—Me volvía tarumba. Después de cien veces, de veras pensé que me estaba volviendo un poco loco. —Hizo una pausa—. ¿Y sabes qué fue peor que eso? El día que dejó de hacerlo.

129

Posé la mano en su codo para mostrarle mi apoyo. Mi corazón estaba emocionado por su amor hacia ella.

—Llegará el día en que ya no podré mantenerla a salvo, no de todo —añadió—. Ni siquiera podré prohibirle nada.

—Bueno, eso me lo puedo imaginar —comenté—. Yo ni siquiera puedo decirle «no» a nada ahora.

Alzó la vista hacia mí, con su *bourbon* todavía en la mano, y se rio. Se rio de verdad, la broma hizo que se esfumara su tristeza, fragmentándola.

Dejó la copa a un lado y se volvió hacia mí.

—En una escala de uno a diez, ¿hasta qué punto te parece extraño haberme encontrado aquí sentado?

—¿Sin el cerdito? Tal vez te daría un dos, o un tres…

—¿Y con el cerdito? ¿Paso de seis?

—Me temo que sí.

Dejó la hucha sobre un taburete vacío y llamó por señas al camarero.

—¿Podría prepararle a mi mujer la bebida de su elección? Y para mí una taza de café. —Luego se inclinó hacia mí, apoyando su frente en la mía—. Lo siento.

—No tienes por qué. Es duro, lo comprendo, pero no va a pasar mañana, no va a irse mañana. Y te quiere tanto… Nunca se irá del todo.

—No sé qué decirte.

—Yo sí.

Seguía apoyando su frente en la mía.

—Espero que Bailey no se despierte y vea que nos hemos ido —concluyó—. Si miras por la ventana, se puede ver el Ritz.

Pequeñas iglesias blancas

*E*lenor H. McGovern escudriña a Bailey por encima de sus bifocales.

—A ver si lo he entendido bien —dice—. ¿Qué es lo que quieren saber?

Estamos sentadas en el despacho de Elenor, en una iglesia episcopal. Es una iglesia grande, una de las catedrales más antiguas de Austin, de más de cien años de antigüedad. Y se encuentra justo a poco más de medio kilómetro del estadio de fútbol. Pero lo más importante es que es la única iglesia en la que hemos entrado, la finalista de las seis aspirantes que Bailey dijo que le resultaban familiares.

—Estamos buscando una lista de las bodas que se celebraron aquí durante la temporada de fútbol del año 2008 —dice Bailey.

Elenor, que debe de tener algo más de setenta años y mide más de uno ochenta, nos mira, abrumada.

—Es menos complicado de lo que parece —explico—. Solo necesitamos una relación de las bodas que su pastor celebró durante los partidos jugados en casa de la temporada de fútbol de 2008. Las bodas que cayeron en otros días de esos fines de semana no hacen falta. Solamente las que tuvieron lugar mientras jugaban los Longhorns. Eso es todo.

—Oh, durante los partidos en casa de hace doce años. ¿Eso es todo?

Ignoro el tono de voz y sigo insistiendo, con la esperanza de poder ponerla de nuestro lado.

—Ya he hecho algunos preparativos —digo.

Le paso la lista por encima de la mesa. He creado un gráfico con la programación de los Longhorns de hace doce años. He pedido a Jules que la compruebe en el *San Francisco Chronicle* usando las herramientas de búsqueda, para asegurarnos de que no he obviado ningún partido, de que hemos pulsado todas las teclas.

Solo había ocho fechas. Solo ocho en las que una Bailey niña habría podido ir caminando al estadio con Owen, en las que podría haberse encontrado allí sentada.

Elenor se queda mirando la lista. Pero no hace el más mínimo movimiento con intención de cogerla entre las manos.

Recorro el despacho en busca de pistas sobre ella, pistas que me ayuden a ganármela. Postales navideñas y pegatinas de parachoques sobre el escritorio; fotografías de la familia de Elenor alineadas en la repisa de la chimenea; un tablón de gran tamaño rebosante de fotografías y notas de los parroquianos. El despacho revela cuarenta años construyendo relaciones justo en esta sala, en esta iglesia. Lo sabe todo de este lugar. Nosotras solo necesitamos saber una pequeña parte.

—Sé que parece mucho —prosigo—. Pero, si le echa un vistazo, verá que se trata de la programación de partidos en casa para la temporada de 2008. O sea, que estamos hablando de menos de diez fines de semana. Y ya los hemos preparado para usted. Aunque el pastor oficiara dos bodas cada uno de ellos, en total serían menos de veinte parejas.

—Miren —dice Elenor—, lo siento. Simplemente no estoy autorizada para facilitar esa información.

—Comprendo que esa es la ley y el porqué de esa ley —digo—. Pero estará de acuerdo conmigo en que se trata de una circunstancia excepcional.

—Por supuesto. Es terrible saber que su marido ha desaparecido. Imagino que están lidiando con muchas cosas debido a su ausencia. Pero eso no cambia la ley.

—¿No puede hacer una excepción a su política de protección de datos? —dice Bailey, en un tono demasiado brusco—. Está claro que no somos asesinas en serie ni nada parecido. No podría importarnos menos quién es toda esa gente.

Pongo la mano sobre la pierna de Bailey, intentando calmarla.

—Podemos quedarnos aquí mientras leemos los nombres —ofrezco—. No hace falta que ningún papel impreso ni ninguna dirección salga de aquí.

Elenor nos mira de forma alternativa, como si estuviera dividida entre ayudarnos o echarnos de su despacho. Pero parece que se inclina más bien por echarnos. No puedo dejar que eso ocurra, no ahora, cuando es posible que estemos yendo por buen camino. Si podemos averiguar a qué boda asistieron Owen y Bailey, entenderemos su vínculo con Austin. Y puede que ese vínculo nos ayude a entender qué hacía Grady en la entrada de casa, y qué está haciendo Owen tan lejos de ella.

—Creo de veras que Bailey puede haber estado en esta iglesia de pequeña —explico—. Sería de mucha ayuda para ella, para ambas, saberlo con seguridad. Y si supiera por lo que hemos pasado esta semana, sin su padre…, digamos que sería un acto de caridad.

Contemplo a través de los ojos de Elenor cómo la comprensión se va filtrando por ellos, y de repente siento la esperanza de que mi ruego la haya puesto de nuestro lado para ayudarnos.

—Me gustaría ayudarlas. Lo haría. Pero no puedo hacerlo, queridas. Si quieren dejarme su número, puedo preguntarle al pastor, pero no creo que le vaya a gustar la idea de facilitar la información personal de nuestros feligreses.

—Jesús, señora, ¿no nos va a dar una oportunidad? —dice Bailey.

133

Hay que admitir que no es lo mejor que podía haber dicho.

Elenor se pone en pie y su cabeza parece estar peligrosamente cerca del techo, a punto de chocar contra él.

—Voy a tener que irme ahora, si me disculpan, queridas —concluye—. Tenemos un grupo de estudio de la Biblia esta tarde que necesito preparar en la sala de conferencias. Así que, si no les importa, las acompañaré hasta la salida.

—Mire, Bailey no pretendía ser maleducada, pero su padre ha desaparecido y simplemente estamos intentando descubrir por qué. Nuestra familia está bajo mucha presión. La familia lo es todo para nosotras, estoy segura de que puede comprenderme.

Hago un gesto para señalar las fotografías alineadas en la repisa de la chimenea: las instantáneas de hijos y nietos, las cándidas fotos de su marido, sus perros, una granja. Varias fotos de Elenor y un nieto, quizá su favorito, luciendo un pelo con mechas extrañas hechas por él mismo. Las suyas son de un tono verde.

—Estoy segura de que usted sería la primera en hacer cualquier cosa por su familia —añado—. Puedo intuirlo. Por favor, reflexione sobre ello un momento. Si yo estuviera sentada al otro lado del escritorio y usted a este, simplemente le pregunto: ¿qué esperaría de mí? Porque yo intentaría ayudarla.

Detiene su avance y se alisa el vestido. Luego, milagrosamente, Elenor vuelve a sentarse y se recoloca las gafas bifocales en la nariz.

—Déjeme ver qué puedo hacer —dice. Bailey sonríe aliviada—. Los nombres no saldrán de este despacho.

—No saldrán ni siquiera de su mesa —digo—. Simplemente averiguaremos si hay alguien que puede ayudar a nuestra familia. Eso es todo.

Elenor asiente y desliza hacia ella la lista que he preparado y he dejado sobre la mesa. Luego la coge entre sus manos. La mira mientras la sostiene en sus manos, como si no pudiera creer que esté haciendo esto. Suspira, para que sepamos que no se puede creer haber cedido.

Enciende el ordenador y empieza a escribir en el teclado.

—Gracias —dice Bailey—. Muchas gracias.

—Dale las gracias a tu madrastra —responde Elenor.

Y entonces sucede algo increíble. Bailey no se estremece cuando oye que se refiere a mí de esa manera. No me da las gracias. Ni siquiera me mira. Pero no se estremece, y tengo la sensación de que es un gesto equivalente, en cierto modo.

No me da tiempo a saborearlo porque mi móvil empieza a vibrar. Lo miro y veo un mensaje de Carl.

Estoy en la puerta de tu casa, ¿puedo pasar?
He estado llamando…

Miro a Bailey, le rozo la mano.

—Es Carl —digo—. Voy a llamarle a ver qué quiere.

Bailey asiente, sin apenas prestarme atención, con los ojos fijos en Elenor. Me dirijo al vestíbulo y le escribo que enseguida le llamo.

—Hola —dice cuando descuelga—. ¿Puedo pasar? Tengo a Sarah conmigo. Estamos dando un paseo.

Le imagino de pie delante de nuestra entrada, Sarah en la mochila BabyBjörn, con uno de esos enormes lazos que a Patty le encanta ponerle en la cabeza. Carl aprovechando el paseo con su hija como excusa, una excusa para venir y hablar conmigo sin que se entere Patty.

—No estamos en casa, Carl —digo—. ¿Qué pasa?

—La verdad es que no es para hablarlo por teléfono —dice—. Preferiría hablarlo en persona. Puedo volver más tarde si te va mejor. Saldré con Sarah otra vez a las cinco y cuarto, para que le dé un poco el aire antes de cenar.

—Yo preferiría saber lo que tengas que decirme ahora —contesto.

135

Guarda brevemente silencio, sin estar seguro de qué hacer. Puedo imaginarlo considerando si debe insistir en que hablemos en persona más tarde, para que le resulte más fácil elaborar lo que sea que me quiere contar. Porque no me cabe la menor duda, ni la tuve ayer al ver la expresión de su cara, de que sabe algo, algo que le da miedo contarme.

—Oye, me siento muy mal por lo que pasó cuando viniste a casa ayer —empieza a decir—. Me pilló desprevenido y Patty ya estaba muy cabreada. Pero te debo una disculpa. No estuvo bien, sobre todo porque… —Hace una breve pausa, como si todavía estuviera intentando decidir si contármelo o no—. Bueno, tal vez debería retroceder un poco en el tiempo. Quiero decir… que no sé exactamente qué es lo que Owen te contó, pero estaba pasándolo mal en el trabajo. Realmente estaba teniendo muchos problemas con Avett.

—¿Eso te lo dijo él? —pregunto.

—Sí, no entró en muchos detalles, pero dijo que estaba bajo mucha presión para conseguir que funcionara el *software* —explica—. Hasta ahí llegó. Me dijo que las cosas no iban tan sobre ruedas como Avett le había asegurado. Y que tenía la espalda contra la pared…

Esa frase hace que le interrumpa.

—¿Qué quieres decir con que tenía la espalda contra la pared?

—Dijo que no podía dejarlo simplemente. Y buscar otro trabajo. Que tenía que arreglar lo que estaba sucediendo.

—¿Dijo por qué? —pregunto.

—No me explicó nada más. Te lo juro. Y eso que intenté sonsacárselo. No vale la pena pasar tanto estrés por ningún trabajo…

Vuelvo la vista hacia el despacho de Elenor, la cual sigue con la mirada fija en el ordenador, mientras Bailey recorre de un lado a otro la sala.

—Gracias por hacérmelo saber.

—Espera… Hay algo más. —Puedo sentir que está forcejeando con las palabras. Puedo notar su esfuerzo por intentar ponerlas juntas en una frase—. Tengo que decirte otra cosa.

—Dispara, Carl.

—No invertimos en The Shop, Patty y yo —dice.

Recuerdo lo que Patty me dijo, que llamó estafador a Owen, que le acusó de haberle robado su dinero.

—No te entiendo.

—Necesitaba ese dinero para otra cosa, algo que no le puedo contar a Patty, algo que tiene que ver con Cara —explica.

Cara. La compañera de trabajo de Carl con la que lleva manteniendo una relación intermitente desde antes de que naciera Sarah.

—¿De qué se trata exactamente? —pregunto.

—Prefiero no entrar en detalles, pero pensé que debías saberlo… —contesta.

Puedo imaginar toda una serie de variados escenarios que podrían costarle decenas de miles de dólares. El más evidente y que va emergiendo a la superficie sería otro bebé, en otro BabyBjörn, que también es suyo. De ambos.

Pero estoy haciendo suposiciones y no dispongo del tiempo para ello. Tampoco es que me importe especialmente. Lo que me importa es que Owen no hizo aquello de lo que Patty le acusa. Casi me parece una especie de prueba, una pieza del rompecabezas poniéndose en la cola para ayudarme a demostrarme a mí misma que Owen sigue siendo Owen.

—¿Estás diciendo que, incluso con todo lo que está sucediendo en estos momentos, estás permitiendo que tu mujer crea que Owen os robó vuestro dinero? ¿Qué te convenció para que invirtierais vuestros ahorros en una empresa fraudulenta?

—Soy consciente de que estuvo mal —responde.

¿De veras?

—¿Puedo recuperar por lo menos algunos puntos por decir la verdad? —pregunta—. Esta conversación es lo que menos deseo del mundo.

Pienso en Patty, la mojigata Patty, hablando en el club de lectura, el club vinícola, el de tenis, contando a todas las principales damas que quieran escucharla que Owen es un estafador. Contándoles la información falsa facilitada por su marido.

—No, Carl, la conversación que menos deseas del mundo es la que estás a punto de tener en breve. Con tu mujer. Porque, o bien decides contarle la verdad, o yo lo haré por ti.

Entonces cuelgo, con el corazón acelerado. No me permito el tiempo de procesar las implicaciones de lo que me ha contado porque Bailey me hace señas para que vuelva al despacho.

Recobro la compostura y regreso al despacho de Elenor.

—Lo siento —me disculpo.

—No se preocupe —dice Elenor—. Todavía estoy buscando toda esa información.

Bailey empieza a avanzar alrededor del escritorio hacia Elenor, pero ella la detiene con un gesto de su mano.

—Déjenme imprimir los registros —dice—. Y podrán echarles un vistazo. Pero de veras que tengo que asistir a esa reunión, de modo que tendrán que darse prisa.

—Ningún problema —contesto.

Pero Elenor deja de teclear de repente. Mira confundida la pantalla.

—¿Es la temporada de 2008 la que están buscando? —pregunta.

Asiento con la cabeza.

—Sí, el primer partido de los Longhorns en casa fue el primer fin de semana de septiembre.

—Eso ya lo he leído en la lista —dice Elenor—. Lo que quiero saber es si están seguras del año.

—Bastante —digo—. ¿Por qué?

—¿2008?

Bailey intenta disimular su nerviosismo.

—¡Sí, 2008!

—Ese año en otoño la iglesia estaba cerrada por obras —explica—. Se hicieron unas reformas importantes. Se había producido un incendio. Las puertas cerraron el uno de septiembre y no volvimos a abrir para celebrar ningún servicio o ceremonia de ninguna clase hasta marzo. No se celebró ninguna boda.

Elenor gira la pantalla para que podamos ver el calendario, todos los espacios vacíos. Se me encoge el corazón.

—¿Es posible que se trate de otro año? —dice Elenor a Bailey—. Déjenme comprobar el año 2009.

Alargo el brazo para detenerla. No tiene sentido buscar en 2009. Owen y Bailey ya se habían mudado a Sausalito en ese año. Tengo pruebas de ello, y en 2007, Bailey habría sido demasiado joven como para recordar nada. No tiene recuerdos de Seattle de esa época, por no decir de un viaje de un solo fin de semana a Austin. Para ser honestas con nosotras mismas, incluso 2008 es demasiado justo. Pero si su madre estaba en la boda, y Bailey cree que así era, entonces solo puede ser el año 2008.

—Mire, tuvo que ser en 2008 —dice Bailey.

La voz de Bailey empieza a quebrarse al ver la pantalla vacía.

—Yo estuve allí. Y esa es la única época posible. Ya hemos repasado las posibilidades. Fue ese otoño. Tiene que serlo si mi madre estaba con nosotros.

—¿Podría ser en 2007? —pregunta Elenor.

—¿Cuando tenía dos años y medio? —contesta—. ¿Qué recuerda usted de cuando tenía dos años?

—Entonces no fue aquí —dice Elenor.

—Pero eso no tiene sentido —replica Bailey—. Me refiero a que he reconocido el ábside. Lo recuerdo.

Me acerco a Bailey, pero ella se aparta. No le interesa que la apacigüen. Le interesa llegar al fondo de todo esto.

—Elenor —digo—. ¿Hay otras iglesias que se parezcan a esta, a una distancia salvable a pie del campus? ¿Alguna

139

que hemos pasado por alto y que pueden haberle recordado a Bailey su iglesia?

Elenor niega con la cabeza.

—No, ninguna con una catedral que recuerde la nuestra.

—¿Tal vez alguna que haya cerrado desde entonces?

—No lo creo. Pero ¿por qué no me da su número de teléfono? Puedo preguntar al pastor, a algunos de los feligreses. Y la llamaré si recuerdo algo. Tiene mi palabra.

—¿Qué va a poder recordar usted? —contesta Bailey—. ¿Por qué no dice simplemente que no nos puede ayudar?

—Bailey, para… —digo.

—¿Que pare? Tú eres la que dice que si recuerdo algo hay que seguir la pista, ¿y ahora me dices que pare? —espeta—. Lo que tú digas, estoy tan harta de todo esto…

Se levanta de la silla con ímpetu y sale furiosa del despacho de Elenor.

Ambas observamos en silencio cómo se marcha. Elenor me ofrece una mirada amable cuando Bailey ya no está.

—No pasa nada —dice—. Sé que no está enfadada conmigo.

—La verdad es que podría ser que sí. Pero está fuera de lugar. Debería estar furiosa con su padre, pero él no está aquí para oírla. Y por eso la está pagando con todos los demás.

—Lo comprendo —dice Elenor.

—Gracias por su tiempo —digo—. Si al final se le ocurre algo, aunque le parezca poco importante, le ruego que me llame.

Anoto mi número de móvil.

—Por supuesto.

Hace un gesto de asentimiento con la cabeza y se guarda la nota con el número en el bolsillo mientras empiezo a caminar hacia la puerta.

—¿Quién puede hacerle algo así a su familia? —pregunta.

Me giro hacia ella y la miro a los ojos.

—¿Perdone? —digo.

—¿Quién puede hacerle eso a su familia? —vuelve a preguntar.

«El mejor padre que conozco», quiero decirle.

—Alguien que no tiene elección —respondo—. Esa es la persona que le hace algo así a su familia.

—Siempre hay otras opciones —concluye Elenor.

Siempre hay otras opciones. Eso también lo dijo Grady. ¿Qué significa siquiera? Que se puede hacer lo correcto, o bien lo incorrecto. Es simple. Moralizante. Y si una es la persona sobre la que se formula esta cuestión, es que se ha elegido lo incorrecto, como si el mundo estuviera dividido en dos clases de personas: las que nunca han cometido un gran error y las que sí.

Pienso en la llamada de Carl, que me ha dicho que Owen lo estaba pasando mal. Pienso en lo mal que lo debe de estar pasando dondequiera que esté ahora.

Noto cómo surge y crece en mí el sentimiento de ira.

—Lo tendré en cuenta —digo, mi tono ahora más parecido al de Bailey.

Y me dirijo a la puerta para reunirme con ella.

No todo el mundo resulta de ayuda

Cuando volvemos al hotel pedimos queso gratinado y batatas fritas llamando al servicio de habitaciones. Enciendo la televisión. Una comedia romántica en un canal por cable: Tom Hanks y Meg Ryan encuentran la manera de estar juntos, contra todo pronóstico; su familiaridad es como un sedante. Nos acuna. Bailey se queda dormida en la cama.

Me quedo despierta viendo el resto de la película, esperando el momento que sé que va a suceder, Tom Hanks promete a Meg Ryan que quiere estar con ella, que la amará para siempre, mientras vivan. Luego pueden leerse los créditos. Y después vuelvo a estar en la oscura habitación de un hotel en una ciudad extraña y la realidad regresa como una espantosa descarga: Owen se ha ido. Sin dar ninguna explicación. No está.

Eso es lo más terrible de una tragedia. No está contigo cada minuto. Se nos olvida, y luego volvemos a recordarla. Y la vemos con una claridad aún más marcada: eso es lo que se nos exige, que aceptemos las cosas como son.

Estoy demasiado alterada como para dormir, de modo que empiezo a repasar las notas del día, intentando elaborar otra estrategia para utilizar el fin de semana de la boda como estímulo para la memoria de Bailey. ¿Qué estaba haciendo con Owen en Austin, aparte de asistir a una boda? ¿Es posible que se quedaran más tiempo? Quizá Bailey no se equivoca. Tal vez esa es la razón de que el campus le resultara tan familiar. ¿Pasaron más tiempo que un fin de semana? ¿Y por qué?

Me siento aliviada cuando suena el móvil para interrumpir mis pensamientos. No hay buenas respuestas a mis preguntas.

Descuelgo, en el identificador de llamada puede leerse «JAKE».

—Hace horas que llevo intentando contactar contigo —dice.

—Lo siento —susurro—. Ha sido un día muy largo.

—¿Dónde estás?

—En Austin.

—¿En Texas? —pregunta.

Salgo al pasillo, cerrando con suavidad la puerta de la habitación tras de mí, con cuidado de no despertar a Bailey.

—Es una larga historia, pero básicamente se trata de que Bailey recuerda haber estado en Austin cuando era pequeña. No estoy segura, tal vez la he presionado para que crea que se acuerda de haber estado aquí. Pero entre eso y la aparición de Grady Bradford ante mi puerta... pensé que debíamos venir aquí.

Así que... ¿estás siguiendo pistas?

—Aparentemente no se me da demasiado bien —digo—. Mañana volveremos en avión.

Odio escuchar el sonido de mis propias palabras. Y el pensamiento de volver a casa sin Owen me horroriza. Por lo menos aquí soy capaz de albergar la ilusión de estar haciendo algo para traer a Owen de vuelta a casa, que Bailey y yo, juntas, podemos hacerlo.

—Bueno, mira, tengo que contarte algo —empieza a decir Jake—. Y no te va a gustar.

—Pues tienes que empezar con algo que me guste, Jake —digo—. Porque si no, te voy a colgar.

—Tu amigo Grady Bradford es auténtico. Tiene una gran reputación en el servicio. Es uno de los tipos mejor entrenados de la oficina de Texas. El FBI a menudo recurre a él cuando desaparece un sospechoso. Y si quiere realmente dar con Owen, creo que lo conseguirá.

—¿Y por qué es eso una buena noticia?

—No creo que nadie más pueda encontrarlo —dice Jake.

—¿Qué quieres decir?

—Que Owen Michaels no existe —declara.

Casi me da por reír. Por lo ridículas que suenan esas palabras, ridículas, además por supuesto de erróneas.

—No digo que no sepas de qué estás hablando, Jake, pero puedo asegurarte que existe. Su hija está durmiendo a cinco metros de mí.

—Déjame decírtelo de otro modo —explica—, tu Owen Michaels no existe. Aparte de un certificado de nacimiento y un número de la seguridad social, que coinciden para Owen y su hija, el resto de la información es inconsistente.

—¿De qué estás hablando?

—El investigador del que te hablé, que sabe bien lo que hace, dice que no hay ningún Owen Michaels que encaje con la biografía de tu marido. Hay varios Owen Michaels que crecieron en Newton, Massachusetts, y unos cuantos que fueron a la Universidad de Princeton. Pero el único Owen Michaels registrado que creció en la ciudad natal de Owen y fue a Princeton tiene setenta y ocho años y vive con su pareja, Theo Silverstein, en Provincetown, en el extremo de Cape Cod.

Me cuesta respirar. Me siento en la moqueta del pasillo, apoyando la espalda en la pared. Puedo sentirlo. Un martilleo en mi cabeza, el golpeteo de los latidos en mi corazón. «Ningún Owen Michaels es tu Owen Michaels.» Las palabras recorren mi cuerpo, incapaces de encontrar un hogar.

—¿Continúo? —dice.

—No, gracias.

—Ningún Owen Michaels compró o tenía una casa en Seattle, Washington, en 2006, ni inscribió a su hija, Bailey, en preescolar ese año, ni consta ninguna declaración de impuestos a su nombre antes de 2009…

Eso hace que le interrumpa.

—Ese es el año que se mudó con Bailey a Sausalito.

—Exacto. Ahí es donde comienza a haber algo registrado sobre tu Owen Michaels. A partir de ahí, casi todo lo que me contaste coindice. Su casa, la escolarización de Bailey. El trabajo de Owen. Y, por supuesto, fue un movimiento inteligente comprar una casa flotante en lugar de una de verdad. Menos evidencias en papel. Ni siquiera tiene terreno. Es más como un alquiler. Más difícil de rastrear.

Me cubro los ojos con las manos, intentando poner fin a la sensación de vértigo en mi cabeza, intentando calmarme.

—Antes de su llegada a Sausalito, no he podido encontrar ni un solo dato que sostenga la historia que tu marido te contó sobre su vida. O se hacía llamar de otra manera, o bien usaba su nombre actual y te mintió sobre todo lo demás. Te mintió sobre quién era.

Me quedo callada al principio. Luego consigo formular la pregunta.

—¿Por qué? —pregunto.

—¿Por qué Owen cambiaría su nombre? ¿Los datos básicos de su vida? —me pregunta él a modo de confirmación.

Asiento como si pudiera verme.

—Pregunté lo mismo al investigador —dice Jake—. Me contó que normalmente hay dos razones por las que alguien cambia de identidad, y ninguna de las dos te va a gustar.

—¿En serio?

—La más común, lo creas o no, es que la persona en cuestión tenga una segunda familia en otro sitio. Otra mujer. Otro hijo. O hijos. E intente mantener separada su doble vida.

—Eso no es posible, Jake —digo.

—Cuéntaselo a un cliente que tenemos ahora, un millonario magnate del petróleo que tiene una mujer en Dakota del Norte, en el rancho familiar, y otra en San Francisco, en una mansión en Pacific Heights. En la misma calle que Danielle Steele. Lleva veintinueve años con ambas mujeres. Cinco niños con una y otros cinco con la otra. Y ninguna de las dos tiene la menor idea. Creen que viaja mucho por trabajo. Creen que es un marido estupendo. Solo nosotros sabemos lo de su doble vida porque hemos preparado su testamento…, su lectura será muy entretenida.

—¿Cuál es la otra razón por la que Owen podría haberlo hecho? —digo.

—¿Suponiendo que no tenga otra mujer en otra parte?

—Sí. Asumiendo eso.

—La otra razón por la que alguien crea una falsa identidad, que es con la teoría con la que estamos trabajando, es que esté involucrado en algún tipo de actividad criminal —explica—. Y que haya huido para evitar problemas, empezar una nueva vida, proteger a su familia. Pero en casi todos los casos el criminal vuelve a delinquir, y esa es su perdición.

—¿Eso querría decir que Owen ya había tenido problemas con la ley anteriormente? ¿Que no solo es culpable de lo que está pasando con The Shop, sino también de algo más?

—Eso podría explicar su huida —me confirma Jake—. Sabía que, cuando The Shop implosionara, él también quedaría al descubierto. Estaría más preocupado de que su pasado saliera a la luz que de ninguna otra cosa.

—Pero, según esa lógica, ¿no es posible que no sea un criminal? —pregunto—. ¿Que se cambiara el nombre para eludir a alguien? ¿Alguien que quisiera hacerle daño, o incluso hacerle daño a Bailey?

«Protégela.»

—Claro, eso sería posible —admite—. Pero ¿por qué no te lo habría contado desde un principio?

No se me ocurre una respuesta plausible. Pero necesito otra

alternativa… Algo más que explique por qué Owen no aparece en los registros como Owen.

—No sé. Quizás esté en un programa de protección de testigos —añado—. Eso explicaría la intervención de Grady Bradford.

—Ya pensé en esa posibilidad. Pero ¿te acuerdas de mi amigo Alex? Tiene un amigo en las altas esferas de los agentes federales, así que lo comprobó para hacerme un favor. Y Owen no está en el programa de protección.

—¿Estás seguro de la información?

—Sí.

—¿De qué clase de programa de protección se trata?

—No uno demasiado bueno. De todas maneras, Owen no encaja en el perfil de la gente incluida en esos programas. No con su trabajo, con su nivel de renta, no en Sausalito. Los testigos de los programas de protección venden neumáticos en algún rincón de Idaho. Y esos son los afortunados. No es como en las películas. A la mayoría de los testigos se les deja en mitad de la nada con un poco de dinero en la cartera y un par de carnés nuevos, además de desearles buena suerte.

—Entonces, ¿qué?

—¿Por dinero? Es la segunda opción. Es culpable de algo y lleva huyendo mucho tiempo. Y quizá por eso se quedó atrapado en The Shop. O tal vez eso no tenga nada que ver. Es difícil saberlo. Pero si le arrestan también descubrirán el delito anterior, y por eso huyó, para salvar el pellejo. O, quizás es lo que tú dices, que ha huido porque pensó que era lo mejor para proteger a Bailey. Que ella no se viera afectada por lo que sea que él hiciera en el pasado.

Es la primera cosa de las que ha dicho Jake que cala en mi mente. Es lo que me repito una y otra vez. Si los errores de Owen solo fueran a pasarle factura a él, se habría quedado con nosotras. Habría hecho frente al escuadrón de tiro. Pero en caso de que hubiera algo que pudiera arrastrar a Bailey con él, entonces tomaría otra decisión.

—Jake, aunque tuvieras razón, aunque no sepa toda la historia sobre el hombre con el que me casé… Sé que solo abandonaría a Bailey si no tuviera más remedio. Dejándome a mí a un lado, si huyera sin ninguna intención de volver, se la llevaría con él. Ella lo es todo para él. Owen no es así, no la dejaría atrás. Desapareciendo simplemente.

—Hace dos días también creías que él no era así, que no se inventaría la historia de su vida entera, ¿no? Porque eso es lo que ha hecho.

Me quedo mirando fijamente la fea moqueta del hotel con su estampado de rosas fucsias, intentando encontrar en ellas algo parecido al consuelo.

Me parece imposible. Cada fragmento de todo esto parece imposible. ¿Cómo se puede empezar a confrontar la idea de que tu marido está huyendo de la persona que solía ser, una persona cuyo nombre real ni siquiera conoces? Tienes ganas de argumentar que alguien está entendiendo mal toda la historia. Alguien está entendiendo mal tu historia. En esa historia tuya, la que te sabes tan bien de memoria, nada de esto tiene sentido. Ni dónde empieza esta parte del relato, ni adónde se dirige. A buen seguro tampoco cómo amenaza con finalizar.

—Jake, ¿cómo vuelvo adentro y le digo a Bailey que ningún aspecto de su padre es lo que ella creía? No sé cómo podría decírselo.

Excepcionalmente, guarda silencio.

—Quizá le puedes contar otra cosa —dice.

—¿Como qué?

—Como que tienes un plan para apartarla de todo esto —explica—. Por lo menos hasta que esté todo solucionado.

—Pero no lo tengo.

—Pero podrías. De hecho, puedes hacerlo ya. Venid a Nueva York. Quédate conmigo. Quedaos las dos, como mínimo hasta que se resuelva todo esto. Tengo amigos en el Consejo de Dalton. Bailey podría acabar el curso allí.

Cierro los ojos. ¿Cómo es posible que vuelva a estar allí? ¿Al teléfono con Jake? ¿Cómo es posible que Jake sea el único que me está ayudando? Cuando terminamos nuestra relación, Jake me dijo que siempre me sentía ausente. No se lo rebatí, no pude. Porque es cierto que estaba un poco ausente. Tenía la sensación de que con Jake me faltaba algo. Precisamente eso mismo que yo creía tener con Owen. Pero si Jake está en lo cierto con Owen, entonces nosotros tampoco teníamos lo que yo creía tener con él. Quizá no teníamos siquiera algo parecido, para nada.

—Te agradezco tu ofrecimiento. Ahora mismo no suena tan mal.

—Pero… —inquiere.

—Por lo que me estás contando, hemos llegado a este punto porque Owen huyó —digo—. Y yo no puedo huir también, no hasta que llegue al fondo de todo esto.

—Hannah, tienes que esforzarte por pensar en Bailey.

Abro la puerta de la habitación del hotel para atisbar en su interior. Bailey está profundamente dormida en su cama. Está hecha un ovillo, en posición fetal, con la mecha púrpura sobresaliendo sobre la almohada como una bola de discoteca. Cierro la puerta y regreso al pasillo.

—Solo pienso en ella, Jake —digo.

—No, todavía no —replica—. O no estarías intentando dar con la única persona que, en mi opinión, deberías mantener apartada de ella.

—Jake, es su padre —digo.

—Quizás alguien debería recordárselo —dice.

No contesto. Miro por encima de los muros de cristal hacia el atrio. Veo compañeros de trabajo (con sus respectivas etiquetas con el nombre de la conferencia) arrellanados en el bar del hotel, parejas que salen del restaurante de la mano, dos padres exhaustos cargando a sus niños dormidos y la suficiente parafernalia de Legoland como para abrir una tienda. Desde esta distancia, todos parecen felices. Aunque, por supuesto, no puedo saberlo realmente. Pero, por un momento, desearía ser cualquiera de ellos en lugar de la persona que soy. Oculta en un pasillo de un hotel, en el octavo piso. Intentando procesar que mi matrimonio, mi vida, es una mentira.

Siento crecer la ira en mi interior. Desde que mi madre se fue, me he enorgullecido de saber fijarme en los detalles, de ver las cosas más insignificantes de una persona. Y si alguien me hubiera preguntado hace tres días, habría dicho que lo sé todo sobre Owen. Todo lo que importa, en todo caso. Pero tal vez no sé nada. Porque aquí estoy, esforzándome por descubrir la información más elemental sobre él.

—Perdona —dice Jake—. Eso ha sido un poco brusco.

—¿Que ha sido un poco brusco?

—Oye, solo digo que aquí tienes un sitio adonde ir si decides que así lo deseas —continúa—. Ambas lo tenéis. Sin compromiso. Pero si decides no aceptarlo, por lo menos haz otro plan. Antes de destrozarle la vida a esa chica, convéncela de que sabes lo que estás haciendo.

—¿Quién sabe lo que está haciendo en una situación como esta, Jake? —pregunto—. ¿Quién se encuentra en una situación como esta?

—Parece ser que tú misma.

—Eso me sirve de mucha ayuda.

—Ven a Nueva York —repite—. Es la mejor ayuda que te puedo ofrecer.

Ocho meses antes

—Yo no quería hacer esto —dijo Bailey.

Estábamos en un mercadillo en Berkeley. Y Owen y Bailey se encontraban en un singular punto muerto de una discusión. Él quería entrar. El único sitio al que Bailey quería ir era a casa.

—Sí querías —dijo Owen—. Al aceptar venir a San Francisco. De modo que ¿qué te parece si te aguantas?

—Dije que sí quería comer *dim sum*.

—Y el *dim sum* estuvo bien, ¿no? —replicó él—. Te di mi último bollo de cerdo. De hecho, Hannah también te dio el suyo. Eso son dos bollos de cerdo extra.

—¿Qué quieres decir con eso?

—¿Qué te parece si cedes un poco y entras con nosotros una media hora más o menos?

Gira sobre sus talones y se dirige al mercadillo, abriendo el camino; el requisito es ir tres metros por delante de nosotros para que nadie pueda suponer que vamos todos juntos.

La negociación con su padre había acabado. Y, aparentemente, también la celebración de mi cumpleaños.

Owen se encogió de hombros a modo de disculpa.

—Bienvenida a los cuarenta —me felicitó.

—Oh, no tengo cuarenta —repuse—. Tengo veintiuno.

—Ah, ¡es cierto! —Me ofreció una sonrisa—. Estupendo. Entonces tengo diecinueve oportunidades más de hacerlo bien.

Le tomé de la mano, sus dedos se entrelazaron con los míos.

—¿Por qué no volvemos a casa? —dije—. El almuerzo ha sido fantástico. Si ella quiere ir a casa…

—No le pasa nada.

—Owen, solo digo que no es tan importante.

—No, no es tan importante —contestó—. No es tan grave para ella que se aguante un poco y disfrute de un mercadillo encantador. No le pasa nada por dar una vuelta por el mercadillo durante media hora.

Se inclinó para besarme y empezamos a avanzar hacia el interior siguiendo a Bailey. Acabábamos de cruzar la entrada cuando un hombre de gran tamaño que en ese momento salía se detuvo y llamó a Owen.

—No puede ser —dijo.

Llevaba una gorra de béisbol con un jersey a juego tensado sobre su abdomen. Y cargaba con una pantalla de lámpara de terciopelo de color amarillo, todavía con la etiqueta del precio.

Alargó los brazos para abrazar a Owen y la pantalla de la lámpara golpeó a Owen torpemente en la espalda.

—No puedo creer que seas tú —le dijo—. ¿Cuánto tiempo ha pasado?

Owen se separó de él, con cuidado de desenredarse del abrazo de forma que la tulipa no resultara dañada.

—¿Veinte años? ¿Veinticinco? —le preguntó—. ¿Cómo es posible que el rey del baile de graduación falte a todas las reuniones de exalumnos?

—Me siento fatal por decirte esto, amigo, pero creo que te equivocas de persona —replicó Owen—. Nunca he sido rey de nada, pregúntale a mi mujer.

Owen señaló hacia mí.

Y aquel tipo, ese extraño, sonrió en mi dirección.

—Encantado de conocerte —dijo—. Soy Waylon.

—Hannah —me presenté.

Luego se volvió hacia Owen.

—Espera. Entonces, ¿me estás diciendo que no fuiste al Instituto Roosevelt? ¿La clase que se graduó en 1994?

—No, fui al instituto en Newton, Massachusetts —dijo Owen—. Pero el año es correcto.

—Tío, eres la viva imagen de un tipo con el que fui al instituto. Bueno, llevaba el pelo distinto y estaba más cachas. Sin ánimo de ofender. Yo también estaba más fuerte entonces.

Owen se encogió de hombros.

—Todos lo estábamos.

—Pero de verdad que eres su vivo retrato. —Movió la cabeza de un lado a otro—. Probablemente es mejor que no seas él. Era un poco cretino.

Owen se rio.

—Que te vaya bien —dijo finalmente.

—A ti también —dijo Waylon.

Luego empezó a caminar hacia el aparcamiento. Pero de repente volvió a girarse hacia nosotros.

—¿Conoces a alguien que fuera al instituto Roosevelt High en Texas? —preguntó—. ¿Algún primo tuyo o algo parecido? Por lo menos debéis tener algún parentesco.

Owen sonrió, con amabilidad.

—Lo siento, amigo —concluyó—. Siento decepcionarte, pero no tengo la menor relación con el tipo con el que me has confundido.

153

Lo siento, estamos abiertos

*L*as palabras de Jake siguen rondando por mi cabeza. Owen Michaels no existe. Owen no es Owen. Me ha engañado en cuanto a las informaciones más importantes de su vida. Ha engañado a su hija en relación con algunos de los detalles principales de su propia vida. ¿Cómo es posible? Parece absolutamente imposible si pienso en el hombre al que creía conocer. Sí que le conozco. Sigo creyendo que le conozco, a pesar de la evidencia de lo contrario. Y creer en él (en nosotros) me enseñará a ser una compañera fiel o una perfecta idiota. Espero que no resulte ser lo mismo.

Después de todo, esto es lo que creía saber. Hace veintiocho meses un hombre entró en mi taller en Nueva York vestido con una chaqueta deportiva y zapatillas Converse. De camino al teatro esa noche me llevó a cenar a un pequeño restaurante de tapas en la Décima Avenida y empezó a contarme la historia de su vida. Comenzaba en Newton, Massachusetts, y comprendía cuatro años en el instituto Newton High, seguidos de cuatro años en la Universidad de Princeton, traslado a Seattle, Washington, con su amor de la universidad, y luego a Sausalito, California, con su hija. Antes de mí hubo tres empleos distintos, dos carreras y una mujer, que había perdido en un accidente de coche. Apenas podía hablar de ese accidente más de una década después, su rostro se volvía sombrío y turbio. Y luego estaba su hija. El punto culminante de su historia y de su vida, su obstinada e inimitable hija. Se mudaron a una pequeña ciudad del norte de California porque ella la había señalado con el dedo en un mapa. Y había dicho: «Probemos aquí». Y eso era algo que podía darle.

Eso era también lo que su hija creía saber. Había pasado la mayor parte de su vida en Sausalito, California, en una casa flotante con un padre que nunca se perdía una representación de la escuela ni uno de sus partidos de fútbol. Había cenas los domingos por la noche en el restaurante de su elección y un día a la semana iban al cine. Muchas excursiones a museos de San Francisco y cenas con los vecinos, además de la barbacoa anual. No recordaba su vida antes de Sausalito, salvo vagas instantáneas: una fiesta de cumpleaños con un gran mago; una visita al circo, en la que lloró al ver al payaso; una boda en algún lugar de Austin, Texas. Bailey rellenaba los huecos con lo que su padre le había contado. ¿Por qué no debería hacerlo? Así es como todos rellenamos los huecos, con historias y recuerdos de la gente que te quiere.

Si te mienten, como ha hecho él, ¿quién eres entonces? ¿Quién es él? La persona que creías conocer, tu persona favorita, empieza a diluirse, como un espejismo, a menos que te convenzas a ti misma de que los aspectos que importan siguen siendo ciertos. El amor era cierto. Su amor es verdadero. Porque, si no lo fuera, la otra opción es que todo era mentira, ¿y qué hacemos entonces con eso? ¿Qué se supone que debemos hacer con todo eso? ¿Cómo se consigue hacer encajar las piezas para que él no desaparezca por completo?

¿Para que su hija no tenga la sensación de que ella también va a desaparecer por completo?

Bailey se despierta poco después de medianoche.

Se restriega los ojos. Luego se endereza para encontrarme sentada en la silla de escritorio cutre del hotel, observándola.

—¿Me he quedado dormida? —dice.

—Sí.

—¿Qué hora es? —pregunta.

—Tarde. Deberías volver a la cama.

Se incorpora.

—Resulta un poco difícil contigo mirándome —comenta.

—Bailey, ¿fuiste de visita alguna vez a la casa de tu padre cuando era niño en Boston? —pregunto—. ¿Te llevó alguna vez a ver su casa?

Me mira confundida.

—¿Quieres decir donde creció?

Digo que sí con un movimiento de cabeza.

—No. Nunca me llevó a Boston. Apenas había vuelto alguna vez él solo.

—¿Conociste a tus abuelos? ¿Nunca pasaste tiempo con ellos?

—Se murieron antes de que naciera yo. Ya lo sabes. ¿Qué está pasando?

¿Quién va a rellenar este hueco para ella? ¿Esta especie de aguajero? No sé por dónde empezar.

—¿Tienes hambre? —le pregunto—. Debes de estar hambrienta. Apenas has probado la cena. Yo estoy famélica.

—¿Cómo puede ser? Te has comido mi cena y la tuya.

—Vístete, ¿sí? —digo—. ¿Te importaría vestirte?

Mira la pantalla fluorescente del reloj despertador del hotel.

—Es medianoche —replica.

Me pongo un suéter y le lanzo una sudadera. Se la queda mirando, extendida sobre las piernas, las zapatillas Converse asomando por debajo de la capucha.

Se pone la sudadera, recolocándose la capucha hasta que sobresale su pelo de color morado.

—¿Puedo tomar por lo menos una cerveza? —pregunta.

—Por supuesto que no.

—Tengo un carné falso que dice lo contrario.

—Vístete, por favor —digo.

El Magnolia Cafe es toda una institución en Austin, famoso por ofrecer comidas durante toda la noche, lo cual podría explicar por qué sigue abarrotado, hay música sonando y todos los reservados están ocupados a la una menos cuarto de la madrugada.

Pedimos dos cafés grandes y una ración de tortitas de pan de jengibre. Parece que a Bailey le encantan las tortitas dulces, rellenas de jengibre picante empapadas de mantequilla y azúcar de coco. Con plátano a un lado. Y al ver cómo las devora, aunque solo sea eso, me siento como si estuviera haciendo algo por ella.

Nos sentamos cerca de la entrada, donde un rótulo luminoso de neón dice «LO SIENTO, ESTAMOS ABIERTOS» sobre nuestras cabezas. Parpadeo al mirarlo mientras intento encontrar las palabras para contarle lo que me ha explicado Jake.

—Parece ser que tu padre no siempre se ha llamado Owen Michaels —empiezo a decir.

Alza la vista hacia mí.

—¿A qué te refieres?

Hablo en voz baja pero sin complejos, para ponerla al corriente. Le hago saber que el nombre de su padre no es lo único que decidió cambiar. Aparentemente ha modificado también algunos otros detalles de su vida, la historia de su vida. No creció en Massachusetts, no se graduó en la Universidad de Princeton y no se mudó a Seattle con veintidós años. Por lo menos, no es posible comprobar la veracidad de todo eso.

—¿Quién te ha dicho eso?

—Un amigo de Nueva York. Trabaja con un investigador especializado en esta clase de cosas. El investigador cree que tu padre cambió su identidad poco antes de mudaros a Sausalito. Está seguro de ello.

Baja la vista hacia el plato, confundida, como si hubiera oído mal, como si todo aquello fuera imposible procesarlo.

157

—¿Por qué haría eso? —pregunta, sin mirarme a los ojos.

—Supongo que estaba intentando protegerte de algo, Bailey.

—¿Como qué? ¿Algo que había hecho? Porque mi padre sería el primero en decir que, cuando alguien huye de algo, suele ser de sí mismo.

—No podemos saberlo con seguridad.

—Es verdad. Lo único que sabemos con seguridad es que me ha mentido —dice.

Y veo cómo crece en su interior. La ira, una ira justificada al verse excluida de los datos más básicos de su vida. Aunque Owen lo hiciera por su propio bien. Aunque lo hiciera porque no tenía elección. De una u otra forma, va a tener que decidir si puede perdonárselo. Ambas tendremos que hacerlo.

—También me ha mentido a mí —digo.

Alza la vista.

—Solamente estoy diciendo que también me ha mentido a mí.

Ladea la cabeza, como si estuviera intentando decidir si se lo cree o no, si puede tomárselo al pie de la letra. ¿Por qué debería hacerlo? ¿Por qué debería creerme llegados a este punto? Pero tengo la sensación de que es de vital importancia que intente garantizarle que puede confiar en mí, que yo no la he engañado. Tengo la sensación de que todo depende de que pueda creer en mí.

Me mira con tanta vulnerabilidad que me resulta difícil hablar. Me cuesta incluso sostenerle la mirada sin derrumbarme.

Y entonces es cuando comprendo, como un repentino destello, qué es lo que he hecho mal con ella, lo que he hecho mal al plantearme cómo conectar con ella. Pensaba que, si era lo bastante amable y dulce, entendería que podía contar conmigo. Pero no es así como se sabe que puedes contar con alguien. Se sabe en aquellos momentos en los que todo el mundo está

LO ÚLTIMO QUE ME DIJO

cansado de ser amable, demasiado cansado de intentarlo con ahínco. Se sabe por lo que en esos momentos hacen por ti.

Y lo que voy a hacer ahora por ella es lo que mi abuelo hizo por mí, lo que sea para que ella sienta que está a salvo.

—Entonces… no se trata solo de él, ¿verdad? —dice—. Si él cambió su identidad, yo tampoco soy quien él decía, ¿no? Mi nombre y todo lo demás… en algún momento tuvo que cambiarlo.

—Sí —le confirmo—. Si Jake está en lo cierto, entonces sí, tú debías de tener otro nombre.

—Y los demás datos también serán distintos, ¿no es así? —Hace una pausa—. Como, por ejemplo…, mi cumpleaños. —Eso me paraliza. El desconsuelo en su voz cuando me hace esa pregunta—. O sea, ¿que mi cumpleaños no es realmente el mismo día? —insiste.

—No, probablemente no.

Baja la mirada. Aparta la vista de mí.

—Esa es una de las cosas que una persona debería saber de sí misma —prosigue.

Lucho por reprimir las lágrimas, aferrándome a la mesa, la mesita de este alegre restaurante de Austin, con pinturas en la pared, colores brillantes, todo ello la perfecta antítesis de cómo me siento. Me esfuerzo por detener el llanto, parpadeo para contener las lágrimas. Una chica de dieciséis años, que aparentemente no tiene a nadie más que a mí, necesita ver que no lloro. Necesita que esté ahí para ella. De forma que me recompongo y le ofrezco el espacio para venirse abajo, permitiendo que sea ella quien lo haga.

Cruza las manos sobre la mesa, las lágrimas anegando sus ojos. Y me siento casi arrasada al verla sufrir de esa manera.

—Bailey, sé que todo esto parece imposible —digo—. Pero tú eres tú. Los detalles, lo que sea que tu padre no te contó, eso no cambia quién eres tú. No en tu interior.

—Pero ¿cómo es posible que no recuerde que me hayan

llamado con otro nombre? ¿O dónde vivíamos? Debería acordarme, ¿no crees?

—Lo dijiste tú misma, eras muy pequeña. Dos años, como mucho tres. Acababas de empezar a ser consciente cuando te convertiste en Bailey Michaels. Nada de eso es un reflejo de ti, nada de nada.

—¿Solo de él? —pregunta.

Vuelvo a pensar en el tipo del mercadillo de Berkeley, el que llamó a Owen «rey del baile de graduación». La reacción calmada de Owen frente a aquel tipo. Parecía completamente impertérrito. ¿Cómo es posible que fingiera tan bien? ¿Y qué decía eso de él?

—No recuerdas si alguien llamó a tu padre con otro nombre, ¿no? ¿Antes de Sausalito?

—¿Algo así como un mote? —dice.

—No, más bien… con otro nombre completamente distinto.

—No lo creo. No lo sé… —Hace que su taza de café se deslice sobre la mesa—. No puedo creer que esto esté sucediendo.

—Lo sé.

Empieza a retorcerse el pelo con las manos; el violeta se mezcla con el negro del esmalte de uñas; los ojos parpadean sin parar mientras intenta pensar.

—No tengo ni idea de cómo le llamaba la gente —dice—. Nunca presté atención, ¿para qué?

Se reclina en su asiento, agotada de hacer suposiciones sobre su padre, sobre su pasado, y completamente exhausta de sentir que debe hacerlo. ¿Quién puede culparla? ¿Quién quiere estar sentada en un restaurante extraño, en Austin, intentando descubrir quién fingía ser la persona más importante de tu mundo? ¿Y cómo es posible no haberse dado cuenta de quién era realmente?

—¿Sabes qué? Vámonos —digo—. Es tarde. Volvamos al hotel e intentemos dormir un poco.

Empiezo a ponerme en pie, pero Bailey me detiene.

—Espera… —dice.

Vuelvo a sentarme.

—Bobby me dijo algo hace un par de meses —empieza a explicar—. Estaba solicitando la admisión en la universidad y quería pedirle a mi padre una recomendación de exalumno para Princeton. Pero me dijo que, cuando le buscó en la lista de antiguos alumnos, no pudo encontrar a ningún Owen Michaels. Ni como licenciado en la Facultad de Ingeniería, ni como estudiante en general en esa universidad. Le dije que obviamente no había buscado en el sitio correcto, y después se interesó por la Universidad de Chicago y lo dejó estar. Ni siquiera me acordé de preguntarle a papá, pero simplemente supuse que era Bobby el que no sabía cómo usar la base de datos de exalumnos, algo así. —Hace una pausa—. Quizá debería haberle preguntado al respecto.

—Bailey, ¿por qué ibas a hacerlo? ¿Por qué ibas a suponer que te mentía?

—¿Crees que iba a contármelo algún día? —me pregunta—. ¿Había planeado llevarme un día a dar un paseo y contarme quién soy realmente? ¿De verdad crees que iba a revelarme que básicamente todo lo que sabía de mi vida era mentira?

La miro bajo la tenue luz. Me acuerdo de la conversación que mantuve con Owen, la conversación sobre tomarnos unas vacaciones en Nuevo México. ¿Estaría contemplando realmente la posibilidad de confesarme algo de esto? Si le hubiera presionado un poco, ¿lo habría hecho?

—No lo sé —respondo.

Espero que diga qué injusto es todo esto. Espero que vuelva a enfadarse. Pero mantiene la calma.

—¿De qué tiene tanto miedo? —pregunta.

Eso me deja estupefacta. Porque de eso se trata. Creo que es la clave de todo esto. Owen está huyendo de algo que le aterra. Se ha pasado la vida entera huyendo de ello. Y, aún más importante, lleva toda su vida intentando mantener a Bailey al margen.

—Creo que cuando lo descubramos podremos saber dónde está ahora —digo.

—Ah, bueno, parece chupado —comenta.

Luego se ríe. Pero la risa se transforma rápidamente en llanto, las lágrimas llenan sus ojos. Pero justo cuando pienso que va a decir que quiere irse de aquí, que quiere volver al hotel, volver a Sausalito, entonces parece encontrar su centro. Parece encontrar algo similar a la determinación.

—Vale, ¿qué hacemos ahora? —pregunta.

Nosotras. Qué hacemos ahora. Por lo visto estamos juntas en esto, y eso me calienta el corazón, aunque para eso nos haya hecho falta llegar hasta esta cafetería nocturna en el sur de Austin, lejos de nuestro hogar. Aunque nos haya llevado a un territorio que nunca nos habría gustado hallar. Aunque lo daría todo porque Bailey no tuviera que participar en esto. Estamos juntas y ambas queremos seguir adelante. Ambas queremos encontrar a Owen, sea lo que sea que ha estado escondiendo, independientemente de dónde se encuentre ahora mismo.

—Ahora vamos a solucionar todo esto.

Yo también puedo jugar a ese juego

Espero hasta la mañana siguiente para llamarle. Espero hasta que me siento calmada y segura de que soy capaz de hacer lo que tengo que hacer.

Reúno todas mis notas y me pongo un vestido de verano sin mangas. Cierro la puerta del hotel sigilosamente, con cuidado de no despertar a Bailey. Después me dirijo a la planta baja, atravieso el bullicioso vestíbulo y voy afuera, donde puedo caminar por la calle, donde puedo controlar mejor los ruidos de fondo.

Todavía se está bastante tranquilo, el lago inmóvil y plácido, incluso en pleno trajín matinal; los trabajadores que vienen de fuera cruzando el puente de Congress Avenue, de camino a la oficina, al colegio de sus hijos, dispuestos a empezar uno de sus benditos días normales.

Introduzco la mano en el bolsillo y saco la servilleta de Fred's, con el número de móvil de Grady doblemente subrayado.

Enciendo mi móvil y tecleo un código especial antes de su número, con la esperanza de que eso ayude a bloquear mi llamada un poco más de tiempo, por si tiene muchas ganas de desbloquearlo, por si le interesa mucho intentar averiguar dónde estoy.

—Grady al habla —dice al descolgar.

Me preparo para mentir. Después de todo, eso es lo único que me queda.

—Soy Hannah —digo—. Owen me llamó.

Digo eso en lugar de «hola».

—¿Cuándo? —dice Grady.

—Ayer por la noche, hacia las dos de la madrugada. Me dijo que no podía hablar por si alguien estaba escuchando la llamada. Rastreándole. Llamó desde un teléfono público o algo así. En la pantalla decía «número privado» y él hablaba muy rápido. Quería saber si estaba bien, si Bailey estaba bien, y afirmó categóricamente que no tenía nada que ver con lo que está pasando en The Shop. Dijo que había tenido la intuición de que Avett estaba planeando algo, pero desconocía su alcance.

Puedo oír a Grady al otro extremo de la línea, haciendo ruidos como si buscara algo. Tal vez un cuaderno de notas, algo donde escribir las pistas que parece creer que voy a facilitarle.

—Dime qué te contó exactamente... —pregunta.

—Dijo que no era seguro seguir hablando y que te llamara —miento—. Que me dirías la verdad.

El ruido producido por sus movimientos cesa.

—¿La verdad? ¿Sobre qué?

—No lo sé, Grady. Cuando Owen lo dijo sonaba como si tú supieras la respuesta.

Grady guarda silencio.

—Es muy pronto en California —comenta—. ¿Qué haces despierta tan temprano?

—¿Podrías volver a dormir si tu marido te llama a las dos de la madrugada y te dice que está en un lío?

—Soy bastante dormilón, así que...

—Necesito saber qué está pasando, Grady. Qué está pasando realmente —prosigo—. ¿Por qué un agente federal con base en Austin, Texas, viene hasta San Francisco buscando a alguien que ni siquiera es todavía sospechoso?

—Y yo necesito saber por qué me estás mintiendo, diciéndome que Owen te llamó cuando resulta obvio que no lo hizo.

—¿Por qué no hay ningún registro de Owen Michaels antes de llegar a Sausalito? —pregunto.

—¿Quién te ha dicho eso?

—Un amigo.

—¿Un amigo? Pues ese amigo te está facilitando información incorrecta —dice.

—No lo creo —le rebato.

—Vale, bueno, ¿le recordaste a tu amigo que una de las principales funciones del nuevo *software* de The Shop es modificar el historial visible *online*? ¿Que ayuda a eliminar cualquier rastro que no se desee dejar? ¿O me equivoco? Ningún rastro sobre tu identidad en Internet. Eso incluye las bases de datos de universidades, registros sobre viviendas...

—Sé cómo funciona el *software*.

—Entonces, ¿por qué no se te ha ocurrido que, si alguien borró los datos de Owen, podría ser justo la única persona con la capacidad de hacerlo?

Owen. Está diciendo que Owen eliminó cualquier rastro sobre su pasado.

—¿Por qué haría eso? —pregunto.

—Quizás estaba probando su *software* —responde—. No lo sé. Solo digo que estás creando un relato bastante elaborado, cuando en realidad hay una amplia variedad de explicaciones sobre lo que tu amigo pudo o no descubrir sobre el pasado de Owen.

Está intentando desestabilizarme. No voy a permitirlo. No le permitiré intentar controlar esa narrativa para favorecer sus propios planes, lo cual es lo que sospecho cada vez más.

—¿Qué hizo, Grady? ¿Antes de todo esto? ¿Antes de The Shop? ¿Por qué se cambió de identidad? ¿Por qué se cambió el nombre?

—No sé a qué te refieres.

—Yo creo que sí —replico—. Creo que eso explica por qué viniste hasta San Francisco para realizar una investigación sobre la que no tienes jurisdicción.

Se ríe.

—Mi jurisdicción me pone sin duda a cargo de esta investigación —dice—. Creo que seguramente no deberías preocu-
parte tanto de eso y tal vez sí un poco más de otras cosas.

—¿Como por ejemplo?

—Como el hecho de que tu amiga, la agente especial Naomi
Wu ,del FBI, está amenazando con denominar a Owen como
sospechoso oficial.

Hago una pausa. No le había dicho su nombre. Él sabía su
nombre. Parece saberlo todo.

—No tenemos demasiado tiempo antes de que su equipo se
presente en tu casa con una orden de registro. Estoy esforzándome por impedírselo de momento, pero no puedo garantizar
que eso no suceda.

Pienso en Bailey al volver a casa cuando vea su habitación
patas arriba, todo su mundo hecho polvo.

—¿Por qué, Grady?

—¿Perdona?

—¿Por qué te esfuerzas tanto por impedir que eso ocurra?

—Ese es mi trabajo.

Lo dice con seguridad, pero no estoy convencida. Porque
algo se ha activado en mi mente. A Grady le interesa tan poco
como a mí que algo así suceda. Grady quiere ayudar a Owen
a evitar ese destino. Pero ¿por qué? Si Grady solo estuviera
investigando a Owen, si solamente intentara arrestarlo, si nada
más quisiera acabar con todo esto, no le importaría tanto. Pero
hay algo más, algo mucho más nefasto que la implicación de
Owen en un simple fraude. Y de pronto me aterroriza que ese
algo sea aún peor que todo lo que he imaginado hasta ahora.

«Protégela.»

—Owen nos dejó una bolsa con dinero —digo de repente.

—¿Qué acabas de decir?

—De veras, se la dejó a Bailey. Es mucho dinero y, si alguien
se presenta con una de esas órdenes de registro con las que me

estás amenazando, no quiero que la encuentre. No quiero que la usen contra mí, o como excusa para quitarme a Bailey.

—No funciona así.

—Todavía soy una novata en cuanto a cómo funciona todo esto, pero mientras aprendo, te explico lo del dinero. Está debajo del fregadero. No quiero tener nada que ver con él.

Se queda callado un momento.

—Bueno, es un gesto que aprecio, es mejor que lo coja yo a que lo encuentren —dice—. Puedo enviar a alguien de la oficina de San Francisco para que lo recoja.

Miro más allá del lago Lady Bird, hacia el centro de Austin, con sus bonitos edificios, la luz de la mañana abriéndose camino a través de los árboles. Grady ya está seguramente en uno de esos edificios, empezando su día. Grady está más cerca de lo que de pronto me apetece que esté.

—Ahora no es un buen momento.

—¿Por qué no?

Todo mi cuerpo me dice que le cuente la verdad. Que estamos en Austin. Pero todavía no estoy segura de si es un amigo o un enemigo. O ambas cosas. Quizá todo el mundo es un poco las dos a la vez, incluido Owen.

—Necesito terminar algo antes de que Bailey se levante —miento—. Y he estado pensando… que tal vez debería llevarla a otro sitio hasta que todo esto se calme.

—¿Como por ejemplo?

Pienso en el ofrecimiento de Jake. En Nueva York.

—No estoy segura. Pero no tenemos que quedarnos en Sausalito, ¿no? Me refiero a que no tenemos obligación de quedarnos allí por razones legales, ¿verdad?

—No oficialmente, pero daría que pensar —responde. Luego se queda callado. Como si estuviera escuchando algo con atención—. Un momento. ¿Por qué has dicho «allí»?

—¿Qué?

—Has dicho «no tenemos obligación de quedarnos allí».

Cuando hablabas de tu casa, de Sausalito. Si estuvieras en casa, habrías dicho «aquí». «No tenemos obligación de quedarnos aquí.»

No contesto a eso.

—Hannah, voy a enviar a un compañero a tu casa —dice.

—Iré preparando un café —contesto.

—No es broma —asegura.

—No me lo ha parecido.

—Pues dime dónde estás —insiste Grady.

Sé que si Grady quiere rastrear la llamada, puede hacerlo. Obviamente, ya está intentando localizarme. Intento abarcar con la vista la ciudad natal de Grady, preguntándome qué habrá sido esta misma ciudad para mi marido.

—¿Cuál es el lugar donde te preocupa tanto que pudiera estar, Grady?

Entonces, antes de que pueda responder, le cuelgo.

Un año antes

—¿*T*e piensas que puedes presentarte aquí cuando te apetezca? —dije.

Estaba bromeando. Pero me sorprendió que Owen se me acercara sigilosamente y apareciera en mi taller sin avisar, en mitad de la jornada laboral. No solía hacerlo. Se pasaba el día en la oficina de Palo Alto y a veces iba al centro de San Francisco para asistir a una reunión. Rara vez estaba en casa en un día entre semana, excepto cuando Bailey le necesitaba para algo.

—Si me presentara siempre que me apetece, estaría continuamente aquí —respondió—. ¿Qué estás haciendo?

Se frotó las manos, demostrando su felicidad por estar conmigo en el estudio. Le encantaba mi trabajo, le encantaba formar parte de él. Y cada vez que veía la autenticidad de ese sentimiento era como otro pequeño recordatorio de lo afortunada que era al quererlo.

—¿Cómo es que has vuelto a casa tan pronto? ¿Va todo bien?

—Eso depende.

Alzó con la mano mi protección facial para saludarme con un beso. Iba vestida con ropa de trabajo, lo cual en realidad consistía en una chaqueta de cuello alto y ese escudo facial, una combinación que me hacía parecer como alguien del futuro y del pasado al mismo tiempo.

—¿Ya has acabado mi silla?

Le devolví el beso, rodeándole los hombros con mis brazos.

—Todavía no —dije—. Y no es tu silla.

Era una silla Windsor que estaba haciendo para un cliente en Santa Bárbara, para su oficina de diseño de interiores, pero en cuanto Owen la vio en proceso de fabricación (el olmo oscuro, esculpido; el respaldo alto en forma de aro), decidió que no podía dejarla escapar. Decidió que tenía que ser para él.

—Ya lo veremos —repuso.

Entonces su móvil empezó a vibrar. Owen miró la pantalla para ver quién le llamaba y su rostro se oscureció. Hizo clic en «rechazar».

—¿Quién era? —pregunté.

—Avett —contestó—. Ya le llamaré.

Obviamente no quería hablar sobre ello, pero no pude dejarlo estar, no al notar la presión que se estaba gestando en él. No al ver que venía producida por una llamada que ni siquiera había aceptado.

—¿Qué problema tienes con él?

—Está siendo un poco irracional. Eso es todo.

—¿Sobre qué?

—La salida a bolsa. No es nada grave.

Pero en sus ojos centelleaba una mezcla de ira y enfado. Dos emociones que rara vez demostraba sentir. Aunque en los últimos tiempos había hecho gala de ambas. Además, estaba en el taller, en lugar de en su oficina.

Intenté elegir cuidadosamente mis palabras, deseosa de ayudar, pero evitando debilitarle la moral. Yo no trabajaba en una oficina, no tenía que gestionar las intrigas de tener un jefe al que debía rendir cuentas, alguien como Avett Thompson, con el cual tal vez no estaría de acuerdo. Y, sin embargo, intenté buscar la forma de decirlo: que estaba viendo cómo aumentaban los niveles de estrés de Owen. Que solo era un trabajo. Que, en lo que a mí me concernía, siempre podría buscar otro empleo.

Antes de que me diera tiempo a hablar, el móvil vibró de nuevo. Otra vez «AVETT» en la pantalla. Owen bajó la vista hacia el móvil. Lo miró como si fuera a cogerlo, sus dedos sobrevolando la pantalla. Pero pulsó de nuevo para rechazar la llamada, y se guardó el móvil en el bolsillo.

Movió la cabeza de un lado a otro.

—No importa cuántas veces se lo repita. Avett no quiere oírlo —dijo—. Lo que necesitamos para conseguir que todo esto funcione.

—Mi abuelo solía decir que la mayoría de las personas no quieren escuchar aquello que les haría trabajar mejor —comenté—. Lo que quieren oír es qué haría más fácil su trabajo.

—¿Y qué diría que se puede hacer con esto?

—Para empezar, prueba buscando gente distinta.

Ladeó la cabeza, observándome.

—¿Cómo sabes siempre qué decir?

—Bueno, en realidad es mi abuelo quien lo decía, pero sí, claro…

Alargó una mano para coger la mía, con una sonrisa abriéndose camino en su rostro. Como si no hubiera pasado nada, o por lo menos como si no fuera tan importante como él creía.

—Basta ya del tema —dijo—. Vamos a ver mi silla.

Empezó a tirar de mí hacia la puerta, hacia el patio y la cubierta en la que la silla se estaba secando, tras haberla lijado y pulido.

—Ya sabes que no puedes quedarte con esa silla —dije—. Es un encargo. Esa mujer nos va a pagar mucho dinero por ella.

—Me alegro por ella —añadió—. La posesión es el noventa por ciento de la ley.

Sonreí.

—¿Qué sabes tú de la ley?

—Lo suficiente como para saber que, si estoy sentado en esa silla, nadie más puede ocuparla.

Borrar todo el historial

Alas diez de la mañana, la cafetería del hotel ya está abarrotada, con luces tenues.

Estoy sentada en la barra, bebiendo un zumo de naranja, aunque la mayoría de la gente a mi alrededor ya ha comenzado a consumir cócteles mañaneros: mimosas y bloody marys, champán, white russians.

Miro fijamente los televisores en hilera, cada uno de ellos sintonizado en diferentes noticieros. Leo los subtítulos de las noticias, en la mayoría de los casos están informando sobre The Shop. La PBS muestra imágenes de archivo de Avett Thompson cuando le esposan y le escolta la policía. La MSNBC emite un avance de la entrevista a Belle en el programa *Today*, donde dice que la detención de Avett es una parodia de la justicia. Las notas informativas de la CNN siguen advirtiendo de que habrá más autos de acusación, en bucle. Es casi como una promesa, un reflejo de la promesa de Grady, de que Owen se encontrará pronto en mayores dificultades incluso. Que sea lo que sea de lo que está huyendo, está a punto de darle alcance.

Eso es lo que me reconcome, una y otra vez, cuando pienso en mi marido, que algo va a por él, a por todos nosotros, algo que no consiguió impedir. Que me ha dejado en una posición que ahora me obliga a intentar impedirlo por él.

Saco mi cuaderno y repaso lo que Grady dijo durante la llamada telefónica, intentando recordar cada palabra, intentando concentrarme en los detalles que podrían ser relevantes y de los que podría deducir algo. Sigo dándole vueltas a lo que dijo de que Owen podría haber borrado su propio historial en Internet. Y aunque presiento que no es así, intento ponerme en ese supuesto, para ver qué me puede enseñar.

Y entonces caigo en la cuenta. Hay ciertas cosas que no podemos borrar, ciertas cosas que revelamos a las personas más cercanas a pesar de que tal vez ni siquiera seamos conscientes de que les estamos contando algo.

Hay cosas que, sin querer, Owen me ha contado solo a mí.

De modo que empiezo una nueva lista. Una lista de todo lo que sé del pasado de Owen. No los falsos datos factuales (Newton, Princeton, Seattle), sino los otros, los no factuales: cosas que he sabido de forma accidental durante el tiempo que hemos estado juntos, cosas que en una mirada retrospectiva parecen algo así como extraños encuentros. Como el tipo del Instituto Roosevelt. Busco centros educativos con el nombre Roosevelt y encuentro ochenta y seis esparcidos por todo Estados Unidos. Ninguno de ellos en alguna población cercana a Massachusetts. Pero ocho de ellos (en lugares como San Antonio y Dallas) repartidos por el territorio de Texas.

173

Marco eso en la lista para revisarlo más tarde y sigo pensando, hasta llegar a aquella noche en ese hotel con Owen y la hucha cerdito en el bar. Y entonces me doy cuenta de algo sobre esa hucha, algo que he venido esforzándome en recordar. ¿Ahora lo recuerdo correctamente o acaso estoy evocando un recuerdo inventado debido a una sensación parecida a la desesperación? Envío un mensaje a Jules para que lo compruebe para mí y sigo pensando.

Sigo abriéndome camino por las informaciones que únicamente yo puedo saber: las anécdotas y las historias que Owen me ha contado a altas horas de la madrugada. Solo nosotros dos. De esa forma tan especial como se cuentan las cosas a la persona elegida, el testimonio de tu vida.

Esas historias, las historias que compartía conmigo sin darse cuenta siquiera de que las estaba compartiendo, no pueden ser también falsas. Me niego a creer eso. Me niego a creer eso hasta que se demuestre lo contrario.

Empiezo a revisarlos, los grandes éxitos de Owen: cuando hizo una travesía en barco por la Costa Este con su padre, con apenas dieciséis años, la única vez que pasó varios días solo con él. Cuando en el último año del instituto dejó salir al perro de su novia para que jugase un poco, y este aprovechó para escaparse. Le echaron de su primer trabajo porque se pasó la tarde buscándolo, en lugar de volver a su puesto. Cuando se coló en la proyección de medianoche de *La guerra de las galaxias* con sus amigos, y al volver a casa a las tres menos cuarto de la mañana sus padres le esperaban despiertos.

Y una historia que me contó sobre la universidad, sobre por qué empezaron a gustarle tanto la ingeniería y la tecnología. El primer año de Owen en la universidad, con apenas diecinueve años, tenía un profesor de Matemáticas al que adoraba, al que atribuía su carrera, a pesar de que el profesor le había dicho a Owen que era el peor estudiante que había tenido nunca. ¿Había mencionado el nombre del profesor? Tobias «algo». ¿Tal vez era Newton el apellido? ¿O era el profesor Newhouse? ¿Y no le llamaban por un mote?

Me apresuro a subir hasta la planta del hotel donde está nuestra habitación para despertar a Bailey, la única persona que tal vez haya oído más veces que yo la historia sobre ese profesor.

Aparto el edredón y me siento al borde de la cama.

—Estoy durmiendo —se queja.

—Ya no —digo a modo de saludo.

Se incorpora a regañadientes para reclinarse sobre el cabecero.

—¿Qué pasa?

—¿Recuerdas el nombre del profesor de tu padre? ¿Ese que le encantaba y que tuvo en su primer año en la universidad?

—No tengo la menor idea sobre de qué estás hablando —responde.

Intento combatir mi impaciencia al recordar todas las veces que Bailey ha puesto los ojos en blanco al oír ese relato, al darse cuenta de que Owen lo aprovechaba para aleccionarla. Lo utilizaba para convencer a Bailey de que estudiara algo que le interese, que se comprometa con su plan. Lo utilizaba cuando intentaba convencer a Bailey de lo contrario.

—Sí que conoces la historia, Bailey. Ese profesor que enseñaba una asignatura dificilísima sobre la teoría de campo de gauge y el análisis global. A tu padre le encantaba hablar de él. El profesor que le dijo que era el peor estudiante que había tenido nunca. Y eso fue lo que realmente impulsó a Owen a esforzarse más. Decía que le había ayudado a centrarse.

Bailey empieza a asentir con la cabeza, como reconociendo el relato lentamente.

—Te refieres al tipo que colgó el examen parcial de mi padre en el tablón de anuncios, ¿no…? Para que no olvidara todas las posibilidades de mejorar.

—¡Exacto, sí!

—A veces tu pasión exige esfuerzo y no deberías abandonar porque no es tan fácil… —Pone la voz de Owen, imitándolo—. A veces, hija mía, hay que trabajar duro para llegar a un sitio mejor.

—Eso es. Sí. A ese profesor me refiero. Creo que su nombre de pila era Tobias, pero necesito saber el apellido. Por favor, dime que lo recuerdas.

—¿Por qué? —pregunta.

—Porque sí, ¿puedes acordarte, Bailey?

—Le llamaba por el apellido a veces. Un mote relacionado con su apellido. Pero empezaba con una «J»…, ¿no?

—Tal vez. No lo sé.

—No, creo que era otra letra… Era Cook… Le llamaba Cook. ¿O tal vez Cooker? —dice—. ¿O Cookman?

Sonrío, casi riendo en voz alta. Está en lo cierto. Lo sé en cuanto lo oigo. Me alegra darme cuenta de que yo no tenía ni idea.

—¿Qué te hace tanta gracia? —pregunta—. Me estás poniendo nerviosa.

—Nada, es solo que es genial. Eso es lo que necesitaba saber —digo—. Vuelve a dormir.

—No quiero —replica—. Dime qué es lo que se te ha ocurrido.

Cojo el móvil y pongo su nombre en el buscador. ¿Cuántos profesores con el nombre Tobias Cookman puede haber que enseñen matemáticas en la universidad? ¿Y de forma más específica la teoría de campo de gauge y el análisis global?

Uno, que yo pueda encontrar, uno que enseña matemática teórica. Uno que había sido galardonado con numerosas distinciones y premios por su labor educativa. Uno que, por las fotografías que aparecen en Internet, tiene exactamente el aspecto arisco con el que Owen le describía. La frente arrugada, el ceño fruncido. Y por alguna razón, en muchas de las fotos siempre lleva unas botas rojas de *cowboy*.

El profesor Tobias, *Cook*, Cookman.

Nunca había trabajado en la Universidad de Princeton. Pero sí para la facultad de Austin, de la Universidad de Texas, durante los últimos veintinueve años.

Es ciencia, ¿o no?

*E*sta vez cogemos un taxi.

Bailey baja la vista hacia sus manos, sin parpadear, con aspecto de estar más que un poco conmocionada. Yo también estoy alucinada, esforzándome por mantener mi centro. Una cosa es cuando un detective privado intuye que el nombre de tu marido es diferente, que los detalles sobre su vida también son distintos a los que una creía. Pero si esto sale bien, si es cierto que Owen fue a las clases de este profesor Cookman, sería nuestra primera prueba, evidencia real, de que Owen ha mentido sobre la historia de su vida. Sería la primera prueba de que mi instinto no se equivocaba, de que su historia, la historia real de Owen, es posible que de alguna forma empiece y acabe en Austin. Tengo la sensación de que es una especie de victoria que confirma que nos acercamos a la verdad. Pero cuando la verdad te lleva a un lugar al que no quieres ir, tampoco estás segura. No estás segura de querer esa victoria.

El taxi se detiene ante la Facultad de Ciencias Naturales, un enorme conjunto de edificios más extenso que toda la Facultad de Artes, incluido el campus y las residencias.

Me vuelvo hacia Bailey. Está observando los edificios, el relajado tono verde que los atraviesa y rodea.

A pesar de las circunstancias, cuesta no dejarse impresionar, sobre todo cuando salimos del coche, empezamos a caminar por la hierba y atravesamos el pequeño puente que conduce al Departamento de Matemáticas.

El edificio que alberga los departamentos de Matemáticas, Física y Astronomía. La pared del ego muestra orgullosa que en este lugar se gradúan cientos de los más impresionantes estudiantes de Ciencias y Matemáticas de Estados Unidos cada año. Y es además el hogar de ganadores del Premio Nobel, y de los premios Wolf, Abel, Turing, así como la Medalla Fields.

Incluido nuestro ganador de la Medalla Fields, el profesor Cookman.

Al subir por la escalera mecánica a su despacho, vemos un póster enorme con el rostro del profesor Cookman. El mismo ceño fruncido, la misma frente arrugada.

En el póster puede leerse: «LOS CIENTÍFICOS DE TEXAS CAMBIAN EL MUNDO». Y enumera una lista de algunas de las investigaciones del profesor Cookman, algunos de sus galardones. Ganador de la Medalla Fields. Finalista del Premio Wolf.

Llegamos a la entrada del despacho y Bailey busca en su móvil una fotografía de Owen, la más antigua que tenemos de él aquí en Texas, con la esperanza de que el profesor Cookman esté dispuesto a echarle un vistazo.

La foto es de hace una década. Owen está abrazando a Bailey después de su primer día en la escuela. Bailey lleva todavía el uniforme y Owen rodea orgulloso sus hombros con los brazos. La cara de Bailey casi queda en penumbra por el montón de flores que le ha regalado: gerberas, claveles y lirios, un ramo más grande que su propio cuerpecito. Bailey se asoma desde detrás del ramo, con una gran sonrisa en la cara. Owen está mirando a la cámara. Feliz. Se ríe.

Casi me resulta demasiado emotivo mirar la fotografía, especialmente cuando amplío la imagen sobre Owen. Sus ojos brillan alegres. Casi como si estuviera aquí. Casi como si pudiera estar aquí.

Intento ofrecer una sonrisa alentadora a Bailey cuando entramos y vemos a una estudiante de posgrado sentada tras un escritorio en la sala de espera. Lleva gafas negras de metal y está concentrada calificando un grueso montón de exámenes.

No alza la vista, no deja el boli rojo a un lado. Pero se aclara la garganta.

—¿Puedo ayudarles? —pregunta, como si fuera lo último que le apetece hacer.

—Teníamos la esperanza de poder hablar con el profesor Cookman —explico.

—Eso parece evidente —dice—. ¿Por qué?

—Mi padre es un antiguo alumno suyo —informa Bailey.

—Está en clase —responde—. Además, necesita pedir cita.

—Por supuesto, pero lo que Bailey intenta explicarle es que también está interesada en convertirse en una estudiante de la Universidad de Texas. Como su padre. Y Nielon Simonson, de admisiones, sugirió que asistiera hoy a la clase del profesor Cookman.

Alza la vista.

—¿Quién dice? —pregunta.

—Nielon —digo, intentando vender el nombre que acabo de inventarme—. Dijo que si Cook no puede convencer a Bailey de que estudie aquí, nadie puede hacerlo. Pensó que sería buena idea que fuera a su clase.

Enarca las cejas. Al usar el apodo de «Cook» detiene su actividad, me cree.

—Bueno, la clase ya ha empezado, pero si quieren asistir al resto, supongo que puedo acompañarlas…

—Eso sería genial —dice Bailey—. Gracias.

La chica pone los ojos en blanco, indiferente.

—Pues vengan conmigo.

Salimos tras ella del despacho y la seguimos descendiendo varias escaleras hasta que llegamos a una enorme sala de conferencias.

—Cuando entren, estarán delante de toda la clase —dice—. No se paren. Ni miren al profesor Cookman. Suban las escaleras y diríjanse directamente al fondo de la sala. ¿Entendido?

Asiento con un gesto.

—Claro.

—Si interrumpen su clase, les pedirá que se vayan —explica—. Créanme.

Abre la puerta y me dispongo a darle las gracias, pero se pone el dedo en la boca para indicarme que calle.

—¿Qué le acabo de decir?

Luego se va, cerrando la puerta tras ella, con nosotras adentro.

Nos quedamos mirando fijamente la puerta cerrada. Luego seguimos sus instrucciones. Me limito a mirar hacia delante mientras subimos la escalera hacia el fondo de la sala, pasando al lado de los más de ochenta y pico estudiantes que llenan los bancos.

Indico por señas un sitio libre al lado del muro posterior y vamos hacia allí, intentando hacernos invisibles. Solo entonces nos damos la vuelta para mirar hacia la parte delantera de la sala.

El profesor Cookman está de pie detrás de una pequeña tarima. En persona, parece tener unos sesenta años y no medir más de uno setenta, incluso con sus botas rojas de *cowboy*, que aparentemente añaden unos cuantos centímetros extra.

Los ojos de todo el mundo están posados sobre él. Todo el mundo está concentrado. Nadie susurra con el vecino. Nadie mira su correo. Nadie envía mensajes.

Cuando el profesor Cookman se gira para escribir algo en la enorme pizarra negra, Bailey se inclina hacia mí.

—¿Nielon Simonson? —susurra—. ¿Te lo has inventado?

—¿Hemos conseguido entrar o no? —replico.

—Sí que ha funcionado.

—Entonces, ¿qué importa?

Creo que estamos hablando en voz baja, pero no lo suficiente como para evitar que alguien de las últimas filas se gire para mirarnos.

Y lo que es peor, el profesor Cookman deja de escribir en la pizarra y se gira también. Nos fulmina con la mirada, toda la clase le imita.

Noto que me sonrojo y bajo la cara. No dice nada, pero tampoco deja de mirarnos. Durante más de un minuto. Un minuto que se nos hace mucho más largo de lo normal.

Por suerte, al final vuelve a girarse hacia la pizarra y sigue con su clase.

Observamos al resto de la clase en silencio y es fácil entender por qué todo el mundo está tan concentrado en el profesor Cookman. A pesar de su estatura, es un hombre impresionante. Dirige la clase como si fuera un espectáculo, cautivando a sus estudiantes. Y quizá también asustándolos. Solo da permiso para hablar a los que no alzan la mano. Cuando conocen la respuesta, Cookman aparta la vista, sin dar muestras de reconocimiento. Y cuando un estudiante no sabe qué responder, mantiene la mirada fija en el infractor. Le mira hasta que resulta incómodo, un poco como nos ha mirado a nosotras. Solo después de un rato pregunta a otra persona.

Tras anotar una última ecuación en la pizarra, anuncia que la clase ha terminado y se despide de los estudiantes para el resto del día. La clase sale como una avalancha y nosotras bajamos las escaleras hasta el lugar donde está el profesor, todavía de pie al lado de su escritorio, guardando las cosas en su bandolera.

Parece que no nos esté viendo y sigue guardando sus papeles. Pero entonces empieza a hablar.

—¿Tienen la costumbre de interrumpir las clases? —pregunta—. ¿O debería considerarme especial?

—Profesor Cookman —empiezo a hablar—. Lo siento. No era nuestra intención que pudiera oírnos.

—¿Cree que eso mejora las cosas? ¿O las empeora? —pregunta—. ¿Quiénes son ustedes exactamente? ¿Y por qué están en mi clase?

—Soy Hannah Hall. Y ella es Bailey Michaels —contesto.

Nos mira alternativamente, esperando algo más.

—Bien.

—Buscamos información sobre un antiguo alumno suyo —explico—. Esperábamos que pudiera ayudarnos.

—¿Y por qué debería hacerlo? —pregunta—. ¿Ayudar a dos jóvenes mujeres que han interrumpido mi clase?

—Porque tal vez sea la única persona que puede ayudarnos.

Me sostiene la mirada, como si me viera por primera vez. Hago una seña a Bailey, quien le muestra al profesor Cookman el móvil, con la fotografía de ella con su padre en la pantalla.

Se mete la mano en el bolsillo de la camisa y saca unas gafas, para posar la mirada en el móvil.

—¿El hombre a tu lado en la foto? —pregunta—. ¿Es él mi antiguo alumno?

Asiente con la cabeza, sin decir nada.

El profesor ladea la cabeza, observa la foto, como si realmente estuviera esforzándose por recordar. Intento ayudarle a refrescar la memoria.

—Si el año en que creemos que se licenció es correcto, asistió a sus clases hace veintiséis años —continúo—. Pensamos que tal vez usted sabría decirnos su nombre.

—¿Sabe que asistió a mis clases hace veintiséis años, pero no sabe su nombre?

—Sabemos el nombre que usa actualmente, pero no su nombre real —explico—. Es una larga historia.

—Tengo tiempo para una versión breve —replica.

—Es mi padre —dice Bailey.

Son las primeras palabras que salen de boca de Bailey y las únicas que le hacen detenerse a considerar nuestra petición. Alza la vista, mira a Bailey a los ojos.

—¿Cómo le han vinculado a mí? —pregunta.

Miro a Bailey para ver si prefiere ser ella quien conteste, pero de nuevo guarda silencio. Y parece cansada. Demasiado cansada para tener dieciséis años. Alza la vista para mirarme y me hace una señal. Me indica por señas que me lance de lleno.

—Resulta que mi marido inventó muchos detalles… sobre su vida —comienzo—. Con excepción de una historia sobre usted, sobre la influencia que tuvo en él. Le recuerda con gran estima.

Vuelve a mirar la foto y me parece ver un destello en sus ojos al mirar a Owen. Cuando miro de reojo a Bailey, sé que ella también cree haberlo visto. Pero, por supuesto, eso es lo que queremos ver.

—Ahora se llama Owen Michaels —digo—. Pero tenía otro nombre cuando era alumno suyo.

—¿Y por qué se cambió el nombre?

—Eso es lo que estamos intentando averiguar.

—Bueno, he tenido muchos alumnos en todos estos años y no puedo decir que lo reconozca.

—Si sirve de ayuda, estamos bastante seguras de que era su segundo año como profesor.

—Tal vez su memoria funciona de manera distinta, pero mi experiencia me dice que cuanto más lejos en el tiempo, más cuesta recordar.

—En mi experiencia reciente, me parece que básicamente eso da igual —replico.

Asiente con la cabeza, observándome. Y quizá puede intuir por lo que estamos pasando, porque suaviza el tono.

—Lo siento, no puedo ayudarlas más —dice—. Tal vez pueden probar en la oficina de matriculaciones. Quizá podrían orientarlas.

—¿Y qué vamos a decir? —pregunta Bailey.

Está intentando mantener la calma, pero puedo verla. Veo cómo se está gestando su ira.

—¿Perdón?

—Digo que qué vamos a decirles. ¿Si hay algún estudiante en su fichero que se llama Owen Michaels pero entonces tenía otro nombre? —insiste—. ¿Una persona que aparentemente se ha esfumado sin dejar rastro?

—Sí, bueno, es cierto. Probablemente no puedan ayudar mucho con esa información —contesta—. Pero de veras les digo que este no es mi punto fuerte. —Le devuelve a Bailey el móvil—. Les deseo buena suerte.

Luego se coloca la bandolera en el hombro y empieza a caminar hacia la salida.

Bailey mira fijamente el móvil que vuelve a sostener entre sus manos. Parece asustada, asustada y desesperada; el profesor Cookman se va alejando de ella, Owen sigue sin estar más cerca. Pensábamos que nos estábamos acercando a la respuesta. Encontramos al profesor de Owen. Hemos llegado hasta aquí. Pero ahora Owen parece estar aún más lejos. Lo cual explica tal vez por qué vuelvo a interpelar al profesor Cookman, por qué me niego a dejar que se marche así.

—Mi marido era el peor alumno que tuvo nunca —digo.

El profesor Cookman se para en seco. Detiene la marcha y se gira hacia nosotras de nuevo.

—¿Qué acaba de decir?

—Le encanta explicar cuánto se esforzaba en sus clases y que, tras matarse a estudiar para los parciales, usted le dijo que iba a poner su examen en un marco en su despacho como lección para otros futuros estudiantes. No como un ejemplo de alumno aplicado, sino más bien como un «por lo menos no soy tan malo como ese tipo».

Se queda callado, pero yo sigo hablando, llenando el silencio.

—Quizás es algo que hace cada año con algún estudiante, y puesto que fue uno de sus primeros alumnos en su carrera como profesor, no había muchos candidatos a ser aún peores.

Pero su estrategia con él funcionó. Él creía en usted. Y, en lugar de frustrarle, le hizo querer esforzarse más. Para demostrarle que era capaz.

El profesor sigue sin decir nada.

Bailey me coge del brazo, como si fuera algo que hace normalmente, intentando tirar de mí para dejarle marchar.

—No lo sabe —me dice—. Deberíamos irnos.

Está inquietantemente tranquila, lo cual me parece de algún modo peor que cuando pensaba que iba a perder los estribos.

Pero el profesor Cookman no se mueve, aunque ya podría irse.

—Sí que lo enmarqué —confirma.

—¿Qué? —pregunta Bailey.

—Su examen. Lo enmarqué.

Empieza a caminar hacia nosotras.

—Era mi segundo año en la enseñanza y no era mucho mayor que mis alumnos. Intentaba demostrar mi autoridad. Con el tiempo mi mujer me hizo quitarlo del marco. Decía que era perverso que un funesto examen parcial fuera el único legado de cualquier estudiante. Al principio yo no lo veía así. Pero ella es más lista que yo. Lo tuve enmarcado a la vista durante mucho tiempo. Asustaba a los demás estudiantes, y esa era la finalidad.

—¿Nadie quería ser tan malo? —pregunto.

—Ni siquiera cuando les explicaba lo buen estudiante que había sido después —responde.

Alarga la mano como para pedirle el móvil a Bailey. Ella se lo da, y ambas le observamos mientras él intenta atar cabos.

—¿Qué ha hecho? —pregunta—. Tu padre...

Dirige la pregunta a Bailey. Creo que va a ofrecerle una versión abreviada de lo que está pasando en The Shop y con Avett Thompson, y que todavía no sabemos el resto de la historia. Que no sabemos hasta qué punto está involucrado en el

185

fraude, o por qué le hizo dejarnos solas, intentando armar el rompecabezas. Con esas piezas imposibles. Pero, en lugar de eso, mueve la cabeza de un lado a otro y le dice la peor parte de lo que Owen es culpable:

—Me ha mentido.

El profesor asiente con un gesto, como si eso le bastara. El profesor Cookman. De nombre Tobias. Apodo Cook. Matemático reconocido con galardones. Nuestro nuevo amigo.

—Vengan conmigo —dice.

Algunos estudiantes son mejores que otros

*E*l profesor Cookman nos conduce de nuevo a su despacho, donde empieza a preparar café, y Cheryl, la estudiante de posgrado encargada de su escritorio, es mucho más amable que antes. Enciende varios ordenadores del despacho de Cook mientras Scott, otro estudiante de posgrado, empieza a revisar el armario con los archivos. Ambos ejecutan sus movimientos lo más rápido que pueden. Mientras Cheryl descarga una copia de la fotografía de Owen en el portátil del profesor, Scott extrae un archivador enorme, cierra de un portazo la puerta del armario y luego regresa al escritorio.

—Los exámenes que hay aquí se remontan únicamente hasta 2001. Estos son del curso 2001-2002.

—Entonces, ¿para qué me los traes? —pregunta—. ¿Qué se supone que debo hacer con esto?

Scott se queda estupefacto y Cheryl pone el portátil sobre el escritorio del profesor Cookman.

—Ve a comprobar los ficheros de los archivos —ordena—. Luego llama al secretario y consigue la lista de la clase de 1995. También las de 1994 y 1996, por si acaso.

Scott y Cheryl salen del despacho, encargados de sus respectivas tareas, y Cook dirige su atención a su portátil, con la fotografía de Owen ocupando toda la pantalla.

—Bueno, ¿en qué clase de lío se ha metido tu padre? —pregunta—. Si no es indiscreción.

—Trabaja en The Shop —responde Bailey.

—¿The Shop? ¿La operación de Avett Thompson?

—Exactamente —contesto—. Llevó a cabo la mayor parte de la programación.

Parece confundido.

—¿La programación? Eso es sorprendente. Si tu padre es la misma persona a la que instruí, por aquel entonces estaba más interesado en la teoría matemática. Quería trabajar en la universidad. Quería trabajar en el ámbito académico. Programar no sería realmente una continuación natural de sus intenciones.

Puede que sea precisamente por eso por lo que decidió hacerlo, pienso, aunque no lo digo. Como una forma de ocultarse en un campo adyacente al que le interesaba, pero lo suficientemente apartado como para que nadie pudiera encontrarle.

—¿Es oficialmente un sospechoso? —pregunta Cook.

—No —digo—. No oficialmente.

Se gira hacia Bailey.

—Imagino que simplemente quieres encontrar a tu padre. Como sea.

Bailey dice que sí con un gesto. Y Cook vuelve a dirigir su atención hacia mí.

—¿Y cómo encaja exactamente el cambio de nombre en todo esto?

—Eso es lo que estamos intentando averiguar —digo—. Puede que haya tenido otros problemas antes de trabajar en The Shop. No lo sabemos. Apenas estamos enterándonos de todas las incoherencias entre lo que nos dijo y…

—¿Lo que es cierto?

—Sí —confirmo.

Luego me giro hacia Bailey, para ver cómo está procesando todo esto. Ella me mira como diciendo: «Todo está bien, no pasa nada». No es exactamente que le parezca bien lo que está pasando, pero tal vez se refiere a que está bien, a pesar de todo, que esté intentando llegar al fondo de todo esto.

El profesor Cookman mira fijamente la pantalla del ordenador, sin comentar nada.

—Nunca recuerdas a todos tus alumnos, pero sí me acuerdo de él —confirma—. Aunque entonces llevaba el pelo largo. Casi como una melena. Y pesaba mucho más. Tenía un aspecto muy distinto al de la foto.

—Pero ¿no completamente distinto? —pregunto.

—No. No del todo.

Intento asimilarlo, intento imaginar a Owen yendo por el mundo con el aspecto con el que le ha descrito el profesor Cookman. Intento imaginar a Owen yendo por el mundo como una persona distinta. Miro a Bailey y puedo verlo en su cara. Puedo verlo en su ceño fruncido. Que está haciendo lo mismo que yo.

El profesor Cookman cierra el portátil y se inclina por encima del escritorio, hacia nosotras.

—Miren, no voy a fingir que puedo imaginarme cómo se sienten, pero les diré, por si sirve de algo, que en mis años como docente he descubierto algo que me tranquiliza en momentos como este por encima de todo lo demás. Es una teoría original de Einstein, y por eso suena mejor en alemán.

—Tal vez sea mejor que sigamos hablando en nuestro propio idioma —dice Bailey.

—Einstein dijo: «Si las teorías sobre las matemáticas versan sobre la realidad, no son verdaderas; y si lo son, no versan sobre la realidad».

Bailey ladea la cabeza.

—Seguimos esperando la traducción, profesor —insiste.

—Básicamente significa que no sabemos nada de nada —explica.

Bailey se ríe, suavemente, pero es una risa auténtica, y es la primera vez que se ha reído en días, la primera vez desde que empezó todo esto.

Me siento tan agradecida que casi salto por encima de la mesa para abrazar al profesor Cookman.

Pero antes de que pueda hacerlo, Scott y Cheryl regresan al despacho.

—Este es el registro del segundo semestre de 1995. En 1994 usted estaba como docente en dos seminarios de último año distintos. Y en 1996 tuvo exclusivamente estudiantes de posgrado. En la primavera de 1995 fue cuando enseñó a los estudiantes de primer año. De modo que esa debía de ser la clase a la que asistió ese alumno.

Cheryl le hace entrega del listado con un ademán triunfante.

—Había setenta y tres asistentes a la clase —prosigue—. Ochenta y tres el primer día, pero diez lo dejaron. Es algo bastante normal en cuanto a la selección natural. Supongo que no necesita los nombres de los diez que lo dejaron.

—No —responde.

—Me lo imaginaba, así que me he adelantado y ya los he eliminado —dice, como si acabara de descubrir algo de menor tamaño que el átomo. Y, a mi modo de ver, así es.

Mientras el profesor Cookman estudia la lista, Cheryl se vuelve hacia nosotros.

—No hay ningún Owen en la lista. Ni tampoco ningún Michaels.

—Eso no me sorprende —dice el profesor.

Cook sigue con los ojos fijos en la lista, pero niega moviendo la cabeza de un lado a otro.

—Siento no poder acordarme de su nombre —anuncia—. Seguramente pensaban que lo recordaría, tras haber tenido el examen enmarcado sobre mi cabeza durante todo este tiempo.

—Eso fue hace mucho —digo.

—Con todo, sería de mucha más ayuda si pudiera recordar los nombres, pero al verlos no me dicen nada.

El profesor Cookman me pasa la lista, que recibo de sus manos agradecida y con rapidez, no sea que cambie de idea.

—Setenta y tres nombres es un número mucho más manejable que mil millones. Muchísimo más manejable que no tener por dónde empezar.

—Suponiendo que esté en esta lista —dice el profesor Cookman.

—Por supuesto, suponiendo que esté.

Bajo la vista hacia el listado impreso, setenta y tres nombres que me devuelven la mirada, cincuenta de ellos son hombres. Bailey se asoma por encima de mi hombro para mirarlo también. Tenemos que encontrar la forma de revisarlos lo más pronto posible. Pero ahora tengo mucha más esperanza que antes al contar con un punto de partida. Al disponer de una lista de nombres en donde buscar a Owen, cuyo nombre real tiene que estar entre todos los demás. Estoy segura de ello.

—No sabe cuánto se lo agradecemos —digo.

—Ha sido un placer —responde—. Espero que sea de ayuda.

Nos ponemos en pie para irnos y Cookman hace lo mismo. Pero no parece que tenga demasiadas ganas de seguir con su día. Ahora que ha invertido su tiempo, quiere saber más. Parece que desea saber quién era Owen, qué es lo que le ha llevado adonde está ahora, dondequiera que sea.

Empezamos a avanzar hacia la puerta cuando Cookman nos hace detenernos.

—Antes de que se vayan me gustaría decirles algo… No sé en qué está metido ahora, pero puedo asegurarles que en aquella época era un joven agradable. Además de inteligente. Ahora todo parece confundirse en mi memoria, pero sí recuerdo a algunos de mis alumnos de los primeros años. Quizá porque nos esforzamos más al principio. Pero sí que lo recuerdo. Me acuerdo de que era muy buen chico.

Me giro hacia él, agradecida de escuchar algo sobre Owen, algo que parece encajar con el Owen que yo conozco.

Me ofrece una sonrisa y se encoge de hombros.

—No fue solo culpa suya. El examen parcial desastroso. Estaba demasiado ocupado pensando en otra alumna. Y no era el único. En una clase donde casi todos los estudiantes son masculinos, ella destacaba.

En ese momento mi corazón da un vuelvo. Bailey también se vuelve hacia Cookman. Casi puedo notar que se olvida de respirar.

Una de las pocas cosas que Owen nos ha contado de Olivia, de forma repetida, una de las pocas cosas que Bailey creía saber sobre su madre, es que su padre se había enamorado de ella en la universidad, y que desde entonces habían estado juntos. Owen contaba que cuando eran estudiantes de último año ella vivía en el apartamento de al lado. ¿También era eso mentira? ¿Habría cambiado hasta el detalle de menor importancia para evitar dejar ningún rastro de su pasado?

—¿Era su… novia? —pregunta Bailey.

—No puedo responder a eso. Solo la recuerdo porque él alegaba que ella era el motivo de que su rendimiento se hubiera resentido. Que estaba enamorado. Me lo explicó en una larga carta y yo le contesté que la colgaría justo al lado de su terrible examen, a menos que mejorara.

—Eso es humillante —dice Bailey.

—Aparentemente también fue efectivo —responde.

Bajo la mirada hacia la lista, buscando nombres de mujer. Veintitrés en total. Busco alguna Olivia, pero no hay ninguna en la lista. Aunque, obviamente, puede que no tenga que buscar por ese nombre.

—Ya sé que es mucho pedir, pero ¿por casualidad no recordará el nombre? ¿El nombre de la mujer? —le pido.

—Recuerdo que era mejor estudiante que su marido —contesta.

—¿Acaso no lo eran todos los demás? —digo.

El profesor Cookman asiente.

—Sí. Eso también es cierto —contesta.

Catorce meses antes

—*B*ueno, ¿qué se siente? ¿Al convertirse en una mujer casada? —pregunta Owen.

—¿Qué se siente al convertirse en un hombre casado?

Estamos en Frances, un restaurante con un ambiente íntimo en el Castro, sentados a la mesa rústica donde habíamos celebrado nuestro modesto banquete de bodas. El día había empezado en el ayuntamiento, donde nos casamos. Yo llevaba un vestido corto blanco, Owen se había puesto una corbata y unas Converse nuevas. Y acabó hacia la medianoche, los dos solos, mientras nos terminábamos el champán, descalzos, una vez que nuestro puñado de invitados se hubo marchado.

Había venido Jules y también unos cuantos amigos de Owen: Carl, Patty. Y Bailey. Por supuesto, Bailey. En una inusual demostración de generosidad hacia mí, llegó a tiempo al ayuntamiento y se quedó en el restaurante hasta después de que cortáramos la tarta. Me ofreció incluso una sonrisa antes de irse a pasar la noche en casa de su amiga Rory. Tenía la esperanza de que eso por lo menos significara que estaba un poco satisfecha de cómo había ido el día. Sabía que eso probablemente significaba que se puso contenta cuando Owen la dejó beber champán.

Fuera como fuese, lo sentía como una victoria.

—Me parece bastante genial ser un hombre casado —dijo Owen—. Aunque no tengo la menor idea de cómo vamos a volver a casa hoy.

Me reí.

—Eso no es tan grave.

—No —dijo—. No en comparación con los problemas de verdad.

Alargó la mano para hacerse con la botella de champán, llenó su vaso y completó el mío hasta el borde. Luego apartó su silla y se sentó en el respaldo de la mía. Me recliné sobre él, inhalando.

—Hemos recorrido un largo camino para llegar hasta aquí desde nuestra segunda cita, cuando ni siquiera me dejaste que te pasara a buscar para ir a cenar —dijo.

—No sé nada de eso —respondo—. Estaba bastante loca por ti, incluso en aquel entonces.

—Pues tenías una forma rara de demostrarlo. Ni siquiera estaba seguro de si iba a conseguir volver a verte después de esa noche.

194

—Bueno, me hiciste un montón de preguntas.

—Quería saber muchas cosas de ti.

—¿Todo en una sola noche?

Se encogió de hombros.

—Sentía que necesitaba saber más sobre «los chicos con los que habría podido funcionar». Pensé que sería la mejor estrategia para no acabar siendo uno de ellos.

Alargué la mano hacia atrás y le rocé la mejilla, primero con el dorso de la mano, luego con la palma.

—Te convertiste exactamente en lo contrario —dije.

—Creo que eso podría considerarse como lo mejor que nadie me ha dicho nunca.

—Pero es cierto —aseguré.

Y era cierto. Owen era lo contrario. Tuve la sensación de que era justo lo contrario desde el primer día, desde la primera vez que nos vimos en mi taller, pero ahora era mucho más que una sensación. Owen había demostrado ser lo contrario. No era solo que resultaba fácil estar con él (aunque así era), o que me sintiera más completa con él, de un modo que nunca había sentido en ninguna relación anterior. Ni siquiera era solamente el hecho de que nos entendiéramos de esa forma inaprensible que, o bien se tiene con alguien, o nunca se podrá dar, esa manera abreviada y penetrante en la que con una mirada podíamos decirnos mutuamente lo que necesitábamos: «Es hora de irnos de la fiesta. Es hora de estar conmigo. Es hora de darme espacio para respirar».

Era un poco de todo eso y algo superior a todo eso. ¿Cómo se puede explicar el hecho de encontrar a alguien a quien has estado esperando toda la vida? ¿Hay que llamarlo «destino»? Me parece demasiado vago llamarlo «destino». Es más bien como encontrar el camino a casa, donde el significado de «casa» es el de un lugar que anhelamos en secreto, un lugar que hemos imaginado, pero en el que nunca antes habíamos estado.

Estar en casa. Cuando no estabas segura de poder conseguir alguna vez sentirte en casa.

Eso es lo que Owen era para mí. Eso es quien él realmente era.

Owen se llevó la palma de mi mano a sus labios y la sostuvo allí.

—Entonces…, ¿vas a responder a la pregunta sobre cómo te sientes? —dijo—. ¿Al convertirte en una mujer casada?

Me encogí de hombros.

—No estoy segura —contesté—. Es demasiado pronto.

Se rio.

—Bueno, vale, no pasa nada —dijo.

Tomé un sorbo de champán. Tomé un sorbo y también me reí. No podía evitarlo. Era feliz. Simplemente era… feliz.

—Resulta que tienes un poco de margen para pensarlo —añadió.

—¿Tanto como el resto de nuestras vidas? —pregunté.

—Espero que incluso aún más.

195

Si te casas con el rey del baile de graduación…

Setenta y tres nombres, entre ellos cincuenta masculinos.

Uno de ellos potencialmente es Owen.

Atravesamos velozmente el campus hacia la biblioteca principal de consulta, que tal como nos aclara Cheryl es el lugar donde es más probable que se hayan guardado los anuarios de la universidad. Si podemos hacernos con los de los años en los que Owen estuvo en la Universidad de Texas, esa podría ser la clave para ir descartando nombres del listado lo más rápido posible. Los anuarios no solo contienen los nombres de los estudiantes, sino también fotografías. Ofrecen el potencial de incluir una foto de un joven Owen, si es que hizo algo más aparte de suspender las Matemáticas.

Entramos en la biblioteca Perry-Castañeda, que es enorme, con seis plantas llenas de libros, mapas, fichas y laboratorios informáticos, y nos dirigimos al mostrador de consulta. Allí se nos informa de que tenemos que presentar una solicitud en el registro para conseguir las copias impresas de los anuarios de hace tantos años, no obstante, podemos acceder al archivo en un ordenador de la biblioteca.

Subimos al laboratorio informático de la segunda planta, que está casi vacío, y nos sentamos en dos ordenadores que hay en un rincón. Busco los anuarios del primer y segundo año de Owen en la universidad en un ordenador. Y Bailey los del tercer y cuarto año. Y, mano a mano, empezamos a localizar a los estudiantes de la clase de Cookman, uno por uno, por orden alfabético de la lista. Nuestro primer candidato: John Abbot, de Baltimore, Maryland. Le encuentro en una fotografía granulada con el club de esquí. No se parece demasiado a Owen en la foto (gafas de gruesos cristales, una barba completa), pero es difícil descartarlo del todo basándonos únicamente en esa foto. Encontramos demasiados resultados potenciales al buscar su nombre en Internet, pero al añadir «esquiar» a la búsqueda, me encuentro con que John Abbot (oriundo de Baltimore, licenciado en la Universidad de Texas en Austin) ahora vive en Aspen con su pareja y dos niños.

Conseguimos descartar los siguientes estudiantes masculinos de la lista mucho más rápido: uno mide uno cincuenta y es pelirrojo con rizos; otro mide uno noventa y tres, y es un bailarín profesional de ballet que vive en París; otro vive en Honolulú, Hawái, y se presenta al Senado del estado.

Vamos por los que empiezan con «ES» cuando suena el móvil. En la pantalla aparece la palabra «CASA». Por un momento, me imagino que es Owen. Owen ha regresado a casa y nos llama para decirnos que lo ha arreglado todo y que tenemos que volver de inmediato, para poder explicarnos los fragmentos que no tienen sentido. Dónde ha estado, quién era antes de conocerle. Por qué no nos lo ha contado.

Pero no es Owen quien está al otro lado de la línea. Es Jules. Ha reaccionado al mensaje que le escribí en el bar del hotel, pidiéndole que fuera a casa y que buscara la hucha con forma de cerdito.

—Estoy en la habitación de Bailey —dice cuando descuelgo.

—¿Había alguien fuera? —pregunto.

—No creo. No vi a ningún extraño en el aparcamiento y no había nadie en el muelle.

—¿Puedes cerrar las persianas?

—Ya lo he hecho —dice.

Miro hacia Bailey, con la esperanza de que esté demasiado ocupada con los anuarios como para prestar atención a lo que digo. Pero la pillo mirándome, con curiosidad por ver de qué va esta llamada. Tal vez esperando, contra toda esperanza, que esta llamada le devuelva a su padre.

—Tenías razón —confirma Jules—. Pone «Lady Paul» en un lateral.

No dice qué es, por supuesto. No dice que es una hucha (la de Bailey) que ha ido a buscar a nuestra casa, aunque sonaría bastante inocuo si lo dijera en voz alta.

No me lo había imaginado. La pequeña nota al final de la última página del testamento de Owen, que nombra a su procurador, L. Paul. Era el nombre en el lateral del cerdito azul del cuarto de Bailey: «LADY PAUL», escrito en negro, por debajo del lazo. La misma hucha que Owen había llevado consigo cuando nos evacuaron, la que encontré a su lado en el bar del hotel en mitad de la noche. Lo achaqué a que se había puesto sentimental. Pero me equivocaba. Había cogido la hucha porque había algo que tenía que mantener a salvo.

—Pero hay un problemilla —dice Jules—. No puedo abrirla.

—¿Qué quieres decir con que no puedes abrirla? Pues coge un martillo y rómpela.

—No, no lo entiendes, hay una caja fuerte dentro del cerdito —explica—. Y está hecha de acero. Voy a tener que buscar a alguien que pueda forzarla. ¿Se te ocurre alguien?

—No así de repente —digo.

—Vale, ya me encargo yo —dice Jules—, pero ¿has visto las noticias? Han presentado cargos contra Jordan Maverick.

Jordan es el director de operaciones de The Shop, el segundo de a bordo después de Avett, y homólogo de Owen en la parte comercial de la empresa. Se acaba de divorciar y pasó unos días en casa. Invité a Jules a cenar, con la esperanza de que congeniaran. Pero no fue así. A Jules le pareció aburrido. Pensé que había cosas peores, o tal vez yo simplemente no lo veía así.

—Y para que conste —añade—. No quiero más conspiraciones.

—Entendido —digo.

En cualquier otro momento esas palabras habrían bastado para animarme a preguntar por su compañero de trabajo, Max, y bromear sobre si él era la otra razón por la que no le interesaba que le organizaran esa clase de planes. Pero, en ese preciso instante, solo me recuerda que Max cuenta con un informador. Alguien que podría ayudarnos en relación con Owen.

—¿Se ha enterado Max de algo más aparte de lo de Jordan? —pregunto—. ¿Sabe algo de Owen?

Bailey ladea la cabeza para acercarse a mí y escuchar.

—Nada en concreto —dice—. Pero su fuente en el FBI dijo que el *software* acaba de empezar a estar operativo.

—¿Qué quiere decir eso? —pregunto.

Aunque adivino lo que quiere decir. Significa que Owen probablemente creía estar fuera de peligro. Probablemente pensó que cualquier plan de contingencia que necesitara idear podría dejarse de nuevo en suspenso. Significa que, cuando Jules le llamó y le contó lo de la redada, Owen no podía creerlo. No podía creer que, justo cuando ya casi estaba a salvo, le iban a pillar.

—Max me está enviando un mensaje —dice Jules—. Te llamo cuando haya conseguido encontrar a alguien para forzar la caja de seguridad, ¿vale?

—Estoy segura de que nunca habrías pensado que dirías esas palabras.

Se ríe.

—Ni que lo digas.

Me despido y me giro hacia Bailey.

—Era Jules —informo—. Le he dicho que me busque una cosa en la casa.

Asiente con la cabeza. No me pregunta si tengo algo que decirle de su padre. Sabe que se lo diría si así fuera.

199

—¿Alguna novedad? —pregunto.

—Voy por la «H» —responde—. De momento no hay coincidencias.

—La «H» ya es un avance.

—Sí. A menos que no esté en la lista.

Vuelve a sonar mi móvil. Pienso que será Jules otra vez, pero no reconozco el número, el prefijo es 512. Texas.

—¿Quién es? —pregunta Bailey.

Le digo que no lo sé con un gesto. Luego acepto la llamada. La mujer en el otro extremo de la línea ha empezado a hablar. Está a media frase cuyo inicio, aparentemente, cree que yo he oído.

—Partidos amistosos —dice—. Teníamos que haberlos tenido en cuenta también. Los partidos amistosos.

—¿Quién habla?

—Soy Elenor McGovern. De la iglesia episcopal. Creo que tal vez he encontrado una posible respuesta a la pregunta de cuál fue la boda a la que asistió su hijastra. Sophie, una de nuestras más antiguas feligresas, tiene un hijo que juega al fútbol americano en el equipo de Austin de la Universidad de Texas. Nunca se pierde un partido. Ha estado aquí hace un rato, para ayudarme con el desayuno para los nuevos miembros, y se me ocurrió que podría ser la persona a quien debía preguntar por si se me había pasado algo por alto. Y me dijo que en verano los Longhorns celebran una serie de partidos amistosos.

Se me corta la respiración.

—¿Y se celebraban en el estadio? —pregunto—. ¿Como los partidos de temporada?

—Igual que los partidos de temporada. Normalmente con bastante público. La gente asiste a esos partidos como si fueran clasificatorios. No soy demasiado aficionada al fútbol, por eso no se me ocurrió esa posibilidad de buen principio.

—Pero sí se le ocurrió preguntar a esa mujer, y eso ya es estupendo.

—Bueno, quizá. Lo que sí es estupendo es lo que viene ahora. Probé cruzando las fechas de los partidos amistosos durante la época en que todavía no habíamos cerrado. Hubo una boda que coincide con el último de esos partidos del año 2008. Una boda a la que tal vez asistió su hijastra. ¿Tiene algo para apuntar? Debería tomar nota.

Se nota que Elenor está orgullosa de sí misma, y debería estarlo. Puede que haya encontrado el vínculo con Owen, con lo que Owen estaba haciendo en Austin ese fin de semana, después de tantos años de haberse licenciado. Y el porqué de que le acompañara Bailey.

—Tomo nota —digo.

—Era la boda de Reyes y Smith —explica—. Tengo toda la información de la boda ante mí. La ceremonia tuvo lugar a mediodía. Y el banquete se celebró fuera, pero no se especifica dónde.

—Elenor, esto es fabuloso. No sé cómo darle las gracias.

—No hay de qué.

Alargo el brazo por encima de Bailey para coger la lista impresa de la clase de Cookman. Ahí está. No hay ningún Reyes. Pero sí aparece el apellido «Smith».

Katherine. Katherine Smith. Le indico el nombre a Bailey, que empieza a teclearlo rápidamente, buscando en el índice del anuario. Aparece «KATHERINE SMITH». Y «SMITH, KATHERINE». Diez páginas que incluyen ese nombre.

Quizás era una amiga de Owen, o tal vez su novia, la que recordaba el profesor Cookman. Y Owen había ido a la ciudad para su boda. Había traído a su familia para ayudar a una antigua amiga a celebrar su boda. Tal vez, si pudiera dar con ella, podría arrojar alguna luz sobre la persona que era Owen entonces.

—¿El nombre de pila de la novia era Katherine, Elenor?

—No, no era Katherine. Déjeme ver. El nombre de pila de la novia es Andrea —confirma Elenor—. Y... sí, ahí lo tenemos. Andrea Reyes y Charlie Smith.

Me desinflo al ver que no se trata de esa Katherine, pero tal vez está relacionada de alguna manera con Charlie. Esa podría ser la conexión. Pero antes de poder repetir la información a Bailey, abre una página sobre la sociedad de debates y su presidenta, Katherine, *Kate*, Smith.

Y entonces aparece la fotografía.

Es una fotografía del grupo de debate al completo. Están sentados en taburetes en un anticuado y pequeño bar, más parecido a una coctelería que a un *pub* tradicional: vigas de madera, una larga pared de ladrillos, botellas de *bourbon* alineadas como regalos. Unas linternas dispuestas en las estanterías iluminan a contraluz esas botellas, y también las botellas de vino tinto que hay por encima.

El pie de foto reza: «La presidenta del equipo de debate Katherine Smith celebra la victoria del campeonato estatal en el bar de su familia, el Never Dry, con los compañeros de equipo de (l) a (r)»…

—No puede ser —dice Bailey—. Ese podría ser el bar. Donde se celebró el banquete.

—¿A qué te refieres?

—No te dije nada, pero anoche, cuando estábamos en el Magnolia Cafe y me hacías todas esas preguntas, me acordé de que estuvimos en un bar después de la boda —comenta—. Más bien era una especie de pequeño restaurante. Pero luego pensé que era muy tarde y que igual simplemente estaba intentando aferrarme a algo…, lo que fuera…, así que no le di más importancia. Ni siquiera lo mencioné. Pero este sitio de la foto, este bar Never Dry, me recuerda a ese lugar.

Tapo el auricular del móvil con la mano y bajo la vista hacia Bailey, que señala con impaciencia, casi con incredulidad. Señala un tocadiscos situado en un rincón, como una extraña prueba.

—Lo digo en serio —insiste—. Ese es el bar. Lo reconozco.

—Hay millones de bares parecidos a ese.

202

—Lo sé. Pero recuerdo dos cosas de Austin. Y ese bar es una de ellas.

Y entonces es cuando Bailey hace zum sobre la fotografía. Las caras del equipo de debate dejan de estar desenfocadas, el rostro de Katherine aparece más definido. Fácil de ver.

Ambas guardamos silencio. El bar ya no importa. Owen tampoco, para ser exactos.

Lo único que importa es esa cara.

La foto no coincide con las de la mujer que conozco como madre de Bailey, o aún más importante, que Bailey reconoce como su madre. Olivia. Olivia ,la pelirroja con pecas infantiles. Olivia, la que se parece un poco a mí.

Pero la mujer que nos devuelve la mirada, esa Katherine, *Kate*, Smith, es igual que Bailey. Exactamente igual que Bailey. El mismo pelo negro. La misma piel pálida. Y, sobre todo, la misma mirada intensa, más crítica que dulce.

Esa mujer que nos devuelve la mirada podría ser Bailey.

Bailey apaga la pantalla repentinamente, como si fuera demasiado para ella. La fotografía, la cara de Kate igual que la suya. Alza la vista hacia mí, cuestionándome cuál es el siguiente paso.

—¿La conoces? —pregunta.

—No —digo—. ¿Y tú?

—No, no lo sé —contesta—. ¡No!

—¿Oiga? —dice Elenor—. ¿Sigue usted ahí?

Pongo mi mano sobre el altavoz, pero Bailey todavía puede oírla. Puede oír su voz aguda. La está poniendo más tensa aún. Parece que se le han congelado los hombros. Se lleva las manos al pelo para colocarlo tras las orejas.

No me siento orgullosa de ello, pero le cuelgo el teléfono a Elenor.

Luego me giro hacia Bailey.

—Tenemos que ir allí ahora mismo —dice Bailey—. Necesito ir a ese bar…, ese Never Dry…

Ya se ha puesto en pie. Ya está recogiendo sus cosas.

—Bailey —digo—. Ya sé que estás disgustada, lo sé. Yo también.

No lo hemos dicho todavía, por lo menos no lo hemos expresado en voz alta. Quién creemos que podría ser Katherine Smith, quién Bailey teme y desea a un tiempo que sea.

—Hablemos un momento —digo—. Creo que lo mejor que podemos hacer para llegar al fondo de todo esto es seguir revisando la lista de la clase. Ya solo nos quedan como mucho cuarenta y seis nombres para poder saber quién solía ser tu padre.

—Quizá sea así. O quizá no.

—Bailey… —digo.

Mueve la cabeza de un lado a otro. No vuelve a sentarse.

—Te lo diré de otro modo —me dice—. Ahora mismo voy a irme al bar. Puedes venir conmigo o me dejas ir a mí sola.

Espera, de pie, clavada en el sitio. No se precipita hacia la salida. Espera a ver qué decido hacer. Como si hubiera alternativa.

204

—Voy contigo, por supuesto.

Entonces me pongo en pie. Y nos dirigimos juntas hacia la puerta.

El Never Dry

Durante el trayecto en taxi hacia el Never Dry, Bailey sigue estirándose el labio inferior, es casi como un tic nervioso que ha desarrollado de repente, y sus ojos se mueven de un lado a otro, frenéticos y aterrorizados.

Puedo oír las preguntas que no formula en voz alta, pero no quiero presionarla. Tampoco puedo quedarme simplemente ahí sentada y verla sufrir, de modo que busco de forma obsesiva en mi móvil a Katherine, *Kate*, Smith y a Charlie Smith, para encontrar algo que poder decirle, cualquier información que pueda ofrecerle, en un intento de aliviarla.

Pero hay demasiados. Smith es un apellido muy común, incluso añadiendo términos de búsqueda (como «Universidad de Texas en Austin», «lugar de nacimiento Austin», «campeonato de debates»). Hay cientos de resultados, pero ninguna imagen de la Katherine que nos saludaba desde la foto en la biblioteca.

Y entonces se me ocurre una idea. Incorporo Andrea Reyes a mi búsqueda, junto a Charlie Smith, y finalmente doy con algo que podría ayudarnos.

Un perfil de Facebook del Charlie Smith correcto. Licenciado en el año 2002 por la Universidad de Texas en Austin en un grado de Historia del Arte, seguido de dos semestres en la Escuela Superior de Arquitectura y unas prácticas en una empresa de arquitectura paisajística en el centro de Austin.

A partir de ahí se acaba el historial laboral.

No hay actualizaciones ni fotografías desde 2009.

Pero sí encuentro que su mujer es Andrea Reyes.

—Ahí está —dice Bailey.

Señala por la ventanilla una puerta azul, con parras alrededor. Sería fácil pasarlo por alto, con esa anodina puerta azul y el nombre, «THE NEVER DRY», escrito en una pequeña placa dorada. Está en un rincón tranquilo, en la esquina opuesta de la calle 6 Oeste, a un lado una cafetería y al otro un callejón.

Salimos del taxi dando un salto y, cuando me giro para pagar al conductor, compruebo que nuestro hotel se puede ver al otro lado del lago Lady Bird. Siento un extraño impulso, ganas de acabar con esto, de volver allí.

Entonces veo que Bailey se dispone a abrir la puerta azul.

Y mientras lo hace, sucede algo que nunca antes había ocurrido. Podría llamarse instinto maternal. La agarro por el brazo antes de darme cuenta de que la estoy reteniendo.

—¿Qué diablos estás haciendo? —exclama.

—Tú esperas aquí.

—¿Qué? Ni hablar.

Empiezo a pensar rápido, no me parece posible decir la verdad. «¿Y si entramos y la vemos? A esa Katherine Smith. ¿Y si tu padre te apartó de ella? ¿Y si ahora ella intenta apartarte de mí?» Y, sin embargo, ahí está, un pensamiento lo suficientemente posible como para que sea lo primero que se me ocurre.

—No quiero que entres ahí —digo—. Será más fácil que respondan a mis preguntas si no estás delante.

—Buen intento, Hannah —dice.

—Bueno, ¿qué te parece esto? No sabemos de quién es este bar. No sabemos quién es esa gente o si son peligrosos. Solo sabemos que cada vez parece más probable que tu padre te sacara de aquí y, conociéndole, si hizo eso es que hay algo de lo que intentaba protegerte. Puede que hubiera alguien de quien intentaba protegerte. No puedes entrar hasta que lo averigüe.

Se queda callada. Me mira fijamente, insatisfecha, pero no dice nada.

Le indico por señas la cafetería de al lado. Parece un lugar tranquilo, está casi vacío, tras el ajetreo del mediodía.

—Ve adentro y pide un trozo de tarta, ¿vale?

—Es literalmente lo que menos me podría apetecer —dice.

—Pues pide un café y sigue avanzando con el listado del profesor Cookman. Prueba a ver si puedes encontrar a alguien más. Todavía nos queda mucho camino por recorrer.

—No me gusta este plan —se queja.

Saco el listado de mi bandolera para dárselo.

—Saldré a buscarte cuando vea que todo está despejado ahí dentro.

—¿Despejado de qué? ¿Por qué no lo dices simplemente? —pregunta—. ¿Por qué no dices quién crees que está dentro?

—Probablemente por la misma razón por la que tú tampoco estás preparada para decirlo, Bailey.

Eso sí le llega. Asiente con la cabeza para decir que está de acuerdo.

Luego coge la lista de mi mano y se da media vuelta hacia la cafetería.

—No tardes mucho, ¿vale?

Después abre la puerta de la cafetería, cuando entra es como un estallido púrpura.

Respiro aliviada. Y abro la puerta azul del Never Dry. Hay una escalera de caracol, por la que subo al piso de arriba hasta un vestíbulo iluminado con velas y una segunda puerta azul, que también está abierta.

Abro esa puerta y paso a un pequeño salón de cócteles. Un salón de cócteles vacío. Con vigas de arce y una barra de caoba oscura, sofás de dos plazas de terciopelo alrededor de pequeñas mesas. No parece el bar de la población universitaria. La puerta escondida, la sala íntima. Parece más bien una taberna clandestina: secreto, sexi, privado.

207

No hay nadie tras la barra. La única indicación de que pueda haber alguien son las velas de té sobre las mesas de centro, Billie Holiday sonando en un viejo tocadiscos.

Me acerco a la barra, contemplo las estanterías que hay detrás. Están llenas de botellas de espirituosos en tonos oscuros, licores amargos tabernarios, excepto una de ellas dedicada a albergar fotografías en gruesos marcos plateados y unos cuantos recortes de periódico. Kate Smith aparece en varias de ellas, a menudo con el mismo chico larguirucho de pelo oscuro. No con Owen. Alguien que no es Owen. También hay varias fotos donde el chico de pelo oscuro está solo. Me inclino por encima del bar para intentar averiguar lo que pone en uno de los recortes de periódico. Incluye una foto de Kate en un vestido de noche, al lado del chico desgarbado en esmoquin. Hay una pareja más mayor detrás. Empiezo a leer los nombres que aparecen en el pie de foto. Meredith Smith, Kate Smith. Charlie Smith...

Entonces oigo pasos.

—Hola.

Me giro y veo a Charlie Smith. El chico delgado de las fotos. Lleva una camisa de botones almidonada y carga con una caja de champán. Parece más viejo que en las elegantes fotos enmarcadas. Y está menos delgado. El pelo ahora es canoso, la piel curtida, pero sin duda es él. Independientemente de la relación que pueda tener con Bailey. O de quién es Bailey respecto a Kate.

—Todavía no hemos abierto —dice—. No solemos empezar hasta casi las seis...

Señalo hacia la dirección de donde he venido.

—Lo siento, la puerta estaba abierta —explico—. No pretendía colarme sin permiso.

—No pasa nada, puedes sentarte en el bar y echar un vistazo a la carta de cócteles. Solo tengo que acabar de ocuparme de un par de cosas.

—Me parece estupendo.

Deja el champán en la barra y me ofrece una amable sonrisa. Me obligo a devolvérsela. No me resulta fácil estar al lado de este extraño que tiene el mismo color de piel que Bailey, y que cuando me ofrece esa sonrisa es también igual que la de ella, con la misma manera de levantar las comisuras de los labios, el mismo hoyuelo.

Me subo a un taburete mientras él se mueve tras la barra y empieza a desempaquetar el champán.

—¿Puedo hacerte una pregunta? Soy nueva en Austin y creo que me he perdido un poco. Estoy buscando el campus. ¿Puedo ir a pie desde aquí?

—Claro, son unos cuarenta y cinco minutos más o menos. Probablemente es más fácil coger un Uber si tienes prisa. ¿Dónde tienes que ir exactamente?

Intento recordar su biografía, lo que acabo de aprender sobre él.

—A la Escuela Superior de Arquitectura.

—¿De veras?

No soy buena actriz, así que intentar aparentar naturalidad mientras miento me supone un gran esfuerzo. Aunque vale la pena. De pronto muestra interés, tal como yo esperaba. Charlie Smith: casi cuarenta años, casi arquitecto, casado con Andrea Reyes. Casado con Andrea en una boda a la que asistieron Bailey y Owen.

—Fui a algunas clases en la Escuela de Arquitectura, en otra época de mi vida —dice.

—El mundo es un pañuelo —comento. Miro a mi alrededor para que mi corazón se desacelere, para centrarme—. ¿Has diseñado este espacio? Es espectacular.

—La verdad es que no puedo atribuirme todo el mérito. Hice un poco de remodelación cuando lo cogí. Pero son los mismos huesos.

Acaba de colocar el champán y se acerca hacia mí por encima de la barra.

—¿Eres arquitecta? —pregunta.

—Arquitecta paisajista. Estoy presentándome para una plaza como docente —explico—. Es solo una vacante temporal, una baja de maternidad. Pero quieren que vaya a cenar con algunos de los profesores, así que tengo esperanza.

—Tal vez te iría bien una dosis de valor líquido —pregunta—. ¿Qué te gustaría tomar?

—Lo dejo a tu elección.

—Eso es arriesgado —dice—. Sobre todo cuando tengo tiempo de sobra.

Charlie se da la vuelta y estudia las opciones, alarga el brazo hacia una botella de *bourbon* artesanal. Le observo mientras prepara un vaso de Martini con hielo, licor amargo y azúcar. Luego vierte el espeso *bourbon* y pone una rodaja de piel de naranja para finalizar.

Desliza el vaso hacia mí.

210

—La especialidad de la casa —dice—. Un *bourbon* a la antigua usanza.

—Es demasiado hermoso para bebérselo —replico.

—Mi abuelo solía preparar él mismo los licores. Ahora lo hago yo, casi siempre. Aunque voy un poco retrasado con el trabajo, pero realmente es lo que marca la diferencia.

Doy un sorbo a la bebida, que resulta ser suave, fuerte y está helada. Me sube a la cabeza directamente.

—Entonces, ¿este es el bar de tu familia?

—Sí, mi abuelo era el propietario original. Quería un sitio para jugar a las cartas con sus amigos.

Me indica el rincón aterciopelado de la esquina, con un letrero donde se lee «RESERVADO». Hay varias fotografías en blanco y negro por encima del letrero, una de ellas destaca por su tamaño y muestra a un grupo de hombres sentados en esa esquina.

—Se pasó cincuenta años detrás de la barra hasta que yo le tomé el relevo.

—Guau. Es increíble. ¿Y tu padre?

—¿Qué pasa con él?

Y entonces me doy cuenta de lo incómodo que parece sentirse al mencionar a su padre.

—Nada, solo me preguntaba el porqué de ese salto generacional… ¿No le interesaba?

Su rostro se relaja, aparentemente mi pregunta es lo suficientemente inocua.

—No, no le iba la hostelería. Este sitio era del padre de mi madre, y ella no tenía el menor interés en llevarlo, así que… —Se encoge de hombros—. Y yo quería trabajar. Mi mujer, bueno, ahora exmujer, acababa de darse cuenta de que estaba embarazada de gemelos, de modo que mis días de estudiante llegaron a su fin.

Me obligo a reír, intentando no mostrar la menor reacción ante el hecho de que tiene hijos. En plural.

Intento buscar la manera de seguir por ahí, de conseguir que la conversación gire en torno a su mujer, a la boda. Adonde yo quiero llegar. A Kate.

—Quizás es por eso por lo que tu cara me suena —anuncio—. Esto te parecerá una locura, pero creo que nos conocimos hace tiempo.

Ladea la cabeza, sonríe.

—¿De veras?

—No, me refiero…, creo que he estado aquí, en este bar, cuando estaba en la universidad.

—Entonces… ¿Es el Never Dry el que te parece familiar?

—Supongo que eso se acerca más a la verdad, sí. Vine con una amiga a la ciudad para el concurso de salsas picantes. Trabajaba de fotógrafa para un periódico local… —Pienso que, cuanto más pueda recurrir a sucesos reales, mejor—. Y estoy casi segura de que vinimos aquí ese fin de semana. Este bar no se parece demasiado a la mayoría en Austin.

—Es bastante probable… El festival no se celebra demasiado lejos de aquí.

Se gira y saca una botella de salsa picante púrpura de la casa Shonky Sauce Co. de la estantería.

—Esta es una de las ganadoras de 2019. La uso para preparar un bloody mary bastante peleón…

—Suena bastante serio.

—No es para los débiles de corazón, eso seguro.

Se ríe y me armo de valor para lo que estoy a punto de hacer.

—Si no recuerdo mal, la camarera que trabajaba esa noche era un encanto. Nos aconsejó un montón de sitios para ir a comer. Me acuerdo de ella. Morena, con una larga melena. Se parecía mucho a ti, la verdad.

—Eso es tener buena memoria.

—Puede que haya algo que me esté ayudando.

Señalo la estantería con las fotos con marcos plateados. Indico una en la que Kate parece estar mirándome.

—Quizás era ella —digo.

212 Sigue mi mirada hasta la fotografía de Kate y mueve la cabeza de un lado a otro.

—No, no es posible —niega.

Empieza a limpiar el bar, se nota que se está poniendo completamente tenso. En ese momento debería dejarlo, es cuando lo dejaría si no necesitara su ayuda para saber quién es Kate Smith.

—Qué raro. Habría jurado que era ella. ¿Sois familia?

Alza la vista hacia mí, su mirada pasa de ser evasiva a mostrar irritación.

—Haces muchas preguntas.

—Lo sé. Perdona. No tienes por qué responder. Es una mala costumbre.

—¿Hacer muchas preguntas?

—No, creer que la gente va a responder.

Su rostro vuelve a relajarse.

—No pasa nada. Es mi hermana. Es solo que es un tema un poco delicado porque ya no está entre nosotros…

Su hermana. Ha dicho que es su hermana. Y que ya no

está entre nosotros. Eso me rompe el corazón. Si se trata de la madre de Bailey, eso significa que la ha perdido. Bailey ha vivido toda su vida pensando que había perdido a su madre, pero ahora será completamente distinto. Significará que la ha perdido cuando acababa de encontrarla. Razón por la cual lo siguiente que digo es cierto.

—Siento oír eso —digo—. Lo siento de veras.

—Sí… Yo también.

No quiero seguir presionándole haciendo preguntas sobre Kate, ahora no. Puedo hacer una comprobación de certificados de defunción cuando salga. Puedo preguntar a otras personas para saber más.

Empiezo a ponerme en pie, pero Charlie empieza a buscar en la estantería hasta dar con una fotografía concreta. Es una foto suya con una mujer morena y dos niños pequeños, ambos con jerséis de los Texas Rangers.

—Quizá sería mi mujer, Andrea. La camarera a la que conociste. Trabajó aquí durante años. Cuando yo estudiaba hacía más turnos que yo.

Me enseña la foto enmarcada. La miro de cerca, esa encantadora familia que me mira, su exmujer, ofreciendo una preciosa sonrisa a la cámara.

—Probablemente —confirmo—. Es curioso, ¿no? No sé dónde he dejado la llave de la habitación del hotel, pero su cara, creo que me acuerdo de ella. —Sostengo la foto en mis manos—. Tus hijos son adorables.

—Gracias. Son unos chicos estupendos. Pero necesito algunas fotos más actuales. En esta tenían cinco años. Y ahora tienen once, y según ellos mismos te dirían, esa es básicamente la edad para votar.

Once. Reflexiono un momento. Once años sería la edad que encaja, casi exactamente, con la fecha en que Andrea y Charlie se casaron. Si es que Andrea se quedó embarazada poco antes o poco después.

—Aunque ahora me manipulan un poco, desde el divorcio. Creen que cederé a todas sus exigencias simplemente para ser el padre guay… —Se ríe—. Salen ganando más a menudo de lo que deberían.

—Seguramente eso no es tan malo.

—Sí. —Se encoge de hombros—. ¿Tienes hijos?

—Todavía no —respondo—. Sigo buscando al hombre adecuado.

Eso es más cierto de lo que me gustaría. Y Charlie me sonríe, tal vez preguntándose si es una especie de indirecta. Sé que este es el momento, el momento de hacer la pregunta cuya respuesta más necesito.

Reflexiono sobre cómo puedo llegar al punto de poder formularla.

—Debería irme ya, pero tal vez pueda volver luego si acabo pronto.

—Claro. Vuelve y lo celebraremos.

—O lo lamentaremos.

Sonríe.

—Una de las dos opciones.

Me pongo en pie, como si fuera a irme, con el corazón amenazando con salirse del pecho.

—Oye…, tengo una pregunta extraña. ¿Te importa si te pregunto? ¿Antes de irme? Imagino que conoces a mucha gente aquí.

—Demasiada. ¿Qué quieres saber?

—Estoy intentando encontrar a un tipo. Mi amiga y yo le conocimos cuando estuvimos aquí en aquel entonces… Hace una eternidad. Vivía en Austin, seguramente todavía vive aquí. Y mi amiga se enamoró locamente de él.

Me mira, intrigado.

—¿Y?

—El caso es que está pasando por un divorcio asqueroso y sigue obsesionada con él. Ya sé que parece ridículo, pero como he vuelto aquí, he pensado que podría intentar localizarlo. Sería un bonito detalle para ella. Conectaron. Hace un millón de años, pero es difícil conectar así con alguien…

—¿Sabes su nombre? Aunque los nombres no son mi fuerte.

—¿Y las caras?

—Soy buen fisonomista.

Saco el móvil del bolsillo y hago clic en la fotografía de Owen. Es la que le enseñamos al profesor Cookman, la que tenía Bailey en su móvil, la que le pedí que me enviara. La cara de Bailey tapada por las flores, Owen sonriendo, feliz.

Charlie mira la foto.

Y entonces sucede todo tan rápido… Arroja mi teléfono, cuya pantalla se rompe al chocar con el mostrador. Se inclina por encima de la barra hacia mi cara. No me está tocando, pero está tan cerca que podría rozarme.

—¿Te parece gracioso? —exclama—. ¿Quién eres? —Muevo la cabeza de un lado a otro, asustada—. ¿Quién te envía?

—Nadie.

Retrocedo de espaldas hasta la pared y él se acerca aún más, su cara pegada a la mía, sus hombros casi rozando los míos.

—Te estás metiendo con mi familia. ¿Quién te ha mandado aquí?

—¡Apártate de ella!

Miro hacia la puerta y veo a Bailey bajo el umbral. Sostiene el listado de la clase en una mano y una taza de café en la otra.

Parece asustada. Pero parece aún más enojada, como si fuera a lanzarle un taburete a la cabeza si hiciera falta.

Charlie parece que ha visto un fantasma.

—¡Santo cielo! —exclama.

Se aparta de mí muy despacio. Hago una inhalación profunda, luego otra, y los latidos de mi corazón empiezan a ralentizarse.

Parece un extraño alto el fuego. Bailey y Charlie se sostienen la mirada mientras yo me despego de la pared. Hay poco más de medio metro entre cada uno de nosotros, pero nadie se mueve. No para acercarse a los demás, ni para alejarse.

Charlie, de pronto, empieza a llorar.

—¿Kristin? —dice.

Al escuchar que se dirige a ella, es más, que la llama por un nombre que no reconozco, se me corta la respiración.

—No soy Kristin —responde Bailey. Niega con la cabeza, su voz conmocionada.

Me agacho para recoger el móvil del suelo, tiene la pantalla rota. Pero funciona. Todavía funciona. Podría marcar el número de emergencias. Podría pedir ayuda. Retrocedo lentamente hacia Bailey.

«Protégela.»

Charlie alza las manos en señal de rendición cuando llego hasta Bailey, la puerta azul justo detrás de nosotras. Las escaleras y el mundo exterior justo un poco más allá.

—Oye, lo siento. Puedo explicároslo. Si os sentáis… —dice—. Será un minuto. ¿Podéis hacerlo? Sentaos. Me gustaría hablaros, si me dejáis.

Señala una mesa con suficiente espacio para todos. Y se aleja un poco, como para darnos una oportunidad. Y veo que lo dice en serio, lo veo en sus ojos. Parece más abatido que furioso.

Pero tiene la piel todavía roja de ira, y no confío en esa emoción que pude percibir, el miedo. Venga de donde venga, no puedo permitir que Bailey esté cerca, no hasta que sepa qué papel juega Charlie en todo esto. El papel que sospecho que juega en la vida de Bailey.

De modo que me giro hacia Bailey. Me giro hacia Bailey y agarro su camiseta por la parte baja de la espalda, bruscamente, tirando de ella hacia la puerta.

—¡Sal! —exclamo—. ¡Ahora!

Y, como si fuera algo que supiéramos hacer, bajamos las escaleras corriendo, juntas, y luego salimos a las calles de Austin y nos alejamos de Charlie Smith.

Cuidado con lo que deseas

Caminamos a buen ritmo por Congress Avenue.

Intentamos regresar a nuestra habitación de hotel al otro lado del puente. Necesito un poco de privacidad para recoger nuestras cosas y pensar en la forma más rápida de salir de la ciudad.

—¿Qué ha pasado ahí dentro? —dice Bailey—. ¿Iba a hacerte daño?

—No lo sé —digo—. No creo.

La guío colocando mi mano en la parte baja de su espalda, sorteando la multitud que se agolpa después del trabajo, parejas, grupos de estudiantes universitarios, un paseador de perros que se encarga de una decena a la vez… Me muevo de una acera a otra, con la esperanza de hacer más difícil que Charlie nos siga, si es que ese hombre, que al ver una fotografía de Owen casi explota, está intentando seguirnos.

—Más rápido, Bailey.

—Voy lo más rápido que puedo. ¿Qué más quieres que haga? Es un caos.

Tiene razón. La multitud no disminuye a medida que nos acercamos al puente, al contrario, cada vez hay más gente, todos ellos reclamando su derecho de llegar a la estrecha pasarela del puente.

Me giro para asegurarme de que Charlie no nos está siguiendo. Y entonces lo veo, unas cuantas manzanas detrás de nosotras. Charlie. Se mueve a toda pastilla, pero todavía no nos ha localizado. Va mirando a izquierda y derecha.

El puente de Congress Avenue está frente a nosotras. Cogo a Bailey por el codo y nos dirigimos hacia la pasarela. Pero el tráfico peatonal se mueve despacio, apenas avanzamos, toda la pasarela está atestada de gente. Tiene su parte positiva porque es más fácil camuflarse, pero todo el mundo parece haberse detenido.

Casi todas las personas que ocupan la pasarela del puente están paradas, muchas de ellas mirando hacia abajo, hacia el lago.

—¿Se ha olvidado de caminar toda esta gente? —dice Bailey.

Un tipo con una camisa hawaiana que carga con una cámara enorme, un turista, supongo, se da media vuelta y nos sonríe. Parece haber entendido que la pregunta de Bailey iba dirigida a él.

—Estamos esperando a los murciélagos —dice.

—¿Los murciélagos? —pregunta Bailey.

—Sí. Los murciélagos. Vienen a cenar aquí cada noche a esta hora más o menos.

Entonces escuchamos: «¡AHÍ VIENEN!».

Y entonces, como una ola brillante, cientos y cientos de murciélagos empiezan a alzar el vuelo desde debajo del puente hacia el cielo. La multitud exclama entusiasmada mientras los murciélagos evolucionan en formación, casi como una cinta, una enorme, orquestada y bella bandada.

No puedo ver a Charlie, si es que se encuentra tras nosotras. Se ha esfumado. O nosotras nos hemos fundido con los demás, dos juerguistas observando cómo se elevan los murciélagos en una hermosa noche en Austin.

Alzo la vista hacia el cielo, plagado de murciélagos, que se mueven como si estuvieran bailando todos juntos. Todo el mundo aplaude cuando desaparecen en mitad de la noche.

El tipo de la camisa hawaiana apunta con la cámara hacia el cielo para hacer fotos mientras se elevan.

Me deslizo a su lado para avanzar y hago señas a Bailey para que me siga el ritmo.

—Tenemos que avanzar —digo—. Antes de que nos quedemos atascadas aquí.

Bailey recupera el ritmo. Y conseguimos atravesar el puente, ambas casi rompiendo a correr. No nos detenemos hasta que nos desviamos hacia el largo camino de entrada de nuestro hotel. No nos detenemos hasta que estamos frente al hotel, y los porteros mantienen la puerta abierta.

—Espera —dice Bailey—. Tenemos que parar un momento.

Se lleva las manos a las rodillas, intentando recuperar el aliento. No quiero discutir. Estamos tan cerca de la seguridad del interior del hotel, tan cerca de la privacidad de nuestra pequeña habitación…

—¿Qué pasa si te digo que me acuerdo de él? —dice.

Miro hacia los porteros, que están charlando. Intento mirarlos a los ojos, para que se fijen en nosotras, como si pudieran mantenernos a salvo.

—¿Qué pensarías si te digo que conozco a ese Charlie Smith?

—¿En serio?

—Me acuerdo de que me llamaban por ese nombre —dice—. Kristin. Al oírlo, de repente me acordé. ¿Cómo se puede olvidar algo así? ¿Cómo es posible?

—Olvidamos un montón de cosas que nadie nos ayuda a recordar —contesto.

Bailey se queda callada. En silencio. Y luego lo dice, dice las palabras que ambas hemos evitado decir en voz alta.

—Crees que esa mujer, Kate, es mi madre, ¿verdad?

Hace una breve pausa al pronunciar la palabra «madre», como si quemara.

—Sí. Podría equivocarme, pero sí, es lo que pienso.

—¿Por qué me mentiría mi padre sobre la identidad de mi madre?

Me mira a los ojos. Ni siquiera intento responder. No tengo ninguna respuesta adecuada.

—Ya no estoy segura de en quién puedo confiar —dice.

—En mí —digo—. Solo en mí.

Se muerde el labio, como si me creyera, o por lo menos como si empezara a creerme, lo cual es mucho más de lo cabría esperar en este momento. Porque no puedes decirle a nadie que confíe en ti, tienes que demostrarles que pueden hacerlo. Y todavía no he contado con el tiempo suficiente.

Los porteros nos miran. No estoy segura de que nos hayan oído, pero están mirándonos. Y lo noto. Noto la imperiosa necesidad de sacar a Bailey de aquí. De Austin. Inmediatamente.

—Ven conmigo —digo.

No se opone. Pasamos al lado de los porteros y entramos en el vestíbulo del hotel, nos dirigimos a la zona de los ascensores.

Pero un hombre entra tras nosotras en el ascensor, un joven que me parece que mira a Bailey de forma extraña. Lleva un chaleco de punto gris y *piercings* en las orejas. Sé que pensar que nos está siguiendo es una paranoia. Lo sé. Si mira a Bailey es probablemente solo porque es guapa.

Pero no voy a arriesgarme, así que salimos del ascensor y vamos hacia la escalera de servicio, con el corazón latiendo a toda velocidad.

Abro la puerta que da a la escalera y señalo en esa dirección.

—Por aquí —indico a Bailey.

—¿Adónde vamos? —dice—. Estamos en el octavo piso.

—Alégrate de que no sean veinte.

Dieciocho meses antes

—¿*H*ay algo que deba saber? —pregunté—. ¿Antes de despegar?

—¿Estamos hablando en un plano metafórico o real? ¿Te refieres a la mecánica real del avión? Porque cuando llegué a Seattle tuve una breve experiencia laboral en Boeing.

Era un vuelo de Nueva York a San Francisco, un billete solo de ida para mí. The Shop había pagado por nuestros asientos en primera clase porque Owen había estado en Nueva York por trabajo, para los preparativos de la salida a bolsa de The Shop. Owen se había quedado un poco más para llevar a cabo el motivo inicial por el que había planificado aquella semana en Nueva York: para ayudarme con la mudanza.

Los últimos días los pasamos haciendo cajas en mi apartamento, empaquetando las cosas de mi estudio. Cuando aterrizáramos, iría a vivir a su casa. La que era suya y también de Bailey. Y pronto se convertiría en la mía. Y en breve me convertiría además en su mujer.

—Te pregunto por las cosas que todavía no me has contado sobre ti.

—¿Ahora que todavía puedes salir del avión? Todavía no hemos empezado a rodar por la pista. Seguro que te daría tiempo…

Me apretó la mano, intentando quitarle hierro al asunto. Pero yo seguía estando nerviosa. De pronto me sentía demasiado nerviosa.

—¿Qué quieres saber? —preguntó.

—Háblame de Olivia —dije.

—Te he hablado mucho de ella —respondió.

—En realidad no. Tengo la sensación de que únicamente sé los datos básicos. Amor de la universidad, profesora. Nacida y criada en Georgia.

No comenté el resto… Que la había perdido en un accidente de tráfico. Que no había tenido ninguna relación seria con nadie desde entonces.

—Ahora que voy a formar parte de la vida de Bailey más seriamente, quiero saber más cosas de su madre.

Ladeó la cabeza, como si estuviera pensando en por dónde empezar.

—¿Cuando Bailey era un bebé? Fuimos de viaje a Los Ángeles. Justo el fin de semana en que un tigre se escapó del zoo. Un tigre joven, que solo llevaba en el zoo algo así como un año. No se escapó únicamente de la jaula, sino del recinto. Y apareció en el patio de una familia en Los Feliz. Una vez allí, no hizo daño a nadie. Se hizo un ovillo debajo de un árbol y se quedó dormido. Olivia no podía dejar de pensar en esa historia, razón por la cual seguramente averiguó la segunda parte.

Sonreí.

—¿Y cuál es?

—La familia en cuyo patio el tigre se había acurrucado había ido al zoo apenas unas semanas antes y uno de sus hijos pequeños se había obsesionado con el tigre. El chico había llorado al tener que irse y separarse de la jaula del felino, no entendía por qué no podía llevárselo a casa. ¿Cómo se explica que el tigre acabara en la casa de aquel chico? ¿Una coincidencia? Eso es lo que dijeron los zoólogos. La familia vivía cerca del zoo. Pero Olivia pensó que era una metáfora. Que a veces encontramos el camino al lugar que más desea tenernos.

—Me encanta esa historia.

—Te habría encantado Olivia —dijo. Luego sonrió y miró por la ventanilla—. No había forma de… evitar quererla.

Le apreté cariñosamente el hombro.

—Gracias.

Se volvió hacia mí.

—¿Te sientes mejor?

—La verdad es que no —dije.

Se rio.

—¿Qué más quieres saber?

Intenté pensar en lo que realmente quería saber; no se trataba de Olivia. Ni siquiera de Bailey. Por lo menos no exactamente.

—Creo… Creo que necesito que lo digas en voz alta —dije al fin.

—¿Decir qué?

—Que estamos haciendo lo correcto.

Fue lo más cerca que llegué, lo más cerca que llegué a expresar lo que realmente me preocupaba. No estaba acostumbrada a formar parte de una familia, no desde que perdí a mi abuelo. Y tampoco me parecía que fuera exactamente una familia. Era más bien un dúo, abriéndonos camino juntos por el mundo, solos él y yo. Su funeral fue la última ocasión en que vi a mi madre. Su llamada por mi cumpleaños (o algún día cercano) era ya por aquel entonces la única forma de comunicación entre nosotras.

Esto era distinto. Sería la primera vez que formaría parte de una familia de verdad. Me sentía absolutamente insegura de cómo podría integrarme adecuadamente, cómo contar con Owen, cómo demostrar a Bailey que podía contar conmigo.

—Estamos haciendo lo correcto —dijo Owen—. Estamos haciendo la única cosa que podíamos hacer. Te juro que, por lo que a mí respecta, así es como me siento.

Asentí, más calmada. Porque le creía. Y porque no estaba realmente nerviosa, por lo menos no por él. Sabía cuánto le

223

quería, cuánto deseaba estar con él. Aunque todavía no lo supiera todo de él, sabía que era un buen hombre. Estaba nerviosa por todo lo demás.

Se inclinó hacia mí y apoyó sus labios en mi frente.

—No voy a ser ese cretino que te dice que algún día tendrás que confiar en alguien.

—¿Vas a ser el cretino que me lo va a decir sin palabras?

El avión empezó a retroceder, dando una sacudida, antes de empezar a girar y dirigirse lentamente hacia la pista de despegue.

—Eso parece —respondió.

—Sé que puedo confiar en ti. Lo sé. Confío en ti más que en cualquier otra persona.

Entrelazó sus dedos con los míos.

—¿En sentido metafórico o real? —preguntó.

Bajé la vista hacia nuestras manos, entrelazadas, justo cuando íbamos a despegar. Me quedé mirándolas fijamente y encontré consuelo al hacerlo.

—Espero que en ambos sentidos.

El buen abogado

Cuando regresamos a nuestra habitación de hotel, cierro con el cerrojo de seguridad.

Comienzo a mirar a mi alrededor, nuestras pertenencias esparcidas por el suelo, las maletas abiertas.

—Empieza a recoger tus cosas —ordeno a Bailey—. Simplemente métclo todo en la maleta lo más rápido que puedas, salimos dentro de cinco minutos.

—¿Adónde vamos?

—A alquilar un coche para volver a casa.

—¿Por qué vamos a conducir? —pregunta.

No quiero decir el resto de lo que pienso. Que ni siquiera quiero ir al aeropuerto. Que tengo miedo de que nos busquen allí. Quien sea. Que no sé qué hizo su padre, pero que sé quién es. Y que no podemos confiar en quienquiera que reaccione como Charlie al ver su foto. Tenemos que alejarnos de esa persona.

—¿Y por qué nos vamos ahora? Estamos avanzando... —Hace una pausa—. No quiero irme hasta que averigüemos algo más.

—Lo haremos, te lo prometo, pero no aquí —contesto—. No en este lugar, podrías estar en peligro.

Empieza a discutir, pero alzo una mano para impedirlo. Rara vez le digo lo que tiene que hacer, así que soy consciente de que empezar a hacerlo ahora quizá no funcione. Sin embargo, lo hago. Tiene que hacerme caso, porque tenemos que irnos. Tendríamos que estar saliendo ya, en este momento.

—Bailey —digo—. No hay opción. Esto nos supera.

Bailey me mira estupefacta. Quizá le sorprende que le diga la verdad, que no la adorne. Tal vez solo quiera acabar de intentar convencerme de que me equivoco al querer volver a casa. No puedo leer su expresión. Pero acepta haciendo un gesto con la cabeza y deja de oponerse, por lo que decido tomármelo como una victoria.

—Vale —dice—. Voy a hacer la maleta.

—Gracias.

—Sí…

Empieza a recoger su ropa y mientras tanto voy al baño, cerrando la puerta tras de mí. Contemplo en el espejo mi cara cansada. Tengo los ojos enrojecidos y sombras de ojeras, la piel pálida.

Me lavo la cara con agua abundante y me obligo a hacer unas cuantas respiraciones profundas, intentando apaciguar mi ritmo cardíaco, intentando ralentizar los pensamientos absurdos que se abren camino a través de mi mente, aunque uno de ellos consigue abrirse paso de todos modos. ¿Cómo he hecho para meternos en este lío?

¿Qué es lo que sé realmente? ¿Qué necesito saber?

Busco en el bolsillo el móvil. Paso el dedo por la pantalla rota, los pequeños trocitos de cristal se me incrustan en la piel. Selecciono el número de contacto de Jake y le envío un mensaje.

Por favor, dame información sobre esto lo antes posible. Katherine, *Kate*, Smith. Es su nombre de soltera. Su hermano es Charlie Smith. Austin, Texas. Añade a la búsqueda el nacimiento de una hija, de la edad de Bailey. Nombre «Kristin». Austin, Texas. Comprueba también certificado de matrimonio y de defunción. No estaré localizable en este móvil.

Coloco el móvil debajo de un pie disponiéndome a destrozarlo. Aunque sea la única opción de que Owen pueda encontrarnos. También es la única que tiene cualquier otra persona de hacerlo. Y si mis sospechas se confirman, eso es justo lo que intento evitar. Quiero salir de Austin sin que eso suceda. Quiero alejarme de Charlie Smith y de cualquier otra persona relacionada con él.

Pero algo me reconcome, algo que quiero recordar antes de desconectarnos del mundo.

¿Qué es lo que me está perturbando? ¿Qué es eso que siento que debería buscar? No es Kate Smith, ni Charlie Smith. Es algo distinto.

Recojo el móvil y hago otra búsqueda con el nombre de Katherine Smith, y Google me ofrece miles de resultados para ese nombre tan común. Algunos parece que podrían llevarme a la Katherine adecuada, pero no es así: una profesora de Historia del Arte que se licenció en la Universidad de Texas en Austin; una chef nacida y criada a orillas del lago Austin; una actriz, que se parece bastante a la Kate que vi en las fotos del bar. Hago clic sobre el enlace que habla de esa actriz y sale una fotografía suya con un vestido de noche.

Y entonces vuelve a mí como un destello: es eso lo que estoy intentando recordar, lo que me llamó la atención en el Never Dry.

Había un recorte de periódico en el que me fijé al entrar en el bar. En él aparecía una fotografía de Kate ataviada con un vestido de noche. Kate con vestido de noche, Charlie con esmoquin, la pareja más mayor enmarcándolos. Meredith Smith. Nicholas Bell. El titular decía: «NICHOLAS BELL RECIBE EL PREMIO TEXAS STAR». Su nombre también salía en el pie de foto.

Nicholas Bell. Marido de Meredith Smith. Ella salía en otras fotos, pero él no. ¿Por qué solo aparecía en el recorte? ¿Por qué me sonaba su nombre tan familiar?

Busco por su nombre y entonces lo sé.

Así comenzó esta historia.

Un joven y atractivo estudiante de El Paso, Texas, ganador de una beca del programa presidencial, fue uno de los primeros de su instituto en asistir a la universidad, por no decir a una facultad de la Universidad de Texas en Austin. Por no decir a la Facultad de Derecho.

De procedencia humilde, el dinero no era su motivación para convertirse en abogado. Incluso tras una infancia en la que a menudo no sabía de dónde vendría la siguiente comida, rechazó toda suerte de ofertas de trabajo de bufetes de Nueva York y de San Francisco para ser abogado de oficio de la ciudad de Austin. Tenía veintiséis años. Era joven, idealista y se acababa de casar con su novia del instituto, trabajadora social que aspiraba a tener preciosos bebés, pero carecía de pretensiones (por lo menos en esa época) de tener una casa elegante.

Su nombre era Nicholas, pero pronto se ganó el apodo de «el buen abogado», aceptando los casos que nadie quería, ayudando a acusados que no habrían recibido un trato justo de tener a otro abogado que no se hubiera preocupado como él.

No se sabe con certeza cómo Nicholas se convirtió en el abogado malvado. No se sabe con certeza cómo se convirtió en el asesor de mayor confianza de una de las más importantes organizaciones criminales de América del Norte.

La organización tenía su base en Nueva York y Florida del Sur, donde sus principales líderes vivían en lugares como Fisher Island y la costa de South Beach. Jugaban al golf y llevaban trajes de Brioni, y decían a sus vecinos que trabajaban en finanzas. El nuevo sistema funcionaba así: con discreción, eficiencia, brutalidad. Sus lugartenientes preservaban su bastión en varios negocios principales: extorsión, préstamos usureros, narcóticos, mientras ampliaban sus actividades hacia fuentes de ingresos más sofisticadas, como el juego *online* internacional y el fraude en la bolsa de Wall Street.

Pero lo más remarcable fue el crecimiento del negocio con la oxicodona mucho antes de que la competencia se diera cuenta de ese nicho de mercado. Y mientras sus competidores seguían traficando principalmente con las drogas ilegales tradicionales (heroína, cocaína), esa organización pasó a controlar la mayor parte del tráfico de oxicodona de América del Norte.

¿Cómo llegó Nicholas a quedar atrapado en su órbita? Un joven socio de la organización se metió en un lío en Austin mientras distribuía oxicodona en la universidad. Nicholas consiguió sacarle de la cárcel.

Nicholas pasó la mayor parte de las siguientes tres décadas dedicando sus esfuerzos a favorecer esa organización, y consiguió la absolución o la anulación de los juicios en dieciocho cargos de asesinato, veintiocho acusaciones de tráfico de drogas y sesenta y una imputaciones por extorsión y fraude.

Demostró ser imprescindible y se enriqueció en el proceso. Pero puesto que el FBI y la DEA (la agencia de control de drogas) perdían caso tras caso continuamente, debido a su intervención, él también se convirtió en un objetivo. Aunque no temía que pudieran encontrar nada que se le pudiera achacar, aparte de ser un abogado comprometido con sus clientes.

Hasta que algo salió mal. Su hija mayor iba caminando por la calle de regreso a casa desde el trabajo, un trabajo que le encantaba. Trabajaba en el Tribunal Supremo de Texas, hacía poco más de un año que había acabado la Facultad de Derecho y acababa de ser madre. Caminaba hacia su casa, tras una larga semana, cuando un coche la atropelló.

Podría haber pasado por un accidente como otro cualquiera, otro conductor que se daba a la fuga, si no hubiera sido porque la atropellaron en una calle de poco tráfico cerca de su casa en Austin, y porque era un día claro, además de viernes por la tarde. Y los viernes por la tarde era el día en que Nicholas iba a casa de su hija, para visitar a su nieta. Los dos solos. Era su momento favorito de toda la semana: recogía a su nieta de clase de música y la llevaba al parque con los mejores columpios, el parque que estaba a tan solo una manzana del lugar en el que asesinaron a su hija. Para que fuera él quien la encontrara. Para que fuera él quien lo viera todo.

Sus clientes dijeron que no tenían nada que ver con el accidente, aunque acabara de perder un caso importante para ellos. Y parecía ser cierto. Tenían un código ético. No molestaban a las familias. Pero alguien lo había hecho. Era una venganza. Un aviso. Se especuló con la posibilidad de que fueran miembros de otra organización cuya intención era reservarse sus servicios para ellos mismos.

Pero ninguno de esos detalles pareció importarle al marido de su hija, que se limitó a culpar a su suegro. El hecho de que ocurriera un viernes por la tarde le hacía estar seguro de que los clientes de su suegro estaban involucrados, de una forma u otra. Y, sin tener en cuenta nada más, lo culpó debido a su profunda implicación con esa clase de gente tan cuestionable, que podían ser responsables de causar una tragedia semejante a una familia.

En ningún caso el buen abogado habría querido que su hija resultara herida. Siempre había sido un buen padre, y estaba destrozado por su muerte, pero su yerno estaba demasiado furioso como para que eso le importara. Y el yerno sabía cosas. Sabía cosas que el buen abogado le había confiado advirtiéndole de que no las compartiera con nadie más.

Así fue como el yerno pudo presentar pruebas contra su suegro y se convirtió en el principal testigo de cargo en un caso que llevaría a aquel a prisión, al tiempo que daba un fuerte golpe a la organización: dieciocho de sus miembros quedaron implicados. El buen abogado arrastró a todos ellos con él.

El yerno y su hijita, que apenas debía de tener un par de recuerdos de su madre y de su abuelo, desaparecieron tras el juicio, y nunca más se supo de ellos.

El nombre completo del abogado era Daniel Nicholas Bell, alias D. Nicholas Bell.

Su yerno se llamaba Ethan Young.

La hija de Ethan se llamaba Kristin.

Tiro el móvil al suelo y lo rompo. Lo rompo con un solo movimiento rápido, con un golpe seco de mi pie, con más fuerza de la que he usado nunca para dar una patada.

Y entonces abro la puerta del baño. Abro la puerta del baño para ir con Bailey, recoger nuestras cosas y salir pitando de Austin. No dentro de cinco minutos. Ni dentro de cinco segundos. Ahora.

—Bailey, tenemos que irnos ahora mismo —digo—. Coge solo lo que ya has metido en la maleta. Nos vamos.

Pero la habitación del hotel está vacía. Bailey ya no está allí. Se ha ido.

—¿Bailey?

Mi corazón se acelera mientras cojo el móvil para llamarla, para escribirle un mensaje. Y entonces me acuerdo de que lo acabo de destrozar. No tengo móvil.

Así que me precipito hacia el pasillo, que está vacío, con excepción de un carro de limpieza. Paso al lado del carro hacia los ascensores, la escalera. No está allí. No hay nadie. Cojo el ascensor hasta el vestíbulo del hotel, con la esperanza de que haya bajado al bar del hotel para pedir algo de comer. Corro hacia los restaurantes del hotel, los reviso todos, voy al Starbucks. Bailey tampoco está allí. Bailey no está en ninguna parte.

Tomamos continuamente cientos de decisiones. Tomamos decisiones todo el tiempo. Y la única que no te planteas dos veces no debería ser la que determina lo que va a pasar: vas a tu habitación de hotel, cierras la puerta con cerrojo. Crees que estás a salvo. Pero entonces vas al baño. Vas al baño y confías en que una adolescente de dieciséis años se quede en la cama, se quede en la habitación, porque ¿dónde podría ir si no?

Solo que esa adolescente está aterrorizada. Y también algo más. Que te dijo que no quería irse de Austin.

Entonces, ¿cómo es posible que pensaras que iba a aceptar sin oponer resistencia?

¿Por qué pensaste que te haría caso?

Vuelvo a precipitarme hacia el ascensor, hacia el vestíbulo. Estoy rabiosa conmigo misma por haber roto el móvil contra el suelo del baño, por no tenerlo ahora para enviarle un mensaje. Por no tenerlo para activar la ubicación y poder localizarla.

—¡Bailey, por favor, vuelve!

Regreso a la habitación y la registro de nuevo, como si pudiera estar escondida en esos cincuenta metros cuadrados. Busco en el armario, debajo de la cama, con la esperanza de encontrarla hecha un ovillo, llorando. Porque necesita estar sola. Sintiéndose desgraciada, pero a salvo. ¡Lo aceptaría sin dudarlo! Desgraciada, a salvo.

Se abre la puerta de golpe. Siento un alivio temporal. Es una clase de alivio que nunca antes había sentido, al pensar que Bailey está de vuelta, al pensar que tal vez me había cruzado con ella cuando registré frenéticamente el hotel: que, después de todo, simplemente había bajado al vestíbulo para ir a buscar un cubo con hielo o un refresco; que había bajado a llamar a Bobby; que había encontrado unos cigarrillos y había salido afuera a fumar. Cualquiera de esas opciones, todas.

Pero no es Bailey quien está ahí, de pie.

Es Grady Bradford.

Grady está ahí de pie, con sus pantalones vaqueros descoloridos y una gorra de béisbol puesta al revés. Y su estúpido paravientos.

Me atraviesa con una mirada furibunda, los brazos cruzados sobre el pecho.

—Así que al final te fuiste de casa y decidiste liarlo todo —dice.

232

PARTE 3

La madera podrida no puede tallarse.

PROVERBIO CHINO

Cuando éramos jóvenes

*L*a oficina de los agentes federales se encuentra en una bocacalle en el centro de Austin, sus ventanas ofrecen vistas a otros edificios y al aparcamiento al otro lado de la calle. La mayoría de esos edificios están ahora cerrados y en ellos reina la oscuridad de la noche. El aparcamiento está casi vacío. Pero el despacho de Grady, así como los de sus compañeros, están iluminados y hay mucho ajetreo.

—Repasemos todo esto otra vez —dice Grady.

Se sienta sobre el borde de su escritorio mientras yo recorro la estancia de un lado a otro. Puedo notar cómo me juzga, aunque sea innecesario. Nadie me puede juzgar con más severidad que yo misma. Bailey ha desaparecido. Ha desaparecido. Está en algún sitio ahí fuera, sola.

—¿Cómo puede ayudarme esto a encontrar a Bailey? —me quejo—. A menos que decidas arrestarme, voy a salir a buscarla.

Empiezo a avanzar hacia la puerta del despacho, pero Grady se pone en pie de un salto y me bloquea la salida.

—Tenemos a dieciocho agentes buscándola —replica—. Lo que debemos hacer ahora mismo es volver a repasarlo todo. Si quieres ayudarnos a encontrarla, es lo único que puedes hacer.

Le sostengo la mirada, pero cedo, consciente de que tiene razón.

Vuelvo a acercarme a las ventanas y miro hacia fuera, como si hubiera algo que pueda hacer, como si pudiera ver pasar a Bailey por la calle. No sé quiénes son las personas a las que miro: la miríada de gente que camina por la noche de Austin. La delgada luna, la única luz, hace que parezca aún más aterrador que Bailey se encuentre deambulando sola entre esas personas.

—¿Y si se la ha llevado? —pregunto.

—¿Nicholas?

Asiento con la cabeza, que empieza a darme vueltas. Repaso de forma obsesiva todo lo que ahora sé de él: lo peligroso que es, cuánto se esforzó Owen para escapar de él. Para mantener a su hija a salvo del mundo de Nicholas. Al que yo la he devuelto.

«Protégela.»

—Eso es poco probable —afirma Grady.

—Pero no imposible.

—Supongo que nada es imposible, ahora que la has traído de vuelta a Austin.

Intento consolarme a mí misma, algo que Grady aparentemente no tiene ganas de hacer.

—No pueden habernos encontrado tan rápido —digo.

—No, probablemente no.

—¿Cómo nos encontraste tú? —pregunto.

—Bueno, tu llamada de esta mañana no ayudó mucho. Pero entonces tuve noticias de tu abogado, un tal Jake Anderson, en Nueva York. Me dijo que estabas en Austin y que no podía contactar contigo. Que no respondías al teléfono y estaba preocupado. De modo que me puse a rastrearte. Evidentemente, no fui lo suficientemente rápido.

Me giro para mirarle.

—¿Por qué demonios vinisteis a Austin? —dice.

—Tú te presentaste en mi casa, para empezar —digo—. Eso me pareció sospechoso.

—Owen nunca me dijo que fueras detective.

—Owen nunca me dijo nada de todo esto. Y punto.

Me parece poco inteligente insistir en el hecho de que no habríamos venido hasta aquí si Grady me hubiera contado lo que estaba pasando, si cualquiera me hubiera contado la verdad sobre Owen y su pasado. Grady está demasiado enfadado como para que eso le importe. Y, sin embargo, no puedo evitarlo. Si alguien está señalando con el dedo, ese dedo no debería señalarme a mí.

—En las últimas setenta y dos horas me he enterado de que mi marido no es la persona que yo creía que era. ¿Qué se suponía que debía hacer?

—Lo que yo te dije. Buscar un abogado y pasar desapercibida. Dejarme hacer mi trabajo.

—¿Y cuál es exactamente tu trabajo?

—Owen tomó una decisión hace más de una década para poder sacar a su hija de un entorno en el que no podía protegerla de no hacerlo. Para ofrecerle un nuevo comienzo, limpio. Y yo le ayudé.

—Pero Jake dijo… Creí que no estaba en el programa de protección de testigos.

—Jake no se equivocaba al decir que Owen no estaba en el programa de protección de testigos. No exactamente.

Me quedo mirándolo, confundida.

—¿Qué diablos quiere decir eso?

—Owen debía integrarse en el programa WITSEC tras haber accedido a testificar, pero nunca se sintió seguro. En su opinión, el programa tenía demasiados defectos, demasiada gente en la que era necesario confiar. Y, durante el juicio, se filtró cierta información.

—¿A qué te refieres con «cierta información»?

—Alguien de la oficina de Nueva York comprometió las identidades que habíamos buscado para Owen y Bailey —contesta—. Después de eso Owen rechazó cualquier tipo de implicación por parte del gobierno.

237

—Qué escándalo —digo.

—No era lo habitual, pero comprendí por qué quería intentar otra vía. Por qué desapareció con Bailey. Nadie supo adónde iban. Ningún otro agente federal. Nos aseguramos de que no quedara el menor rastro que pudiera conducir a alguien hasta ellos.

Grady había viajado a la otra punta del país para ver qué pasaba con Owen; para cuidar a su familia, para ayudarle a salir de aquel lío.

—Con excepción de ti mismo, supongo —digo.

—Él confiaba en mí —asegura—. Quizá porque yo era nuevo aquí por aquel entonces. Tal vez porque me lo merecía. Tendrás que preguntarle tú misma el porqué.

—Ahora mismo no puedo preguntarle demasiadas cosas.

Grady se acerca a las ventanas, se apoya en el cristal. En sus ojos, aunque tal vez solo sea porque lo necesito, veo algo parecido a la comprensión.

—Owen y yo tampoco hablábamos demasiado —dice—. Durante todos estos años, la mayor parte del tiempo se limitó a vivir su vida. Creo que la última vez que contacté con él fue cuando me dijo que se iba a casar contigo.

—¿Qué te dijo?

—Me dijo que eras una persona que podía cambiar las reglas del juego. Dijo que nunca había estado enamorado de ese modo antes.

Cierro los ojos al oír eso, con cuánta intensidad lo siento, con cuánta intensidad siento lo mismo.

—Lo cierto es que intenté disuadirle de intentar nada contigo. Le dije que sus sentimientos cambiarían con el tiempo.

—Bueno, muchas gracias.

—No me hizo caso cuando le dije que se apartara de ti —confiesa—. Pero aparentemente sí que siguió mis consejos cuando le recomendé que no te hablara de su pasado. Que era demasiado peligroso para ti. Que si realmente quería estar contigo tenía que dejar su pasado al margen.

Me acuerdo de aquel momento en la cama, Owen luchando por decidir si me lo contaba; Owen deseando contarme toda la verdad sobre su pasado. Quizá la advertencia de Grady se lo impidió. Quizá la advertencia de Grady impidió que Owen y yo estuviéramos ahora en la posición de gestionar esto juntos.

—¿Es está tu forma de decirme que debería culparte a ti en lugar de a él? Porque me alegro de poder hacerlo.

—Esta es mi forma de decirte que todos tenemos secretos que no compartimos —prosigue—. Como el de tu amigo abogado, Jake. Me dijo que habíais estado comprometidos hace algún tiempo.

—Eso no es ningún secreto —replico—. Owen lo sabía todo sobre Jake.

—¿Y cómo crees que se sentiría al saber que has hecho partícipe a tu exprometido de todo esto? —pregunta.

«No me quedaban demasiadas opciones», desearía decirle. Pero sé que es una pérdida de tiempo discutir con él. Grady está intentando ponerme a la defensiva, como si eso fuera a ayudarle a sacar algo de mí: no se trata de sonsacarme un secreto exactamente, sino más bien mi voluntad. Mi voluntad de actuar en lugar de escuchar lo que él considera que deberíamos hacer a partir de este momento.

—¿Por qué huyó Owen, Grady? —pregunto.

—Tenía que hacerlo.

—¿A qué te refieres?

—¿Cuántas fotos has visto de Avett en las noticias esta semana? Los medios estarían ahora mismo acosando a Owen también. Su foto estaría en todas partes y volverían a encontrarlo. Los clientes de Nicholas. Aunque ahora tenga un aspecto distinto, tampoco ha cambiado tanto. No podía arriesgarse a ese nivel de exposición. Tenía que salir antes de que eso sucediera. Antes de que todo esto arruinara la vida de Bailey.

Asimilo la información. Y me hace entender de otro modo por qué no había tiempo para contarme nada, por qué no había tiempo para hacer nada con excepción de huir.

—Él sabía que le habrían detenido —explica—. Y en ese momento le habrían tomado las huellas, tal como han hecho con Jordan Maverick esta tarde. Y eso habría revelado quién era realmente, se acabó el juego.

—Entonces, ¿creen que es culpable? —pregunto—. ¿Naomi, el FBI, alguien más?

—No. Creen que él tiene las respuestas que necesitan, y eso es algo muy distinto —responde—. Pero si me preguntas si Owen participó voluntariamente en el fraude, te diría que no es probable.

—¿Qué te parece que es más probable?

—Que Avett era conocedor de la situación de Owen. —Le miro a los ojos—. Aunque no sabía los detalles. Owen nunca se lo habría contado, pero sí sabía que contrataba a alguien salido de la nada. Sin referencias, ni vínculos con el mundo de la tecnología. En esa época Owen me comentó que Avett simplemente quería al mejor programador disponible, pero yo creo que Avett estaba buscando a alguien con un punto débil. Quería a alguien a quien pudiera controlar en caso de necesitarlo. Y resulta que así ha sido.

—Entonces, ¿crees que Owen sabía lo que estaba pasando en The Shop pero no podía evitarlo? —pregunto—. ¿Que aguantó con la esperanza de poder arreglarlo, hacer que el *software* estuviera operativo, antes de pasar a encontrarse en el punto de mira?

—Sí, eso creo.

—Es una suposición bastante concreta —digo.

—Conozco a tu marido con bastante concreción —replica—. Y ha estado cubriéndose las espaldas durante tanto tiempo que sabía que, si el escándalo de The Shop le salpicaba, tendría que volver a esfumarse. Bailey tendría que volver a empezar. Y esta vez, claro está, tendría que contarle toda la historia. No es la situación ideal, por no decir otra cosa… —Hace una pausa—. Y eso sin mencionar a lo que tú tendrías que renunciar, suponiendo que eligieras irte con ellos.

—¿Suponiendo que eligiera irme con ellos?

—Bueno, lo cierto es que no podrías ocultarte si continuabas como tornera. O como diseñadora de muebles. Comoquiera que se llame tu profesión. Tendrías que dejarlo todo. Tu trabajo, tu medio de subsistencia. Estoy seguro de que Owen no deseaba que pasaras por eso.

Rescato un recuerdo, una de mis primeras citas con Owen. Me preguntó qué haría si no me hubiera convertido en tornera de madera. Y yo le contesté que seguramente se debía a mi abuelo, que quizá se debía a que relacionaba esa profesión con la única estabilidad que había conocido, pero que eso era lo que había querido hacer siempre. Nunca me había imaginado realmente haciendo otra cosa.

—Owen no creía que eligiera irme con ellos, ¿no? —digo, más para mí que para él.

—Eso ahora no importa. He conseguido mantener a raya a tus amigos del FBI. Pero no podré hacer valer mi rango mucho más tiempo, a menos que paséis a estar protegidas oficialmente.

—¿Te refieres al programa WITSEC?

—Sí, me refiero al WITSEC.

Guardo silencio, intentando asimilar la gravedad de lo que acaba de decir. No puedo llegar a entender lo que significa ser una persona protegida. ¿Cómo debe de ser? La única experiencia con algo parecido son las películas que he visto: Harrison Ford con los *amish* en *Único testigo*, Steve Martin escabulléndose para conseguir los mejores espaguetis en *Mi querido mafioso*. Ambos deprimidos y perdidos. Luego pienso en lo que me dijo Jake, que en la vida real no se parece en nada a eso.

—¿Eso quiere decir que Bailey tendrá que empezar de nuevo? ¿Con una nueva identidad? ¿Un nuevo nombre? ¿Empezar de cero otra vez?

—Sí. Yo elegiría la opción de empezar de cero para ella. Y también para su padre, en lugar de lo que está pasando ahora.

Intento procesar todo eso. Bailey dejaría de ser Bailey. Todo aquello por lo que ha trabajado tan duro, la escuela, las notas, el teatro, ella misma, todo se esfumará. ¿Se le permitiría volver a actuar en musicales, o se consideraría que eso podría delatarnos? Como una pista que podría conducir hasta Owen. La nueva alumna de un instituto cualquiera en Iowa protagonizando el musical escolar. ¿Me dirá Grady que eso puede facilitar su rastreo? ¿Que en lugar de seguir haciendo las cosas que le interesan tendrá que empezar a hacer esgrima, o hockey, o simplemente pasar completamente inadvertida? Da igual cómo se plantee, lo que es seguro es que eso significa que se le exigirá a Bailey que deje de ser Bailey, en el preciso momento en que se está convirtiendo en ella misma de una forma singular e inimitable. Se me antoja una propuesta abrumadora: dejar toda tu vida atrás con dieciséis años. Es muy distinto cuando eres todavía casi un bebé. Es distinto cuando tienes casi cuarenta años.

Y, sin embargo, sé que pagaría ese precio para estar con su padre. Ambas pagaríamos con gusto ese precio, una y otra vez, si con ello consiguiéramos seguir todos juntos.

Intento consolarme con ese pensamiento. Solo que hay algo que me incomoda y se está abriendo paso en mi mente; algo que Grady está rehuyendo decir y que no encaja; algo a lo que todavía no puedo dar forma en mi cabeza.

—Esto es lo que tienes que llegar a comprender —empieza a decir—: Nicholas Bell es una mala persona. Ni siquiera Owen quería aceptar esa realidad, no durante mucho tiempo, probablemente porque Kate seguía siendo fiel a su padre. Y Owen lo era con Kate… Kate y Charlie, a quien Owen estaba también muy unido. Creían que su padre era un buen hombre con clientes de dudosa reputación. Y convencieron a Owen de que así era. Le convencieron de que Nicholas era un abogado defensor que hacía su trabajo. Que no llevaba a cabo ninguna actividad ilegal. Le convencieron porque amaban a su padre. Creían que era un buen padre, un buen marido. Y era un buen padre y un buen marido. No se equivocaban. Pero también era otras cosas.

—¿Como por ejemplo?

—Como por ejemplo cómplice de asesinato. Extorsión. Y tráfico de drogas —enumera—. Sin arrepentirse en absoluto de haber contribuido a arruinar tantas vidas. Toda esa gente cuyo mundo entero él ayudó a destruir.

Intento no dejar entrever por mi expresión cómo me afecta todo eso.

—Esos hombres para los que Nicholas trabajaba son despiadados —dice—. Además de implacables. Prefiero no decir a qué recurrirían con tal de que Owen se entregara.

—¿Podrían ir a por Bailey? ¿Es eso lo que estás intentando decirme? ¿Que irán a por Bailey para llegar hasta Owen?

—Estoy diciendo que, a menos que la saquemos de aquí pronto, cabe esa posibilidad.

Eso me hace reflexionar, incluso en medio de nuestra acalorada conversación. Grady está insinuando que Bailey está en peligro. Bailey, deambulando por las calles de Austin sola, potencialmente ya en peligro.

—La cuestión es que Nicholas no podrá detenerlos —continúa—. No podría detenerlos aunque quisiera. Esa es la razón por la que Owen tenía que sacar a Bailey de aquí. Él sabía que Nick no tenía las manos limpias, y usó esa información para perjudicar a la organización. ¿Lo comprendes?

—Quizá deberías contármelo todo más despacio —digo.

—Nicholas no se había manchado las manos hasta que empezó a transmitir mensajes de los secuaces en prisión a los

243

líderes de la organización en el exterior. Mensajes que no podían enviarse sino a través de un abogado. Y no eran mensajes inocentes. Se trataba de comunicaciones sobre a quién se debía castigar, a quién se debía asesinar. ¿Puedes imaginarte transmitiendo conscientemente un mensaje como consecuencia del cual un hombre y su mujer serían asesinados, dejando a sus dos hijos huérfanos?

—¿Y qué tiene que ver Owen con todo eso?

—Owen ayudó a Nicholas a desarrollar un sistema encriptado que utilizaba para enviar aquellos mensajes, para grabarlos cuando era necesario que quedaran registrados —explica—. Cuando Kate fue asesinada, Owen hackeó el sistema y nos facilitó toda la información. Todos los *emails*, toda la correspondencia… Nicholas pasó más de seis años en prisión por conspiración para delinquir, delito que fuimos capaces de demostrar directamente gracias a aquellos archivos. No se puede traicionar a Nicholas Bell de esa forma y salir indemne.

Es en ese momento cuando toma forma la idea que acosaba mi mente, la pieza que no encaja y me hacía sentir incómoda, la pieza que Grady ha omitido.

—¿Y por qué no acudió a ti entonces? —pregunto.

—¿Cómo dices?

—Owen no acudió directamente a ti —repito—. Si la única forma de que esto acabe bien, si la única manera de conseguir que Bailey esté a salvo ahora, es integrarla en el programa de protección de testigos, y lo mismo es aplicable a Owen, entonces, ¿por qué cuando se descubrió el fraude de The Shop no te contactó Owen directamente? ¿Por qué no se presentó en tu puerta y te pidió ayuda?

—Tendrás que preguntárselo a Owen tú misma.

—Te lo estoy preguntando a ti —insisto—. ¿Qué sucedió con la filtración de información la última vez, Grady? ¿Conseguisteis cortarlo de raíz, o acaso se vio comprometida la vida de Bailey?

—¿Qué tiene que ver eso con lo que está pasando ahora?

—Todo. Si lo que ocurrió hizo pensar a mi marido que no erais capaces de mantener a salvo a Bailey, eso está intrínsecamente relacionado con lo que está sucediendo ahora —explico.

—En resumidas cuentas, WITSEC es la mejor opción con la que cuentan Owen y Bailey para estar a salvo —concluye—. Punto final.

No se disculpa al decir esas palabras, pero noto que mi pregunta le afecta. Porque no es capaz de negarlo. Si Owen estuviera realmente seguro de que Grady puede salvaguardar la vida de Bailey, de que puede garantizar nuestra seguridad, ahora mismo estaríamos todos juntos, en vez de encontrarse en otro lugar, dondequiera que sea.

—Mira, es preferible que no nos desviemos del tema —dice—. Lo que tienes que hacer ahora es ayudarme a averiguar por qué Bailey se fue de vuestra habitación de hotel.

—No sé por qué —respondo.

—Intenta adivinarlo —me propone.

—Creo que no quería irse de Austin —contesto.

No añado más detalles. Seguramente no quería irse tan pronto, no cuando estaba tan cerca de encontrar algunas respuestas importantes para ella: respuestas a cuestiones sobre su pasado, respuestas para las cuales Owen no me dejó preparada, ni siquiera para empezar a abordarlas. Me tranquiliza un poco pensar que esa es la razón, pensar que está sola pero segura en algún lugar, buscando las respuestas que no confía que nadie más le pueda dar, aparte de ella misma. Debería reconocer ese rasgo de su personalidad en alguien. En mí misma.

—¿Por qué crees que quiere quedarse en Austin? —pregunta Grady.

En ese momento le digo la única verdad que sé:

—A veces una misma lo nota —digo.

—¿Qué es lo que se nota?

—Que todo depende de una misma.

245

Υ

Grady es convocado a una reunión, y otra agente federal, Sylvia Hernández, me conduce al vestíbulo y a una sala de conferencias, donde me dice que puedo hacer una llamada, como si no fueran a grabarla o rastrearla, o lo que sea que hagan aquí para asegurarse de que se enteran de todo lo que haces. Antes incluso de hacerlo.

Sylvia toma asiento al otro lado de la puerta y descuelgo el teléfono. Llamo a mi mejor amiga.

—Llevo intentando contactar contigo desde hace horas —dice Jules al contestar la llamada—. ¿Estáis bien?

Me siento a la mesa alargada de la sala de conferencias, sosteniendo la cabeza con una mano, intentando no desmoronarme. Aunque parezca el momento más oportuno para hacerlo, cuando me siento segura de poder hacerlo: teniendo a Jules para recogerme.

—¿Dónde estáis? —me pregunta—. Acabo de recibir una perturbadora llamada de Jake, proclamando a voz en grito que tu marido os está poniendo en peligro. No puedo decir que le eche de menos.

—Sí, bueno. Jake es Jake —digo—. Está intentando ayudarnos. A su manera increíblemente poco constructiva.

—¿Qué pasa con Owen? No se ha entregado, ¿verdad? —pregunta.

—No exactamente.

—Entonces, ¿qué pasa exactamente? —pregunta, pero lo dice en un tono amable. Lo cual forma parte de su forma de decir que no necesito explicárselo ahora mismo.

—Bailey ha desaparecido —digo.

—¿Qué?

—Se fue. Se fue de la habitación del hotel. Y todavía no hemos conseguido encontrarla.

—Tiene dieciséis años.

—Lo sé, Jules. ¿Por qué crees que estoy tan asustada?

—No me entiendes, estoy diciendo que tiene dieciséis años. A veces desaparecer un tiempo es lo que una adolescente necesita. Estoy segura de que está bien.

—No es tan sencillo —explico—. ¿Has oído hablar de Nicholas Bell?

—¿Debería?

—Era el suegro de Owen.

Se queda callada, algo le viene a la mente.

—Espera, no te estarás refiriendo a Nicholas Bell, ¿no...? Me refiero a ese Nicholas Bell. El abogado.

—A ese mismo me refiero. ¿Qué sabes de él?

—No mucho. Bueno... Recuerdo haber leído en el periódico que salió de la cárcel hace un par de años. Creo que estaba cumpliendo condena por agresión o asesinato, o algo así. ¿Era el suegro de Owen? —pregunta—. No puedo creerlo.

—Jules, Owen está metido en un lío tremendo. Y creo que no puedo hacer nada para arreglarlo.

Guarda silencio, reflexionando. Puedo notar que está intentando encajar algunas de las piezas que yo todavía no he compartido con ella.

—Lo arreglaremos —dice—. Te lo prometo. Lo primero es que tú y Bailey volváis a casa. Luego veremos cómo resolverlo.

Se me encoge el corazón. Es lo que siempre ha hecho, lo que siempre hemos hecho la una por la otra. Y esa es la razón por la que de pronto no puedo respirar. Bailey está vagando por las calles de una ciudad extraña. Pero incluso aunque la encuentren, y tengo que creer que van a encontrarla pronto, Grady me acaba de informar de que no voy a volver a casa. Nunca.

—¿Has colgado? —pregunta.

—No todavía —respondo—. ¿Dónde has dicho que estás?

—En casa —contesta—. Y conseguí abrirla.

Por la forma de decir esas palabras, sé que están cargadas

247

de sentido. Y me doy cuenta de que está hablando sobre la caja de seguridad, la pequeña caja que hay en el interior de la hucha cerdito.

—¿En serio?

—Sí —anuncia—. Max encontró un especialista en cajas fuertes que vive en el centro de San Francisco y consiguió abrirla hace una hora. Su nombre es Marti y debe de tener unos noventa y siete años. Es una locura lo que ese tipo puede hacer con una caja de seguridad. Estuvo escuchando la maquinaria durante cinco minutos y después consiguió abrirla. Estúpido cerdito hecho de acero…

—¿Qué hay dentro?

Hace una pausa.

—Un testamento. El definitivo de Owen Michaels, nacido Ethan Young. ¿Quieres que te diga lo que pone?

Pienso en quién más estará escuchando. Si Jules empieza a leerlo, ¿quién más estará escuchando el testamento de Owen? No el que encontré en su portátil, sino aquel al que hacía referencia el anterior, como si fuera un mensaje secreto para mí.

El verdadero testamento de Owen, el más completo. El testamento de Ethan.

—Jules, probablemente haya alguien escuchando esta llamada, por lo que creo que deberíamos limitarnos a un par de cosas, ¿de acuerdo?

—Claro.

—¿Qué dice sobre la custodia de Bailey?

—Que tú eres su tutora en primer lugar. En caso de fallecimiento de Owen, pero también si no fuera capaz de cuidarla él mismo.

Owen estaba preparado para esto. Quizá no para esto exactamente, pero sí para algo parecido. Lo había dejado preparado de forma que Bailey se quedara conmigo, él quería que Bailey estuviera conmigo. ¿En qué momento llegó a confiar en mí lo suficiente como para disponerlo de ese modo? ¿En qué momento decidió que lo mejor para ella era permanecer a mi lado? Se me rompe el corazón al saber que él llegó hasta ese punto, que creía que yo podría hacerlo. Solo que ahora Bailey ha desaparecido, en algún lugar de esta ciudad. Y yo permití que eso sucediera.

—¿Menciona otros nombres? —digo.

—Sí. Pero deben cumplir ciertas condiciones, dependiendo de si tú no tienes la capacidad de ser su tutora o de la edad de Bailey —explica.

Mientras lee, escucho atentamente, tomo notas, escribo los nombres que reconozco. Pero en realidad estoy esperando oír un solo nombre, el de la persona respecto a la cual todavía estoy intentando decidir si es digna de confianza, si Owen confiaba en ella, a pesar de que todo parece demostrar que no debía de ser así. Cuando oigo su nombre, cuando Jules dice Charlie Smith, dejo de tomar notas. Le digo que tengo que colgar.

—Ten cuidado —me aconseja.

Eso en lugar de «adiós», en lugar de su habitual «te quiero». Teniendo en cuenta las circunstancias, considerando lo que necesito para saber cuál es el siguiente paso que debo dar, viene a decir lo mismo.

Me pongo en pie y miro a través de las ventanas de la sala de conferencias. Ha empezado a llover y a pesar de ello la vida nocturna de Austin sigue muy activa. La gente camina por las calles con su paraguas de camino a restaurantes o espectáculos, debatiéndose entre tomar una última copa o ir a la última sesión del cine. O tal vez deciden que ya han tenido suficiente, que la lluvia está arreciando, que quieren irse a casa. Esos son los más afortunados.

Doy media vuelta hacia la puerta de cristal. La agente Sylvia está sentada al otro lado. Está mirando el teléfono, tal vez porque no despierto el menor interés en ella, o porque está ocupada con algo más importante que su misión de hacer de canguro. Quizás está ocupada con un tema que conozco demasiado bien. Encontrar a Owen. Encontrar a Bailey.

Estoy a punto de salir al pasillo y pedirle que me ponga al corriente si hay alguna novedad, cuando veo a Grady caminando hacia nosotras.

Da unos golpecitos en la puerta al tiempo que la abre y me ofrece una sonrisa; ahora tiene una expresión más amable, estoy ante un Grady que parece haberse descongelado.

—La han encontrado —dice—. Han encontrado a Bailey. Está bien.

Exhalo profundamente, con lágrimas en los ojos.

—Gracias a Dios, ¿dónde está?

—En el campus, ahora la traerán. ¿Puedo hablar contigo un momento antes de que lleguen? Creo que es realmente importante que nos pongamos de acuerdo sobre cuál es el plan que vamos a seguir.

El plan que vamos a seguir. Se refiere al plan para trasladar a Bailey, para trasladarnos. Significa que quiere que le ayude a controlar la situación cuando le diga que su vida tal como la conoce ha llegado a su fin.

—Además tenemos que hablar de otra cosa —dice—. No quería abordar el tema todavía, pero no he sido totalmente transparente contigo.

—No me lo habría imaginado nunca.

—Ayer recibimos un paquete con archivos comprimidos de los correos electrónicos de trabajo de Owen. Todavía tenía que comprobar si son auténticos. Y lo son. Contienen un registro meticuloso de la presión que hacía Avett para la salida a bolsa, a pesar de las objeciones de Owen. Y todo el trabajo que hizo después para intentar arreglarlo...

—No se trataba entonces solamente de una suposición bastante concreta, ¿no? —pregunto—. Me refiero a lo que dijiste sobre la culpabilidad de Owen.

—No, supongo que no.

—De modo que en realidad es mi marido quien ha conseguido mantener a raya al FBI.

Alzo la voz. Intento controlarme, pero no puedo. Porque Owen está haciendo todo lo que puede para protegernos, incluso desde donde quiera que esté. Y simplemente no confío en que Grady sepa hacerlo.

—Está claro que Owen nos ha ayudado —dice—. WITSEC puede ser exigente en cuanto a las personas a quienes se protegerá, y esos archivos, sumados a su historial, ponen en relieve por qué no lo destapó todo hasta ahora. Porque sentía que no tenía la opción de abandonar el barco.

Intento asimilar la información con una extraña mezcla de alivio y algo más. En un primer momento creo que siento irritación hacia Grady por no compartir todo esto conmigo, por guardarse para sí mismo lo que sabía de Owen, pero entonces me doy cuenta de que es algo más siniestro. Porque está empezando a cristalizar algo más que creo que Grady me ha estado ocultando.

—¿Y por qué compartes ahora todo esto conmigo? —pregunto.

—Porque tenemos que ponernos de acuerdo antes de que Bailey llegue aquí —dice—. Sobre el programa WITSEC, sobre la mejor manera para vosotras de salir adelante. Y sé que ahora no eres consciente de ello, pero no tendréis que empezar de cero, no del todo.

—¿A qué te refieres?

—Me refiero al dinero que Owen le dejó a Bailey. Sus ganancias legítimas. Ese dinero de Owen está limpio —dice—. Entraríais en el programa WITSEC con una bonita fortuna. La mayoría de los que se acogen a nuestro programa no cuentan con nada siquiera remotamente similar.

—Tengo la sensación, Grady, de que estás diciéndome que, si rechazamos el programa, el dinero desaparecerá.

—Si decides rechazarlo, todo desaparecerá —dice—. Ser de nuevo una familia, vivir con seguridad, eso se esfumará.

Asiento con la cabeza, consciente de que Grady está intentando convencerme de que Bailey y yo deberíamos subirnos a ese tren y entrar en el programa de protección de testigos. Que necesito subirme a ese tren porque todo está dispuesto para que Owen se reúna con nosotras en esa nueva vida. Todo está dispuesto para que nuestra familia vuelva a estar unida. Con nuevos nombres, pero unidos. Juntos.

Solo que no puedo obviar algo a pesar de la insistencia de Grady, algo que sé que Owen no quiere que ignore. La duda. Mis dudas cuando pienso en la filtración de información del programa WITSEC y cuando pienso en Nicholas Bell. La duda cuando pienso en la precipitada huida de Owen y lo que ahora sé de él, y que podría justificarla. Lo único que podría justificarla. Todo lo que sé de Owen me convence de que debo oponerme.

Grady sigue hablando.

—Solo tenemos que conseguir que Bailey comprenda que es la mejor forma de mantenerla lo más segura posible —dice.

«Lo más segura posible.» Esas palabras me hacen pensar. Porque no se limita a decir «segura». Porque ya no cabe esa posibilidad. Eso ya no es posible.

Bailey no está vagando por las calles, sino de camino a estas oficinas y a un mundo en el que pueda estar «lo más segura posible», y Grady va a decirle que va a tener que convertirse en otra persona. Bailey, que tiene que dejar de ser Bailey.

A menos, por supuesto, que yo consiga detenerlo. Detener todo esto.

Y en ese momento me preparo para oponerme a ello. Es lo que tengo que hacer ahora.

—Mira, podemos intentarlo —digo—. Buscar la mejor manera de convencer a Bailey. Pero antes tengo que ir al cuarto de baño… Refrescarme la cara con agua. No he dormido en veinticuatro horas.

Dice que sí con un movimiento de cabeza.

—Ningún problema.

Mantiene la puerta abierta y me dispongo a salir de la sala de conferencias, pero hago una pausa en el umbral, me paro cuando estoy justo a su lado. Sé que esta es la parte más importante, conseguir que me crea.

—Me siento tan aliviada de que esté a salvo… —digo.

—Yo también —asegura—. Y, oye, esto no es fácil, lo entiendo perfectamente. Pero es lo mejor que se puede hacer y vas a ver que Bailey lo aceptará más pronto de lo que te imaginas, y no dará tanto miedo todo. Podréis estar juntas y os llevaremos a Owen en cuanto reaparezca. Estoy seguro de que Owen está esperando a eso, a estar seguro de que estáis a salvo, en primer lugar, a estar seguro de qué ya estáis instaladas…

Luego sonríe. Y yo hago lo único que puedo hacer. Le devuelvo la sonrisa. Sonrío como si confiara en que él sabe por qué Owen sigue desaparecido, como si confiara en que nuestra reubicación es la respuesta que necesitan él y su hija para estar juntos. Para estar seguros. Como si pudiera confiar en que alguna otra persona es capaz de mantener a salvo a Bailey excepto yo.

Suena el teléfono de Grady.

—¿Te importa que lo coja? —pregunta.

Señalo hacia el cuarto de baño.

—¿Puedo?

—Por supuesto. Adelante —responde.

Grady ya está caminando hacia las ventanas, ya se está centrando en quienquiera que esté al otro extremo de la línea.

Avanzo por el pasillo en dirección al cuarto de baño, girándome de vez en cuando para comprobar que Grady no me está mirando. En efecto, no me mira. Me da la espalda con el teléfono pegado a la oreja. Tampoco se gira para mirarme cuando dejo atrás la puerta del baño y voy hacia el ascensor para pulsar el botón de llamada. Sigue mirando por las ventanas de la sala de conferencias, observando la lluvia mientras habla.

El ascensor afortunadamente llega enseguida y me precipito hacia su interior, yo sola, y aprieto el botón para que se cierren las puertas. Estoy en el vestíbulo antes de que Grady acabe con su llamada de teléfono. Estoy fuera, bajo la lluvia, antes de que envíen a Sylvia Hernández al servicio de señoras para comprobar si estoy dentro.

Ya he girado la esquina antes de que ella o Grady se fije en la mesa de la sala de conferencias y vea lo que he dejado allí para que ellos lo encuentren. He dejado la nota sobre la mesa, debajo del teléfono. La nota que Owen me escribió. La he dejado para Grady.

«Protégela.»

Avanzo a ritmo rápido por las calles para mí desconocidas de Austin, para darle mi apoyo a Bailey, para darle mi apoyo a Owen y a su hija de la mejor manera que conozco, aunque eso suponga volver al último lugar adonde debería ir.

Todo el mundo debería hacer inventario

*E*sto es lo que sé.

Por la noche, antes de irse a dormir, Owen se giraba hacia el lado izquierdo y luego se acercaba a mí rodeándome el pecho con un brazo. Se quedaba dormido de ese modo, con su cara mirando mi espalda, su mano sobre mi pecho. Apacible.

Salía cada mañana a correr hasta el pie del puente Golden Gate y luego volvía a casa.

Comería Pad Thai todos los días, si tuviera la oportunidad.

Nunca se quitaba el anillo de casado, ni siquiera para ducharse. Dejaba las ventanillas del coche abiertas, daba igual que hiciera treinta y dos o menos doce grados.

Siempre, cada invierno, decía que iría a pescar bajo el hielo en el lago Washington. Pero nunca lo hizo.

No podía dejar de ver una película por muy horrible que fuera hasta que acababan de pasar los créditos.

Pensaba que el champán estaba sobrevalorado.

Pensaba que las tormentas eléctricas estaban infravaloradas.

Solo conducía coches con cambio manual. Ensalzaba las virtudes de conducir cambiando manualmente las marchas. Le ignoraban.

Tenía un miedo secreto a las alturas.

Le encantaba llevar a su hija al ballet a San Francisco.

Le encantaba llevar a su hija a excursiones en el condado de Sonoma.

Le encantaba llevar a su hija a desayunar. Él nunca desayunaba.

Podía hacer un pastel de chocolate de diez capas desde el principio.

Podía cocinar un curri de coco infame.

Tenía una máquina de café expreso La Marzocco desde hacía diez años que todavía guardaba en la caja original.

Y había estado casado antes. Había estado casado con una mujer cuyo padre defendía a hombres malvados, aunque él creyera un tanto simplista denominarlos de ese modo, aunque le pareciera que esa denominación era incompleta. Aceptaba el trabajo de su suegro porque estaba casado con la hija de ese hombre, y así era Owen. Aceptaba a su suegro por necesidad, por amor, y quizá también por miedo. Aunque él no hubiera utilizado la palabra «miedo». Él hubiera utilizado incorrectamente la palabra «lealtad».

También sé otra cosa. Cuando Owen perdió a su mujer, todo cambió. Absolutamente todo.

Algo se abrió paso en su interior. Y se puso furioso. Se puso furioso con la familia de su mujer, con el padre de ella, con él mismo. Estaba furioso porque se había permitido a sí mismo hacer la vista gorda, en nombre del amor, en nombre de la lealtad. Y esa es en parte la razón por la que se fue.

El otro motivo es que necesitaba sacar a Bailey de esa vida. Era algo prioritario para él, y muy urgente. Sentía la cercanía de la familia de su mujer como el mayor riesgo de todos para Bailey.

Sabedora de todo esto, lo que tal vez nunca llegue a saber es si me perdonará lo que siento que debo arriesgar ahora.

El Never Dry, segunda parte

*E*l Never Dry ahora está abierto.

Hay una mezcolanza de gente que acude después del trabajo, unos cuantos estudiantes de posgrado y una pareja que tiene una cita: él con una cresta de color verde; ella con un tatuaje que le cubre todo el brazo. Están completamente absortos el uno en el otro.

Un camarero joven y sexi ataviado con un chaleco y una corbata es el centro de atención tras la barra, y sirve sendos cócteles manhattan a la pareja. Una mujer vestida con un mono le observa, intenta que le haga caso para pedir otra bebida. Simplemente intenta llamar su atención.

Y también está Charlie. Está sentado solo en el reservado de su abuelo, bebiendo un whisky, con la botella al lado del vaso.

Acaricia el vaso con un dedo, parece perdido en sus pensamientos. Tal vez está reproduciendo en su mente lo que sucedió antes entre nosotros, cómo podría haberse comportado de forma distinta cuando se encontró con esa mujer a la que todavía no conocía y a la hija de su hermana, a la que únicamente deseaba volver a conocer.

Avanzo hasta la mesa. En un primer momento no advierte mi presencia. Cuando por fin me ve, en lugar de parecer enfadado, me mira con incredulidad.

—¿Qué estás haciendo aquí? —dice.

—Tengo que hablar con él —contesto.

—¿Con quién? —pregunta.

No añado nada más porque no necesita que se lo explique. Sabe exactamente de quién estoy hablando. Sabe a quién estoy buscando.

—Ven conmigo —dice.

Entonces se pone en pie y me conduce por un oscuro pasillo, dejando atrás los servicios y el armario de la electricidad, hasta la cocina.

Charlie tira de mí hacia el interior de la cocina, la puerta se cierra detrás de nosotros.

—¿Sabes cuántos policías han venido esta noche? Todavía no me han preguntado nada, pero quieren hacerse ver, hacerme saber que están aquí. Están por todas partes.

—No creo que sean policías —replico—. Creo que son agentes federales.

—¿Te parece gracioso? —pregunta.

—Para nada.

Luego le sostengo la mirada.

—Tienes que decirle que estamos aquí, Charlie. Es tu padre. Y ella es tu sobrina. Ambos habéis estado buscándola desde que él se la llevó. No podrías guardártelo para ti aunque quisieras.

Charlie abre la salida de emergencia que conduce a la escalera de servicio y al callejón que da a la parte de atrás.

—Tienes que irte —dice.

—No puedo —respondo.

—¿Por qué no?

Me encojo de hombros.

—No tengo ningún otro sitio adónde ir.

Es cierto. En parte me siento incómoda al admitirlo, por no mencionar el hecho de reconocerlo ante él, que Charlie es la única opción que me queda para intentar arreglar las cosas.

Tal vez él se da cuenta porque se queda paralizado, le veo vacilar en su determinación. Deja que se cierre la puerta de la salida de emergencia.

—Necesito hablar con tu padre —digo—. Y ahora estoy pidiéndole al amigo de mi marido que me ayude a conseguirlo.

—No soy su amigo.

—No creo que eso sea verdad —replico—. He pedido a mi amiga Jules que busque para mí el testamento de Ethan. —Uso ese nombre, Ethan—. Su testamento auténtico. Y en él aparece tu nombre. Te añadió como tutor para Bailey, junto conmigo. Quería que fueses su tutor si alguna vez le pasaba algo. Quería que Bailey me tuviera a mí, pero también a ti.

Asiente lentamente con la cabeza, asimilando esas palabras, y por un momento me parece que va a empezar a llorar. A sus ojos asoman las lágrimas, se lleva las manos a la frente haciendo presión sobre las cejas como si estuviera intentando detenerlas. Lágrimas por la sensación de alivio al sentir que hay una ventana abierta para volver a ver a su sobrina, y lágrimas de absoluta desolación por haber sido imposible verla en la última década.

259

—¿Y qué hay de mi padre? —pregunta.

—No creo que él desee ninguna clase de relación entre Nicholas y Bailey —digo—. Pero el hecho de que Ethan te añadiera a su testamento me confirma que mi marido confiaba en ti, aunque parece que tienes sentimientos encontrados al respecto.

Mueve la cabeza de un lado a otro como si no pudiera creer que lo que está pasando es real. Es una sensación que puedo compartir.

—Es una vieja batalla —dice—. Ethan no es inocente. Tú crees que sí lo es. Pero no conoces toda la historia.

—Soy consciente de que la desconozco.

—Entonces, ¿qué te has creído? ¿Que vas a poder hablar con mi padre y conseguir alguna clase de tregua entre él y

Ethan? Da igual, da igual todo lo que digas. Ethan traicionó a mi padre. Destruyó su vida y acabó con la de mi madre en el proceso. Si yo no puedo hacer nada para arreglarlo, no hay nada que tú puedas hacer.

Charlie está luchando. Puedo ver su lucha interna. Puedo ver el conflicto que supone para él decidir qué puede contarme de su padre, qué puede contarme de Owen. Si lo que me ofrece no es suficiente, no le dejaré en paz. Quizá tampoco le deje en paz si me cuenta demasiado. Y él quiere que me vaya. Cree que es mejor para todos si desaparezco. Pero yo ya he pasado esa página. Porque sé que solo hay una manera de arreglar las cosas.

—¿Cuánto llevas casada con él? —pregunta—. Con Ethan.

—¿Acaso importa eso?

—Él no es quien tú crees que es.

—Soy toda oídos.

—¿Qué te ha contado Ethan? ¿De mi hermana?

«Nada —quiero decirle—. Nada que pueda confirmar como cierto.» Después de todo ni es pelirroja ni le encanta la ciencia. No fue a la universidad en Nueva Jersey. Puede que ni siquiera sepa nadar lo suficiente como para atravesar una piscina de un lado a otro. Ahora sé por qué nos contó todo eso, por qué inventó una historia tan elaborada. Lo hizo en caso de que se diera la posibilidad remota de que la persona equivocada pudiera acercarse a Bailey en algún momento; si alguien que no debía alguna vez sospechaba que Bailey era quien realmente es, ella podría mirar a esa persona a los ojos y negarlo honestamente: «Mi madre es una nadadora pelirroja. Mi madre no se parece en nada a la persona a cuya familia crees que pertenezco».

Miro a Charlie a los ojos, respondo con sinceridad.

—No me ha contado gran cosa, pero en una ocasión me dijo que me habría caído bien. Me dijo que nos habríamos caído bien.

Charlie asiente con un gesto, pero no dice nada. Puedo notar todas las preguntas que le asedian sobre mi vida con Owen, todas las preguntas sobre Bailey: sobre quién es ahora, qué le gusta, hasta qué punto podría seguir pareciéndose a la hermana que perdió, a quien obviamente amaba. Pero no puede hacerme esas preguntas, no sin responder a otras cuestiones que él mismo se ha planteado anteriormente, cuestiones a las que no desea encontrar respuesta.

—Oye —dice—, si estás buscando a alguien que te diga que gracias a Kristin hay la suficiente buena voluntad como para que mi padre olvide lo sucedido entre él y Ethan, que se puede alcanzar alguna clase de solución para ambos, que sepas que eso no es posible. Mi padre no lo hará. No funciona así. Mi padre no lo ha superado.

—Soy consciente de ello —comento.

Y es verdad. Pero estoy recurriendo al hecho de que Charlie me quiere ayudar de todos modos. De lo contrario no estaríamos manteniendo esta conversación. Estaríamos manteniendo otra muy distinta, una conversación que ninguno de los dos desea sobre lo que Owen le hizo a esta familia. Y a mí. Tendríamos una conversación que me habría roto el corazón.

Me mira de forma más amable.

—¿Te asusté antes? —pregunta.

—Soy yo quien debería preguntarte eso.

—No era mi intención reaccionar de ese modo. Pero me diste un susto tremendo —explica—. No te imaginas cuánta gente viene hasta aquí, causando problemas a mi padre. Todos esos adictos a los crímenes que vieron la retransmisión del juicio por televisión, que creen conocer a mi padre, que quieren un autógrafo. Incluso después de tantos años. Parece que formamos parte de alguna visita turística a las organizaciones criminales de Austin. Nosotros y la Newton Gang…

—Me parece terrible —digo.

—Y lo es —afirma—. Es horrible.

261

Charlie me mira con detenimiento.

—No creo que seas consciente de lo que estás haciendo. Creo que sigues teniendo la esperanza de un final feliz. Pero esta historia no acaba bien. Simplemente es imposible.

—Sé que es imposible. Mis esperanzas residen en algo más.

—¿A qué te refieres?

Tras una pausa digo:

—A que esta historia todavía no ha acabado.

En el lago

Charlie está al volante, conduciendo.

Nos dirigimos hacia el noroeste de la ciudad dejando atrás el monte Bonnell y adentrándonos en la región de Texas Hill Country. De pronto estamos rodeados por suaves colinas, árboles y vegetación por todas partes, el lago silenciado al otro lado de los cristales de las ventanillas, distante. Inmóvil.

La lluvia amaina al girar hacia Ranch Road. Charlie no habla demasiado, pero me cuenta que sus padres compraron aquella propiedad de estilo mediterráneo, acurrucada a orillas del lago, hace un par de años, el año en que Nicholas salió de prisión, el año antes de que muriera su madre. Esta era la casa de ensueño de su madre, dice, su retiro privado, pero Nicholas se quedó a vivir allí tras la muerte de ella, solo. Me enteré después de que les había costado solo la friolera de diez millones de dólares, esta propiedad que, tal como puede leerse en una placa al pie de la entrada, la madre de Charlie, Meredith, había bautizado como «EL SANTUARIO».

No cuesta imaginarse por qué eligió ese nombre. La finca es enorme, salvaje, hermosa y privada. Completamente privada.

Charlie introduce un código y los portones de metal se abren para dar paso a una larga entrada de adoquines, por lo menos de medio kilómetro de longitud, que serpentea hasta la pequeña caseta del guarda, que está recubierta por una parra que hace que pase inadvertida.

La casa tras la caseta no pasa tan desapercibida. Parece que estemos en la Riviera francesa: los balcones en cascada, un tejado de tejas antiguas, la fachada de piedra. Lo que más destaca son los preciosos ventanales saledizos de dos metros y medio de altura, que parecen darnos la bienvenida, invitarnos a pasar.

Nos detenemos a la altura de la caseta y aparece un guardaespaldas. Es enorme, como un *linebacker* profesional, y lleva un traje ajustado.

Charlie baja la ventanilla al tiempo que el guardaespaldas se inclina para apoyarse en ella.

—Hola, Charlie —saluda.

—Ned. ¿Qué tal estás hoy?

Los ojos de Ned se desvían en mi dirección y me saluda con un leve movimiento de cabeza. Luego se vuelve hacia Charlie.

—Te está esperando —dice.

Da unos golpecitos en el capó del coche y luego regresa a la caseta para abrir una segunda verja.

La atravesamos y seguimos hasta la entrada circular para detenernos en la puerta principal.

Charlie aparca y apaga el motor, pero no hace ademán de salir del coche. Parece que quiere decirme algo, aunque debe de haber cambiado de opinión, o haberlo pensado mejor, porque, sin decir una palabra, abre la puerta del lado del conductor y sale del vehículo.

Le imito y salgo del coche a la noche fría, el suelo mojado por la lluvia.

Empiezo a avanzar hacia la puerta principal, pero Charlie señala una entrada lateral.

—Por aquí —me indica.

Mantiene la puerta de la valla abierta para que pase. Espero hasta que cierra la verja tras él y empezamos a caminar por un sendero que recorre el lateral de la casa, con suculentas y otras plantas alineadas a los bordes del camino.

Caminamos uno al lado del otro, Charlie en el borde exterior del sendero. Miro hacia la casa, miro a través de los largos ventanales de estilo francés y puedo ver cómo se suceden las habitaciones una tras otra, todas ellas iluminadas.

Me pregunto si habrán encendido todas las luces en mi honor, para que pueda admirar lo impresionante de su diseño, cómo se ha tenido en cuenta cada detalle. El largo y sinuoso pasillo está decorado con caras obras de arte, con fotografías en blanco y negro. La sala principal presenta un techo como el de una catedral y sofás con armazón de madera noble. Y la cocina rústica de la hacienda, que se extiende rodeando la parte trasera de la casa, queda realzada por el piso de terracota y una enorme chimenea de piedra.

Sigo pensando en cómo es posible que Nicholas viva aquí solo, cómo debe de ser vivir en una casa como esta solo.

El sendero rodea una terraza con suelo de damero dotada de antiguas columnas y que ofrece unas vistas impresionantes del lago: los pequeños botes centelleantes en la distancia, el dosel arbóreo que crea la robleda, la calma refrescante que transmite el agua.

Y un foso.

Esta casa, la casa de Nicholas Bell, cuenta con su propio foso. Es un evidente recordatorio de que no se puede entrar ni salir de ella sin permiso explícito.

Charlie señala una hilera de tumbonas y se acomoda en una de ellas, el lago reluciendo a lo lejos.

Evito mirarle a los ojos, en lugar de eso miro fijamente en dirección a las barcas en la distancia. Sé por qué tenía que venir, pero, ahora que estoy aquí realmente, tengo la sensación de que ha sido un error. Que debería haber hecho caso a la advertencia de Charlie, que en el interior de la casa no me espera nada bueno.

—Toma asiento donde quieras —dice Charlie.

—Estoy bien —respondo.

—Puede que tarde un poco —insiste.

Me apoyo en una de las columnas.

—Estoy bien de pie —digo.

—Quizá no debería estar preocupándose tanto por usted misma…

Me giro al escuchar una voz masculina, me asusto al ver a Nicholas de pie en la puerta trasera. Dos perros le acompañan, dos grandes labradores de color chocolate. Con los ojos clavados en Nicholas.

—Estas columnas no son tan fuertes como parecen —añade.

Me aparto del pilar en el que estaba apoyada.

—Lo siento.

—No, no. Es broma, solo estaba bromeando —dice.

Alza la mano mientras se acerca a mí, sus dedos están ligeramente torcidos. Es un hombre delgado con un intento de perilla, de aspecto frágil con sus dedos artríticos, los pantalones caídos, una chaqueta de punto.

Me muerdo el labio intentando disimular mi sorpresa. No esperaba que tuviera ese aspecto,apacible, amable. Parece que pudiera ser un abuelo cariñoso. Su forma tan suave de hablar, con esa lenta cadencia y un humor seco, me recuerda a mi propio abuelo.

—Mi esposa compró estas columnas de un monasterio francés y consiguió que las enviaran partidas en dos. Un artesano local volvió a unirlas para que tuviesen su apariencia original. Son muy robustas.

—También son preciosas —comento.

—Sí, son bonitas, ¿verdad? —dice—. Mi mujer tenía un verdadero don para el diseño. Todo lo que hay en esta casa lo eligió ella. Hasta el último detalle. —Parece sentirse dolorido incluso cuando habla de su mujer—. No suelo tener por costumbre hablar de los acabados de mi casa, pero pensé que le gustaría escuchar una pequeña anécdota...

Me quedo estupefacta. ¿Acaso intenta Nicholas dar a entender que sabe lo que hago para ganarme la vida? ¿Podría saberlo? ¿Podría haberse filtrado ya cierta información? ¿O tal vez soy yo misma la filtración? Quizá le he dicho algo a Charlie sin darme cuenta. Algo que nos ha delatado a todos.

Sea como sea, Nicholas tiene el mando ahora. Hace diez horas tal vez no era así. Pero todo cambió cuando llegué a Austin. Y ahora al mundo de Nicholas. Austin es el mundo de Nicholas, yo soy la responsable de habernos metido de lleno en él. Como si estuvieran afianzando mis pensamientos, dos guardaespaldas salen afuera, Ned y otro tipo. Ambos son corpulentos y adustos. Ambos se quedan de pie justo detrás de Nicholas.

Nicholas no les presta atención. En lugar de eso me ofrece la mano para saludarme. Como si fuéramos viejos amigos. ¿Acaso tengo elección? Alargo la mano, permito que él la coja entre las suyas.

—Encantado de conocerla —dice.

—Hannah —me presento—. Puede llamarme Hannah.

—Hannah —repite.

Me ofrece una sonrisa genuina y generosa. Y de repente eso me perturba aún más de lo que ya estaba al ver que su aspecto es todo lo contrario a lo que yo me imaginaba. ¿En qué momento estuvo Owen frente a él y pensó «Nicholas es una buena persona»? ¿Cómo podría tener esa sonrisa si no lo fuera? ¿Cómo podría haber criado a la mujer a quien Owen amaba?

Me cuesta mirarle, de modo que bajo la vista hacia el suelo, hacia los perros.

Nicholas sigue mi mirada y entonces se agacha para acariciar a sus perros en la nuca.

—Este es Casper, y este es León —dice.

—Son preciosos.

—Sí que lo son. Gracias. Los hice traer de Alemania. Estamos en pleno entrenamiento Schutzhund.

—¿Y eso qué significa? —pregunto.

—La traducción oficial es «perro de protección». Se supone que sirven para mantener a salvo a sus propietarios. Para mí simplemente son una buena compañía. —Hace una pausa—. ¿Le gustaría acariciarlos?

No creo que sea una especie de amenaza, pero tampoco me parece una invitación, por lo menos no de las que me interesa aceptar.

Miro hacia Charlie, que sigue tumbado en una *chaise longue*, cubriéndose los ojos con el codo. Su pose no parece natural, sino forzada, casi como si se sintiera igual de incómodo que yo en casa de su padre. Pero entonces Nicholas alarga la mano y la posa sobre el hombro de su hijo. Y Charlie la mantiene presionada con la suya.

—Hola, papá.

—¿Ha sido una noche larga, chico? —pregunta Nicholas.

268

—Podríamos decir que sí.

—Tomemos un trago entonces —propone—. ¿Quieres un whisky escocés?

—Eso suena estupendo —responde Charlie—. Suena perfecto.

Charlie alza la vista hacia su padre, con sinceridad, con franqueza. Y comprendo que he malinterpretado su ansiedad. Sea cual sea la razón por la que se siente mal, no parece tener que ver con su padre, cuya mano sigue manteniendo sobre el hombro.

Aparentemente Grady no se equivocaba al respecto: independientemente de quién haya sido Nicholas en el aspecto profesional, por muy peligroso o desagradable que sea, también es el hombre que posa la mano sobre el hombro de su hijo y le ofrece una última copa tras una noche dura en el trabajo. Ese es el hombre a quien Charlie ve.

Me hace preguntarme si Grady no se equivoca en todo lo demás. O tal vez debería decir hasta qué punto no se equivoca

Grady en todo lo demás. Que para estar a salvo, para mantener a salvo a Bailey, debería estar en cualquier sitio excepto aquí.

Nicholas hace una señal a Ned, que se acerca a mí. Me estremezco y doy un paso atrás, al tiempo que alzo las manos.

—¿Qué pretende hacer? —pregunto.

—Solo va a comprobar que no lleva un micrófono —responde Nicholas.

—Le doy mi palabra de que no es así —digo—. ¿Qué ganaría llevando un micrófono?

Nicholas sonríe.

—Esa es la clase de pregunta que ya no me molesto en responder —dice—. Pero si no le importa...

—Levante los brazos, por favor —dice Ned.

Miro hacia Charlie en busca de apoyo, para que diga que es innecesario.

No lo hace.

Hago lo que me pide Ned, diciéndome a mí misma que es como un registro en el aeropuerto, alguien que me cachea para la TSA, la agencia de seguridad en el transporte. No hay que darle más vueltas. Pero tiene las manos frías, y mientras las pasa por los costados de mi cuerpo observo la pistola que descansa en su cadera. A punto para usarla. Y puedo ver que Nicholas nos mira. Con los perros de protección a su lado, aparentemente también preparados por si es necesario utilizarlos.

Siento que se me atasca la respiración, intento que no se note. Si uno de esos hombres viera a mi marido, le harían daño. Le harían tanto daño que nada de lo que pueda conseguir ahora importaría. Oigo la voz de Grady en mi cabeza. «Nicholas es un hombre malo. Esos hombres son implacables.»

Ned se separa de mí y hace una seña a Nicholas, que supongo que indica que estoy limpia.

269

Miro a Nicholas a los ojos, sintiendo todavía las manos del guardaespaldas sobre mi cuerpo.

—¿Es así como da la bienvenida a sus invitados?

—No suelo tener demasiados invitados últimamente —responde.

Asiento con la cabeza, me recoloco el suéter y me abrazo a mí misma. Luego Nicholas se vuelve hacia Charlie.

—¿Sabes qué, Charlie? Me gustaría hablar a solas con Hannah. ¿Por qué no te tomas una copa en la piscina? Y luego te vas a casa.

—Tengo que llevarla de vuelta —replica.

—Marcus la llevará donde ella quiera. Hablamos mañana. ¿Sí?

Nicholas le da a su hijo una palmadita en la espalda de despedida. Luego, antes de que Charlie pueda añadir nada, aunque tampoco podría oponerse, Nicholas abre las puertas que dan acceso a su casa y pasa adentro.

Se detiene sin embargo en el umbral. Hace una pausa, dándome la oportunidad de decidir. Puedo irme ahora con Charlie o quedarme aquí sola con él.

Esas son las opciones de las que dispongo: quedarme con Nicholas y ayudar a mi familia o abandonarla y ayudarme a mí misma. Parece una extraña prueba, como si tuviera que demostrar algo, como si todavía no hubiera llegado a ese punto en el que ayudar a mi familia y a mí misma no fuera una misma cosa.

—¿Le parece que entremos? —propone Nicholas.

Todavía puedo irme de aquí. Todavía puedo apartarme de él. Veo la cara de Owen en mi mente. No querría que estuviera aquí. La cara de Grady. «Vete. Vete. Vete.» Mi corazón se acelera en mi pecho con tanta fuerza que estoy segura de que Nicholas puede oírlo. Aunque no pudiera, estoy segura de que sí puede notarla, la tensión que desprendo.

Hay momentos en que una se da cuenta de que algo le viene grande. Este es uno de ellos.

Los perros miran a Nicholas. Todos miran a Nicholas, incluida yo misma.

Hasta que me muevo en la única dirección que puedo. Hacia él.

—Usted primero —digo.

271

Dos años antes

—*B*ailey, me encanta tu vestido —dije.

Estábamos en Los Ángeles, cenando en Felix, en el barrio de Venice. Tenía una clienta cuya casa estaba en los canales y Owen pensó que sería la ocasión perfecta para que Bailey y yo pasáramos algún tiempo juntas. Debía de ser la octava vez que nos veíamos, pero normalmente ella intentaba evitar hacer cualquier otra cosa que no fuera limitarse a una comida. Normalmente nunca pasábamos todo un fin de semana los tres juntos. La llevamos a un concierto de Dudamel en el Hollywood Bowl, que le encantó. Y ahora estábamos cenando en el mejor restaurante italiano de Los Ángeles, que también le encantó. ¿Lo único que no le gustaba? Que yo los estuviera acompañando.

—Ese tono de azul te queda tan bien… —añadí.

No respondió, ni siquiera me ofreció un gesto mecánico de aceptación con la cabeza. Me ignoró, mientras daba un sorbo a su refresco italiano.

—Tengo que ir al baño —dijo.

Y ya se había puesto en pie para marcharse antes de que Owen pudiera responder.

Owen la observó mientras caminaba. Cuando la vio desaparecer al girar una esquina, se volvió hacia mí.

—Iba a darte una sorpresa —empezó a decir—. Pero tal vez es un buen momento para decirte que voy a llevarte al Big Sur el próximo fin de semana.

Iba a quedarme en Los Ángeles toda la semana para acabar el trabajo en mi proyecto de la casa en los canales y mi plan era volar a Sausalito el viernes. Habíamos hablado de ir en coche por la costa a visitar a unos primos de Owen. Sus primos vivían en Carmel-by-the-Sea, una pequeña población turística situada justo en el extremo de la península de Monterey.

—¿En realidad no tienes primos en Carmel-by-the-Sea? —pregunté.

—Seguramente serán primos de alguien —respondió. Se rio—. Es una de mis ventajas. No tengo primos en ningún sitio. No tengo familia, aparte de Bailey.

—Y ella es una bendición.

Me sonrió.

—Lo sientes así de veras, ¿no?

—Claro que sí. —Hice una pausa—. Aunque el sentimiento no sea mutuo.

—Lo será.

Tomó un trago de su bebida y la deslizó por encima de la mesa hacia mí.

—¿Has probado alguna vez un *bourbon* Good Luck Charm? —preguntó—. Solo lo pido en ocasiones especiales. Es una mezcla de *bourbon* con limón y menta. Y funciona. Trae suerte.

—¿Por qué necesito suerte?

—Voy a preguntarte algo a lo que tú responderás que es demasiado pronto —anunció—. ¿Te parece bien?

—¿Es esa la pregunta? —dije.

—Todavía no, la pregunta queda pendiente. Pero no de este modo, no cuando mi hija está en el aseo, para que puedas volver a respirar...

Tenía razón. Había estado aguantando la respiración, ansiosa por si se le ocurría proponerme matrimonio. Me aterraba no ser capaz de decir que sí. Y tampoco poder decir que no.

—Tal vez te lo pregunte en el Big Sur. Nos alojaremos en la cima de los acantilados, rodeados de robles, los árboles más hermosos que has visto en tu vida. Y se puede dormir bajo sus copas, en yurtas, que se alzan hacia esos árboles, con vistas al océano. Uno de ellos tiene grabado nuestros nombres.

—Nunca he dormido en una yurta.

—Bueno, la semana que viene ya no podrás decir eso. —Recuperó su bebida, dio un largo trago—. Y ya sé que me estoy adelantando, pero ya deberías saber que estoy impaciente por ser tu marido. Solo para que conste.

—Bueno, no voy a dejar constancia. Pero yo siento lo mismo.

En ese momento Bailey regresó a la mesa. Se sentó y empezó a disfrutar de la pasta, una deliciosa versión de *cacio e pepe* del sur de Italia, una calórica mezcla de queso y pimienta, y aceite de oliva salado.

Owen se inclinó sobre el plato y se llenó la boca.

—¡Papá! —se rio Bailey.

—Compartir es amar —respondió Owen, con la boca llena—. ¿Quieres saber algo chulo?

—Claro —contestó. Y le dedicó una sonrisa.

—Hannah nos ha comprado entradas para ir a la reposición de *Descalzos por el parque* mañana por la noche en el Getty —anunció—. Neil Simon es también uno de sus preferidos. ¿No te parece genial?

—¿Vamos a volver a quedar con Hannah mañana? —preguntó. Las palabras salieron de su boca antes de que pudiera evitarlo.

—Bailey… —Owen movió la cabeza de un lado a otro.

Luego me miró como pidiendo disculpas: «Siento que se esté portando así».

Me encogí de hombros: «Está bien así, da igual cómo quiera portarse».

Lo decía en serio. Para mí estaba bien. Era una adolescente que no había tenido madre durante casi toda su vida. Solo a su padre. No esperaba que se portara bien ante la perspectiva de compartirlo con alguien más. No creía que nadie debiera esperar eso de ella.

Bajó la mirada, avergonzada.

—Lo siento, es solo… que tengo muchos deberes —se disculpó.

—No, por favor, no pasa nada —dije—. Yo también tengo un montón de trabajo. ¿Por qué no vais vosotros dos a ver la obra? Solo tú y tu padre. Y quizá podamos vernos luego en el hotel, si acabas pronto tus deberes.

Me miró, esperando una trampa. No había trampa. Quería que lo comprendiera. Al margen de lo que yo pudiera hacer bien respecto a ella, y de lo que yo pudiera hacer mal (y basándome en cómo estaba empezando nuestra relación, sabía que iba a hacer muchas cosas que ella no vería bien), nunca podría haber una trampa. Esa promesa sí podía hacérsela. No tenía que ser amable conmigo, en lo que a mí se refería. No tenía que fingir. Solo tenía que ser ella misma.

—De veras, Bailey. No hay ninguna presión… —aseguré.

Owen alargó el brazo para cogerme la mano.

—Me gustaría mucho que pudiéramos ir todos juntos —dijo.

—La próxima vez —contesté—. Seguro que iremos juntos la próxima vez.

Bailey alzó la vista y me di cuenta antes de que ella pudiera ocultarlo. Lo vi en sus ojos, como un secreto que no habría querido desvelarme: vi su gratitud por comprenderla. Vi cuánto necesitaba que alguien la comprendiera. Alguien aparte de su padre. Y cómo por un momento lo pensó: que tal vez ese alguien resultaría ser yo.

—Sí —dijo—. La próxima vez.

Y, por primera vez, me sonrió.

275

Algunas cosas tiene que hacerlas una misma

Avanzamos por el largo pasillo decorado con fotografías artísticas, pasamos al lado de una de la costa de California. La hermosa costa cerca del Big Sur. La fotografía tiene por lo menos dos metros de largo, es una vista aérea de ese tramo casi imposible de carretera excavada en la roca, la división entre las escarpadas montañas y el océano. Estoy tan concentrada en ella, encontrando algo de consuelo en ese paisaje que me resulta familiar, que casi no advierto su presencia al pasar por el comedor: casi no advierto la mesa; mi mesa de comedor cuya reseña apareció en la revista *Architectural Digest*. La mesa que me ayudó a lanzar mi carrera.

Es mi obra más copiada: unos grandes almacenes empezaron incluso a replicarla tras el artículo de *Architectural Digest*.

Me quedo paralizada. Nicholas dijo que su mujer escogía cuidadosamente cada pieza de mobiliario de la casa. ¿Y si había leído la reseña en *Architectural Digest*? ¿Y si eso fue lo que la llevó a comprar mi mesa? Era una posibilidad. Todavía podía encontrarse en la página web de la revista. Si hubiera realizado los clics suficientes en sus últimos años, tal vez habría podido dar con la nieta que había perdido, si hubiera buscado con la suficiente dedicación, si hubiera sabido qué es lo que tenía que buscar.

Después de todo, los pasos que yo misma he dado me han traído hasta aquí, a esta casa en la que no quiero estar y en la que una obra de mi pasado me ha encontrado, como si necesitara un nuevo recordatorio de que todo lo que importa en mi vida está a merced de lo que suceda ahora.

Nicholas abre una gruesa puerta de madera de roble y me invita a pasar.

Evito volver la vista atrás hacia Ned, que se encuentra un par de pasos detrás de nosotros. Evito mirar a los perros babeantes, que van a su lado.

Sigo a Nicholas hacia el interior de su despacho y lo observo: las oscuras sillas de cuero y lámparas de lectura, las estanterías de caoba. Enciclopedias y clásicos se alinean en los estantes. Los diplomas y galardones de Nicholas Bell cuelgan de la pared. *Summa cum laude.* El premio de la sociedad Phi Beta Kappa. De la publicación *Law Review.* Todos ellos orgullosamente enmarcados.

Su despacho tiene un aire distinto al del resto de la casa. Es como más personal. La estancia está llena de fotografías de la familia: en las paredes, en la vitrina, en las estanterías. Pero el escritorio está dedicado por completo a las fotos de Bailey. Fotos en marco de plata de ley, fotos ampliadas al doble de su tamaño normal. Todas de la pequeña Bailey con sus ojos oscuros, enormes como platos. Y sus dulces rizos, ninguno de ellos todavía de color violeta.

También está su madre, Kate. Tiene en sus brazos a Bailey en casi todas las fotografías enmarcadas: Bailey y Kate comiendo un helado; Bailey y Kate abrazadas en un banco en un parque. Me fijo en una de Bailey, a los pocos días de nacer, con un gorrito de lana azul. Kate está tumbada en la cama junto a ella, sus labios rozando los de Bailey, con la frente apoyada en la suya. Simplemente me parte el corazón. Y me imagino que esa es la razón por la que Nicholas la tiene a la vista (y tiene expuestas todas las demás), para sentir cada día que casi se rompe el suyo.

Eso es lo curioso de la bondad y la maldad. No están tan

alejadas una de otra y a menudo sus inicios se remontan al mismo momento valiente en el que se desea que algo cambie.

Ned se queda en el pasillo. Nicholas hace un gesto en su dirección para indicar que todo está bien y cierra la puerta. La gruesa puerta de roble. El guardaespaldas está en el pasillo, los perros también.

Y nosotros dos estamos en su despacho.

Nicholas avanza hacia el mueble bar y sirve dos copas. Luego me ofrece una de ellas y toma asiento tras el escritorio, y me indica que me coloque frente a él, en un cómodo sillón de cuero con grabados dorados.

—Póngase cómoda —dice.

Me siento con la copa en la mano, pero no me gusta estar de espaldas a la puerta. Por un momento me viene a la cabeza la posibilidad de que alguien pudiera entrar y dispararme. Uno de los guardaespaldas podría sorprenderme, los perros podrían entrar en acción. Incluso el mismo Charlie podría irrumpir en el despacho. Quizás he entendido mal lo que Owen indicó en su testamento. Tal vez, en este intento mío de sacar a Bailey y a Owen de un lío en el que yo misma los he metido aún más, haya entrado yo solita en la boca del lobo. Un sacrificio. En el nombre de Kate. O de Owen. O de Bailey.

Me recuerdo a mí misma que, si consigo hacer aquello por lo que he venido, está bien, lo acepto.

Dejo la copa a un lado. Mis ojos se posan de nuevo en las fotografías de Bailey bebé. Me fijo en una en la que lleva un vestido de fiesta con un lazo alrededor de la cabeza.

Me hace sentir un tanto reconfortada, algo que Nicholas parece advertir. La coge y me la ofrece.

—Eso fue en el segundo cumpleaños de Kristin. Ya formulaba frases completas. Era sorprendente. La llevé al parque, tal vez la semana después, y nos encontramos con su pediatra. Él le preguntó qué tal estaba, y ella le respondió una parrafada —explica—. El médico no daba crédito.

Sostengo la foto en mis manos. Bailey me devuelve la mirada con aquellos rizos que son un preludio del conjunto de su personalidad.

—Yo sí me lo creo —respondo.

Nicholas se aclara la garganta.

—Me imagino que sigue siendo igual.

—No —respondo—, en estos tiempos los monosílabos son más habituales, por lo menos en lo que se refiere a su comunicación conmigo. Pero en general sí. En general es una estrella.

Alza la vista y veo la cara de Nicholas. Parece enojado. No estoy segura de por qué razón. ¿Está enfadado porque he hecho algo para no agradar a Bailey como yo desearía gustarle? ¿O está enfadado porque nunca le han dado la posibilidad de comunicarse con ella?

Le devuelvo la fotografía. Vuelve a colocarla sobre su escritorio, corrigiendo de forma obsesiva su posición hasta colocarla en el lugar donde estaba antes, para mantener todos los fragmentos que posee de ella exactamente en el lugar donde los puede encontrar. Tengo la sensación de que es un poco como un conjuro mágico, de que piensa que, si se aferra a ella de ese modo, tal vez eso le ayude a volver a encontrarla.

—Bien, Hannah, ¿qué puedo hacer por usted exactamente?

—Bueno, tenía la esperanza de poder llegar a un acuerdo, señor Bell.

—Nicholas, por favor —responde.

—Nicholas —repito.

—Y la verdad es que no.

Respiro hondo y me siento al borde del sillón.

—Ni siquiera ha escuchado lo que quiero decirle.

—Lo que quiero decir es que esa no es la razón por la que está aquí: para llegar a un acuerdo —explica—. Ambos lo sabemos. Está aquí con la esperanza de que yo no sea esa persona que todo el mundo le ha dicho que soy.

279

—Eso no es cierto —replico—. No me interesa juzgar quién tenía razón o quién se equivocaba.

—Eso está bien, porque no creo que le gustara la verdadera respuesta. La gente no suele funcionar de esa manera. Tenemos nuestra propia opinión y filtramos la información hasta convertirla en un paradigma que la respalda.

—No es usted un gran convencido de que la gente pueda cambiar de opinión.

—¿Le sorprende?

—Normalmente no, pero usted es abogado —respondo—. ¿No es una parte importante de su trabajo convencer a la gente?

Nicholas me ofrece una sonrisa.

—Creo que me está confundiendo con un fiscal. Un abogado defensor, por lo menos uno que se precie, nunca intenta convencer a nadie de nada. Hacemos justo lo contrario: le recordamos a todo el mundo que no se puede saber nada con certeza.

Nicholas alarga la mano hacia una caja marrón situada encima del escritorio. Abre la tapa y saca un cigarrillo.

—No le voy a ofrecer uno. Es un hábito desagradable, lo sé. Pero empecé a fumar cuando era un adolescente, no había mucho más que hacer en la ciudad de la que venía. Y volví a empezar a fumar en prisión por lo mismo. Desde entonces no he sido capaz de dejarlo. Si mi mujer todavía estuviera con nosotros, lo intentaría. Me compraría esos parches de nicotina. ¿Los ha visto alguna vez? Ayudan, si se tiene la disciplina suficiente, pero yo ya no tengo que fingir. No desde que perdí a mi mujer… ¿Para qué? Charlie siempre me fastidia con ese tema, pero no puede hacer mucho más aparte de darme la tabarra. Supongo que soy demasiado viejo. Se me llevará otra cosa antes.

Se lleva el cigarrillo a la boca con el mechero de plata en la mano.

—Me gustaría contarle una breve historia, si me lo permite —dice—. ¿Ha oído hablar de Harris Gray?

—Me parece que no —respondo.

Enciende el cigarro y aspira largamente.

—No, por supuesto que no. ¿Por qué tendría qué conocerle? Él me presentó a mis antiguos clientes —explica—. Tenía veintiún años. Cuando le conocí se encontraba en el escalafón más bajo de la jerarquía. Si hubiera ocupado un puesto más importante, los caballeros a la cabeza de la organización habrían llamado a uno de sus abogados de confianza para ayudarle, y yo no estaría sentado frente a usted ahora. Pero resultó no ser el caso. Y por esa razón la ciudad de Austin me llamó para defenderle. Una asignación aleatoria enviada a la oficina del Defensor Público una noche que me había quedado a trabajar hasta tarde. Habían pillado a Harry con oxicodona. No una tonelada, pero sí la suficiente. Se le acusó de intentar traficar con ella, lo cual, huelga decirlo, era su intención. —Da otra calada—. Adonde quiero llegar es al hecho de que yo hice mi trabajo, quizá demasiado bien. Normalmente Harris hubiera estado entre rejas durante algún tiempo, treinta y seis meses, tal vez setenta y dos, si tenía mala suerte con el juez que le tocara. Pero yo conseguí que saliera libre.

—¿Cómo lo consiguió? —pregunté.

—Tal y como se hace bien cualquier cosa —dice—: prestando atención. Y el fiscal no se lo esperaba. Fue muy chapucero. No reveló algunas de las pruebas inculpatorias y conseguí que se desestimara el caso. Y Harris quedó en libertad. A continuación, sus jefes quisieron conocerme. Estaban impresionados. Querían comunicármelo. Y querían que hiciera lo mismo de nuevo para otros miembros de su organización que pudieran encontrarse en problemas.

No sé qué espera que diga, pero me mira, tal vez para asegurarse de que estoy escuchando.

Esos caballeros que lideran la organización de Harris decidieron que había demostrado la clase de pericia imprescindible para que sus trabajadores siguieran… trabajando. Así que nos llevaron a mí y a mi mujer, en un avión privado, al sur de Florida. Nunca había volado en primera clase, por no decir en un avión privado. Pero nos llevaron allí en su avión y nos alojaron en la *suite* de un hotel en primera línea de la costa, con un mayordomo para nosotros solos, y me hicieron una propuesta, una a la cual resultaba muy difícil decir que no. —Hizo una pausa—. No estoy muy seguro de por qué he mencionado el avión o el mayordomo en el hotel a la orilla del mar. Tal vez para darle a entender que me encontraba considerablemente fuera de mi elemento con aquellos clientes. No quiero decir que no tuviera elección. Creo que siempre hay otra opción. Y la elección que hice fue defender a personas que, de acuerdo con la ley, merecen una buena defensa. No hay ningún mérito en ello. Nunca mentí a mi familia al respecto. Omití algunos de los detalles, pero estaban al corriente de la visión global y sabían que no cruzaba ninguna otra línea. Hacía mi trabajo. Cuidaba de mi familia. Al fin y al cabo, no era tan distinto como trabajar para una compañía de tabaco: también hay que pasar cuentas en el plano ético.

—Solo que yo no trabajaría tampoco para una compañía de tabaco —apunté.

—Bueno, no todo el mundo puede darse el lujo de regirse por su estricto código moral —replica.

Lo dice con un tono un tanto mordaz. Estoy asumiendo un riesgo, al discutir con él, solo que se me ocurre que esa puede ser precisamente la razón de que me haya contado su historia, la versión que quiere que vea. Para ponerme a prueba. Para ver si voy a hacer eso exactamente: discutir, comprometerme. Esa tiene que ser la razón por la que ha presentado así su historia: se trata de la primera prueba. Quiere ver si le dejaré divagar ciegamente con el fin de congraciarme con él o si demostraré ser humana.

—No es que mi código moral sea tan estricto, pero me parece que sus clientes eran responsables de causar toda suerte de graves daños y usted lo sabía —replico—. Y, sin embargo, eligió ayudarles.

—Oh, ¿es esa la diferencia? —cuestiona—. ¿Causar daños? ¿Qué hay del daño producido al arrancar a una niñita de su familia justo después de que pierda a su madre? ¿Qué hay del daño producido al privar a esa niña de conocer a todo aquel que habría podido recordarle cómo era su madre? ¿Al privarla de todos los que la querían?

No contesto. Ahora lo comprendo. Nicholas no me explicó su vida para presentarse a sí mismo desde una óptica más favorable, o para ver si colaboraría con él. Lo ha hecho para que yo misma le condujera hasta aquí, exactamente a este punto, para poder desatar su furia. Quería herirme con ella. Quería herirme con el daño causado por Owen, con el precio que debe pagar por lo que decidió hacer.

—Creo que es la hipocresía de Ethan lo que me resulta más impactante —dice—. Si tenemos en cuenta que él sabía exactamente qué hacía y qué no para mis clientes. Sabía más que mis propios hijos. En parte porque sabía mucho de codificación y ordenadores. Y en parte también porque estrechamos lazos y le permití entrar en ello. Digamos que me ayudó a hacer ciertas cosas. Y por esa razón fue capaz de causar tanto daño.

No sé cómo rebatírselo. No sé cómo podría discutir con Nicholas sobre nada de esto. Es así como él se ve a sí mismo, como un hombre familiar, como un hombre agraviado. Y ve a Owen como a la persona que le agravió, lo cual hace a Owen igual de culpable que él. No puedo argumentar con algo tan intrínseco a su comprensión de sí mismo. De modo que decido no hacerlo. Decido ir por otro lado.

—No creo que se equivoque al respecto —digo.

—¿No? —pregunta.

—Lo único que sé con seguridad de mi marido es que haría

283

cualquier cosa por su familia. Y usted era su familia, así que puedo imaginarme que se implicara considerablemente con lo que fuera que usted le pidiera. —Hago una breve pausa—. Hasta que decidió que no seguiría haciéndolo.

—Llevaba trabajando con mis clientes desde hacía diecinueve años cuando Ethan pasó a ser parte de la vida de mi hija. También trabajaba para otros clientes, claro está. Seguía luchando por gente a la que usted daría su aprobación, y sigo haciéndolo, aunque estoy convencido de que mis buenas obras no le interesan tanto.

No digo nada. No está esperando a que yo diga algo. Está intentando defender su postura, y es entonces cuando empieza a hacerlo.

—Ethan me culpó por lo que le pasó a Kate. Y culpó a mis clientes, aun cuando no tenían nada que ver con ello. Kate trabajaba para un juez del Tribunal Supremo de Texas, uno muy influyente. ¿Lo sabía?

Asiento con la cabeza.

—Sí.

—¿Sabía que ese juez había conseguido que el tribunal diera un giro a la izquierda y estaba a punto de dar el voto decisivo contra una gran corporación petrolera, la segunda más grande del país? Si quiere que hablemos de auténticos criminales, esos caballeros estaban emitiendo químicos altamente tóxicos en la atmósfera en tal cantidad que, de estar expuesta usted a ellos, los ojos se le hincharían hasta no poder siquiera abrirlos.

Me observa.

—La cuestión es que ese juez, el jefe de Kate, estaba preparando un dictamen mayoritario contra la corporación que conllevaría una reforma radical y le costaría a esa corporación casi seis mil millones de dólares para mejorar las actividades de conservación. Y el día que asesinaron a mi hija, el juez llegó a su casa y se encontró una bala en su buzón. ¿Qué opinión le merece eso? ¿Se trata de una coincidencia? ¿O de un disparo de advertencia?

—No sé lo suficiente.

—Pues bien, Ethan decidió que él sí sabía lo suficiente. No fue posible convencerle de que los hombres a los que llevaba protegiendo dos décadas no le harían nada a mi hija. Ni de que yo sabía que esos hombres tenían su propio código de honor. De que era así como actuaban. Ni siquiera sus más perversos compañeros actuaban de ese modo, sin avisar. Pero Ethan no quería creerme. Solo quería culparme. Y castigarme. Como si no fuera suficiente el castigo. —Hace una pausa—. No hay nada peor que perder a un hijo. Nada. Especialmente cuando vives para tu familia.

—Puedo comprenderlo —digo.

—Su marido no. Nunca pudo comprender esa parte de mí. Tras su declaración, pasé seis años y medio en la cárcel en lugar de poner a mi familia en peligro si divulgaba los secretos de mis clientes. Lo cual también consideran como un servicio. De modo que siguen siendo generosos conmigo. Aunque ya esté jubilado, me consideran parte de la familia.

—¿Incluso aunque su yerno provocara el encarcelamiento de muchos de ellos?

—Los miembros de la organización que cumplieron condena en la cárcel junto a mí eran casi todos de rango inferior —aclara Nicholas—. Asumí el golpe destinado a los ejecutivos de alto nivel. No lo han olvidado. Y no lo harán.

—Entonces, ¿podría pedirles que se olviden de Ethan? ¿En teoría? ¿Si quisiera?

—¿No ha escuchado lo que acabo de decir? No deseo hacer algo así. Además, no puedo saldar su deuda. Nadie puede.

—Acaba de decir que harían cualquier cosa por usted.

—Quizás es eso lo que usted quería oír. Lo que he dicho es que son generosos conmigo en ciertas cuestiones. No en todo. Ni siquiera en las familias se deja pasar todo.

—No —comento—. Supongo que no.

En ese momento me doy cuenta de que hay algo más. Lo

285

descubro gracias a lo que Nicholas no está dispuesto a admitir, por lo menos todavía no.

—Nunca le cayó bien Ethan, ¿verdad? —pregunto.

—¿Perdone?

—Incluso antes de que pasara todo aquello, cuando le conoció por primera vez, no habría sido su elección. Para su hija. Ese niño pobre del sur de Texas, que quería casarse con su única hija. No podía ser lo que usted deseaba para ella. Él podía haber sido usted. Creció en una ciudad similar a aquella de la que usted procedía. Era demasiado parecido a lo que usted mismo había evitado ser, organizando su vida para que fuera mejor.

—¿Es usted terapeuta?

—No, para nada. Solo presto atención.

Me lanza una mirada divertida. Aparentemente, le gusta la conversación. Le gusta que le responda con sus propias palabras.

—Entonces, ¿qué me está pidiendo?

—Todo lo que usted hizo lo hizo para que sus hijos tuvieran más opciones que usted. Kate. Charlie. Opciones más fáciles. Y por eso tuvieron una infancia prometedora. Las mejores escuelas, las más ambiciosas posibilidades. Para que no tuvieran que luchar tanto. Y, sin embargo, uno de sus hijos deja la Facultad de Arquitectura y decide hacerse cargo del bar de la familia de su mujer. Se divorcia.

—No se propase.

—Y su hija elige a alguien que sería la última persona que usted querría para ella.

—Como mi mujer solía decir, no podemos elegir a quién aman nuestros hijos. Acepté que eligiera a Ethan. Solo quería que fuera feliz.

—Pero usted tenía una corazonada, ¿no es cierto? No era lo mejor para Kate, no iba a hacerla feliz.

Nicholas se inclina hacia delante, su sonrisa se ha esfumado.

—¿Sabía que cuando Kate y Ethan empezaron a salir juntos mi hija dejó de hablarme durante un año?

—Ni siquiera sabía nada de la existencia de Kate ayer, así que los detalles sobre cómo se desarrolló su relación no me resultan familiares.

—Ella era una estudiante de primer año y decidió que no quería tener nada que ver con nosotros. Más bien conmigo… Nunca dejó de hablar con su madre. Era la influencia de Ethan. Pero lo superamos. Kate volvió a casa para hacer las paces. Es lo que hacen las hijas. Querer a sus padres. Y Ethan y yo…

—¿Llegó a confiar en él?

—Sí. Obviamente no debía haberlo hecho. Pero lo hice. Podría contarle una anécdota de su marido que haría que usted nunca pudiera volver a verlo como antes.

Guardo silencio. Porque Nicholas está diciendo la verdad, por lo menos su versión de ella. Owen, a sus ojos, es una mala persona. Ha llevado a cabo acciones malas contra Nicholas. Traicionó su confianza. Le robó a su nieta. Desapareció.

Nicholas no se equivoca al respecto. Quizá también tiene razón en lo que piensa de mí. Si elijo sumergirme en el abismo de la duda que Nicholas pretende crear en relación con Owen, no sería demasiado difícil dejarme arrastrar hasta allí. Owen no es quien yo creía que era, por lo menos no en cuanto a los detalles de su vida pasada. Hay episodios que desearía que no existieran, que ahora no puedo ignorar. De un modo u otro, este es el contrato que se firma al amar a alguien. Para bien o para mal. Es el contrato que se debe firmar una y otra vez para mantener ese amor. No obviamos los aspectos de alguien que no queremos ver. Por mucho tiempo que tardemos en verlos. Los aceptamos si somos lo suficientemente fuertes. O los aceptamos en la medida suficiente como para no permitir que los aspectos negativos acaparen toda la historia.

Porque eso también importa. Los detalles no son toda la historia. Toda la historia, aun con todo, incluye esto: le amo.

Le amo, y Nicholas no va a persuadirme de que no debería hacerlo. No va a convencerme de que he sido engañada. A pesar de todo, a pesar de todas las evidencias que demuestran lo contrario, creo que no me han engañado. Creo que conozco a mi marido, los aspectos que más importan. Esa es la razón de que esté aquí sentada. Por eso digo lo siguiente:

—Independientemente de lo que pueda decirme —empiezo a hablar—, creo que sé cuánto quiere mi marido a su nieta.

—¿A qué se refiere? —pregunta.

—Quiero proponerle un trato.

Empieza a reír.

—¿Volvemos al principio? Querida mía, no sabe qué está diciendo. No está usted en disposición de hacer ningún trato.

—Yo creo que sí.

—¿Y cómo se lo imagina?

Hago una inspiración profunda, consciente de que este es el momento de la verdad en toda mi conversación con Nicholas. Todo se reduce a cómo voy a venderle esto. Ahora me escuchará o se negará a hacerlo. Y lo único que está en juego es el futuro de mi familia. Mi identidad. La identidad de Bailey. La vida de Owen.

—Creo que mi marido preferiría morirse antes de permitir que usted se acercase a su nieta. Eso es lo que creo. Lo demostró al romper con todo y mudarse tan lejos de aquí. Por muy disgustado que esté por ello, usted le respeta por ser esa clase de padre. Usted no creía que Owen fuera capaz de eso.

Nicholas no dice nada, pero tampoco aparta la vista. Me sostiene la mirada. Percibo cómo la ira va creciendo en su interior, un poco demasiado, pero continúo.

—Y supongo que a usted le gustaría tener una relación con su nieta. Creo que desea una relación con ella casi más que cualquier otra cosa. Que estaría dispuesto a llegar a acuerdos con sus antiguos socios para conseguir que eso sucediera. Por lo que ha dicho, entiendo que puede pedirles que nos dejen tranquilas, que nos dejen seguir con nuestras vidas. Si desea conocer a su nieta, creo que esta es la única carta que puede jugar. Eso o permitir que vuelva a desaparecer. Porque esa es la otra opción, esa es la opción que se me dice que debo tener en consideración. WITSEC, empezar de cero. No se le permitirá a su nieta seguir siendo quien es ahora. Empezará de cero otra vez.

Y ya está. De pronto sucede. Como si se hubiera accionado un interruptor, los ojos de Nicholas se oscurecen y se vacían de expresión. Su cara enrojece de ira.

—¿Por qué está diciéndome todo esto? —pregunta.

Se pone en pie. Empujo hacia atrás la silla casi antes de darme cuenta de que lo hago. La empujo para acercarme a la puerta como si fuera posible que arremetiera contra mí. Parece posible. De repente todo parece posible a menos que salga de su despacho. A menos que pueda alejarme de él.

—No me gustan las amenazas —dice Nicholas.

—No le estoy amenazando —replico, intentando mantener un tono calmado—. No era esa mi intención.

—Entonces, ¿cuál es su intención?

—Le estoy pidiendo que me ayude a mantener a salvo a su nieta —respondo—. Le estoy pidiendo que me ofrezca una posición desde la cual ella pueda conocer a su familia. A usted.

No vuelve a sentarse. Me mira fijamente. Durante mucho tiempo. Durante lo que se me antoja muchísimo tiempo.

—Esos otros caballeros —empieza a decir—, mis antiguos clientes… Existe la posibilidad de que pudiera acordar alguna solución con ellos. Me costaría una parte importante de mi capital. Y a buen seguro se preguntarían en qué me estoy convirtiendo, a mi edad. Pero… creo que podríamos garantizar que nadie la molestara, ni a usted ni a mi nieta.

Asiento con la cabeza. Me atraganto cuando empiezo a formular la pregunta, la siguiente pregunta que tengo que hacerle.

289

—¿Y qué hay de Ethan?

—A Ethan, no.

Lo dice sin dar pie a un posible error. Lo dice con carácter definitivo.

—Si Ethan regresara, no podría garantizar su seguridad. Su deuda es demasiado importante. Como ya le he dicho, no puedo proteger a Ethan, ni siquiera aunque quisiera hacerlo. Lo cual, para ser honestos, no es el caso.

Estaba preparada para esto, para su posición inamovible. Estaba todo lo preparada que se puede estar, aunque una pequeña parte de mí creía que no iba a tener que doblegarme ante su posición. Hacer lo que he venido a hacer. Una pequeña parte de mí todavía se muestra incrédula incluso cuando inicio mi próximo movimiento.

—¿Y su nieta? ¿Podría garantizar su seguridad? ¿Es eso lo que está diciendo?

—Sí, potencialmente sí.

Guardo silencio durante un instante. No digo nada hasta que confío de nuevo en mi capacidad para hablar.

—De acuerdo entonces —digo.

—¿De acuerdo? —pregunta—. ¿En qué estamos de acuerdo?

—Me gustaría que hablara con sus antiguos socios para que eso se convirtiera en una realidad.

Ni siquiera intenta disimular su confusión. Está confundido porque él creía saber para qué había ido a verle. Él creía que iba a suplicar por la vida de Owen, por su seguridad. No comprende que eso es exactamente lo que estoy haciendo, aunque no lo parezca.

—¿Se da cuenta de lo que me está proponiendo?

Estoy asumiendo una vida sin Owen. Eso es lo que propongo. Una vida que no se parece en absoluto a lo que había imaginado para mí misma, pero una vida donde Bailey puede seguir siendo Bailey. Puede seguir siendo la jovencita en la que se ha convertido bajo la mirada protectora de Owen, la joven de la que él se siente tan orgulloso. Seguirá viviendo su vida, para ir a la universidad dentro de dos años, para construir la vida que desea, no como otra persona, no como alguien que tiene que fingir quién es, sino como ella misma.

Bailey y yo seguiremos adelante, pero sin Owen, sin Ethan. Owen, Ethan: ambos empiezan a fundirse en mi mente. El marido que creía conocer, el marido al que no conozco. El marido que no tengo. Estas son mis consideraciones.

Y este es el trato que pretendo hacer si Nicholas está de acuerdo. Y entonces le explico el porqué.

—Es la voluntad de Ethan.

—¿Vivir su vida sin ella? —pregunta—. No. No me lo creo.

Me encojo de hombros.

—No por ello es menos cierto.

Nicholas cierra los ojos. De pronto parece cansado. Y sé que eso se debe en parte al hecho de estar pensando en sí mismo, al hecho de haberse visto obligado a vivir su vida sin su hija y su nieta. Pero también porque siente compasión por Owen, una compasión que no desea sentir, aunque no puede evitarlo.

Y entonces aparece aquello que Nicholas menos esperaba mostrarme. Su humanidad.

Por eso decido contarle la verdad, decir en voz alta lo que llevo pensando toda la semana, pero no he compartido todavía con nadie.

—Nunca tuve realmente a mi madre —explico—. Se fue cuando yo era pequeña, no mucho mayor que Bailey cuando usted la vio por última vez. Y nunca se ha involucrado en mi vida de forma significativa. A veces me envía una postal o me llama por teléfono.

—¿Y por qué me cuenta todo esto? —pregunta—. ¿Para obtener mi compasión?

—No, no lo hago por eso —respondo—. Tenía a mi abuelo, que era una persona absolutamente increíble. Inspiradora. Y cariñosa. Tuve más que la mayoría de la gente.

—Entonces, ¿por qué?

—Espero que eso le ayude a comprender que, incluso aunque tenga que enfrentarme a otras pérdidas por venir aquí, mi prioridad es su nieta. Hacer lo que está bien para ella, al precio que sea, vale la pena. Usted lo sabe mejor que yo.

—¿Qué le hace pensar eso?

—Que usted estaba antes.

No dice nada. No tiene por qué hacerlo. Porque comprende lo que le digo. Mi madre nunca intentó luchar por su familia, nunca intentó luchar por mí. Eso la define. Aparentemente estoy dispuesta a dejarlo todo para hacer lo contrario que mi madre en relación con Bailey. De un modo u otro eso definirá mi persona.

Y si Nicholas está de acuerdo en aceptar mi petición, eso le definirá también. Tendremos eso en común. Tendremos a Bailey en común. Seremos las dos personas que haremos por ella todo lo necesario.

Nicholas cruza los brazos sobre el pecho, casi como si se estuviera dando un abrazo, casi como si se estuviera abrazando para protegerse de aquello que no sabe si debe hacer.

—Si alguna parte de usted cree que eso cambiará algún día —empieza a hablar—, que un día todo esto pasará y entonces Ethan podrá volver con usted, volver a integrarse en sus vidas, y que ellos lo dejarán correr… Eso no va a suceder. Eso es incuestionable. Esos hombres no olvidan. Eso nunca podrá suceder.

Hago acopio de fuerzas para decir lo que sinceramente creo.

—No es el caso.

Me mira, está observándome. Creo que le tengo donde quería. O por lo menos estamos acercando nuestras posiciones. Para bien o para mal.

Pero se oyen unos golpes en la puerta. Y aparece Charlie. Charlie, que aparentemente se ha quedado en la casa, a pesar de las instrucciones de Nicholas. Nicholas no parece alegrarse por ello. Pero está a punto de estar aún menos contento.

—Grady Bradford está en la entrada —anuncia—. Acompañado por una decena de agentes federales.

—Ha tardado bastante —comenta Nicholas.

—¿Qué quieres que haga? —pregunta Charlie.

—Dile que pase —responde.

Entonces Nicholas se gira hacia mí y me mira a los ojos, aquel momento entre nosotros parece haberse esfumado.

—Si Ethan vuelve a casa, ellos lo sabrán —insiste—. Ellos siempre le estarán buscando.

—Lo comprendo.

—Puede que den con él incluso aunque no vuelva a casa.

—Bueno —respondo—, todavía no le han encontrado.

Ladea la cabeza mirándome intrigado.

—Creo que se está equivocando —dice—. Creo que lo último que Ethan querría es alejarse de la vida de su hija.

—No creo que sea lo último —digo—. No.

—¿Y qué sería entonces?

«Que algo le pasara a Bailey —quiero decirle—. Que le pasara algo debido a los vínculos de Owen con todo esto, que acabara sufriendo algún daño. Que al final fuera asesinada.»

—Algo distinto —me limito a decir.

«Protégela.»

Charlie posa la mano sobre mi hombro.

—Han venido a buscarte —dice—. Tienes que irte.

Me pongo en pie para marcharme. Nicholas parece haberme escuchado, pero ahora parece no querer escuchar nada en absoluto. Se acabó.

No hay nada más que hacer. De modo que me dispongo a seguir a Charlie. Avanzo hacia la puerta.

En ese momento oímos la voz de Nicholas detrás de nosotros, llamándonos.

—Kristin… —dice—. ¿Cree que se mostrara abierta a conocerme?

Doy media vuelta y le miro a los ojos.

293

—Creo que sí —contesto—. Sí.

—¿Y cómo piensa organizarlo?

—Ella será quien decida la frecuencia y la duración de los encuentros. Pero yo me aseguraré de que el pozo no está envenenado. Me aseguraré de que comprenda que gran parte de lo que ha sucedido no tiene nada que ver con sus sentimientos hacia ella. Y que debería conocerle.

—¿Y la escuchará?

Una semana antes la respuesta habría sido negativa. ¿Acaso esta mañana temprano no lo era también? Se fue de la habitación del hotel a sabiendas de que yo le había pedido que se quedara esperándome. Sin embargo, necesito creer que puedo decirle que sí, necesito que crea que así será, tanto como yo necesito creerlo, con el fin de que mi plan salga adelante. Sé que todo se reduce a mi respuesta.

Asiento con la cabeza.

—Sí que me escuchará.

Nicholas hace una breve pausa.

—Volved a casa —dice al fin—. Estaréis a salvo. Las dos. Tiene mi palabra.

Hago una inspiración profunda. Empiezo a llorar delante de él, me llevo rápidamente las manos a los ojos.

—Gracias.

Camina hasta donde estoy y me ofrece un pañuelo.

—No me dé las gracias —responde—. No lo hago por usted.

Le creo. Acepto el pañuelo de todos modos. Luego salgo de allí con la mayor rapidez posible.

El diablo se esconde en los detalles

Grady me dice algo en el coche que quedará para siempre grabado en mi memoria.

Me lo dice de regreso a la oficina, donde Bailey está esperando.

El sol se eleva sobre el lago Lady Bird mientras conducimos y vemos como Austin se despierta a primera hora de la mañana. Cuando llegamos a la autopista, Grady se gira para mirarme, como si de lo contrario no fuera a darme cuenta de lo disgustado que está debido a mi decisión.

Entonces lo dice.

—Se vengarán de Owen, de uno u otro modo. Deberías saberlo. —Le sostengo la mirada porque es lo mínimo que puedo hacer. Porque no voy a permitir que me asuste—. Nicholas no deja pasar las cosas con tanta facilidad —prosigue—. Te está engañando.

—No lo creo —digo.

—¿Y si te equivocas? ¿Cuál es el plan? ¿Subir a un avión, volver a vuestras vidas y simplemente tener la esperanza de que estaréis a salvo? No funciona de ese modo.

—¿Cómo lo sabes?

—Quince años de experiencia respaldan mi opinión, por decir algo.

—Nicholas no tiene ninguna cuestión pendiente conmigo —respondo—. Me metí en esto sin saber nada.

—Yo lo sé y tú lo sabes. Pero Nicholas no, no sin un resquicio de duda. Esa es la clase de apuestas que no suele hacer.

—Creo que se trata de una circunstancia excepcional.

—¿Por qué?

—Creo que desea conocer a su nieta —respondo—. En mayor medida incluso que castigar a Owen.

Eso le hace reflexionar. Noto que está considerando mis palabras. Y veo cómo llega a la misma conclusión: que tal vez eso pueda ser cierto.

—Incluso aunque no te estuvieras equivocando, si te sales con la tuya, nunca más volverás a ver a Owen.

Y ahí está, el zumbido en mis oídos, en mi corazón. Nicholas lo ha dicho, y ahora Grady. Como si no lo supiera. Soy consciente de ello, de cómo la gravedad de esa decisión me recorre el cuerpo, la sangre.

Estoy renunciando a Owen. Estoy dando la espalda a la oportunidad de que cuando pase todo esto, si es que al final pasa, todo pueda volver a ser igual entre Owen y yo, otra vez juntos. Que todo se reducirá de nuevo a nosotros dos. Podía dudar de que regresara a casa. Podía dudarlo, pero de este modo lo sé a ciencia cierta.

Grady detiene el coche en el arcén de la autopista, los camiones nos pasan a toda velocidad, el viento hace que el coche se balancee.

—No es demasiado tarde. Al diablo con Nicholas. Al diablo con el trato, sea cual sea, que Nicholas cree que le has ofrecido —insiste—. No estabas en condición de hacer ese trato. Tienes que pensar en Bailey.

—Solo pienso en Bailey —respondo—. En qué es lo mejor para ella. Qué es lo que Owen habría querido que hiciera por ella.

—¿De veras piensas que él desearía que escogieras un camino que implica que nunca más podrá volver a verla? ¿Que nunca podrá tener una relación con ella?

—Dímelo tú entonces, Grady —replico—. Conoces a Owen desde hace mucho más tiempo que yo. ¿Qué crees que querría que hiciera tras su desaparición?

—Creo que él querría que no llamaras la atención hasta que yo pudiera ayudarle a resolver todo esto. Con la esperanza de que su cara no acabara saliendo en las noticias. Con la esperanza de encontrar la manera de que pudierais conservar vuestra identidad. Y, en caso necesario, querría que encontrase la manera de trasladaros a los tres juntos.

—Ahí es donde me pierdes —digo—. Siempre es lo mismo.

—¿De qué estás hablando? —pregunta.

—¿Qué posibilidades hay, Grady? Si nos mudamos a otro lugar, ¿qué posibilidades hay de que nos encuentren de todas formas?

—Pocas.

—¿Y eso qué significa? ¿Un cinco, un diez por ciento? —replico—. ¿Y la filtración de la última vez? ¿También había escasas posibilidades de que eso sucediera? Porque sucedió. Owen y Bailey quedaron expuestos bajo vuestra responsabilidad. Owen no querría volver a arriesgarse. No haría rodar los dados en relación con cualquier cosa que pudiera pasarle a Bailey.

—Yo no permitiré que le pase nada a Bailey...

—Si esos hombres al final dieran con nosotras, intentarían llegar hasta Owen fuera como fuese, ¿no es así? No se andarían con tapujos ni tendrían especial cuidado en caso de que Bailey se viera atrapada en el punto de mira, ¿estoy en lo cierto?

No responde. No puede.

—La conclusión es que no puedes garantizar que eso no suceda. No puedes garantizárnoslo ni a mí ni a Owen —continúo—. Y esa es la razón por la que ha dejado a Bailey conmigo. La razón por la que ha desaparecido y no acudió directamente a ti.

—En eso creo que te equivocas.

—Y yo creo que mi marido sabe con quién se casó —replico.

Se ríe.

—Sería lógico pensar que, si algo te ha enseñado todo esto, es que nadie sabe realmente con quién se ha casado.

—No estoy de acuerdo. Si Owen hubiera querido que no hiciera nada y que te dejara gestionar todo esto, me lo habría dicho.

—Entonces, ¿cómo explicas la correspondencia por *email* que me envió? ¿Los archivos detallados que guardaba? Eso es lo que va a contribuir a que condenen a Avett por sus delitos. El FBI ya está tramitando una declaración de culpabilidad negociada que dejará a Avett fuera de juego durante los próximos veinte años… ¿Cómo explicas que tu marido haya decidido hacer eso? ¿Cómo explicas que lo haya dispuesto todo para poder entrar en la protección de testigos?

—Creo que tiene otras razones.

—¿Y de qué se trata? —pregunta—. ¿De su legado?

—No —respondo—. Del de Bailey.

Sonríe con suficiencia y puedo oír todo lo que quiere decirme pero cree que no puede contarme. Puedo oír todas las cosas que sabe de Owen; las mismas cosas que sabe de Nicholas, aunque desde un punto de vista distinto. Tal vez crea que, si me cuenta algo más próximo a la verdad, conseguirá que me incline por ponerme de su lado. Pero yo ya he tomado partido. A favor de Bailey. Y de mí.

—Voy a decírtelo de la manera más simple posible —empieza a hablar—: Nicholas es un hombre terriblemente malvado. Va a pagarla contigo algún día. Puede que Bailey esté a salvo, pero si no consigue dar con Owen, la tomará contigo para hacerle daño a él. Eres completamente prescindible a sus ojos. No le importas en absoluto.

—Eso no lo dudo —respondo.

—Pues entonces deberías ser consciente del riesgo que corres al intentar simplemente seguir con vuestras vidas —concluye—. Solo puedo protegerte si me dejas.

No respondo porque quiere que le diga que sí: que sí le dejaré protegerme. Que sí dejaré que nos proteja. Pero yo no voy a contestar eso. No voy a decir tal cosa porque sé con certeza que él no puede protegernos.

Nicholas probablemente conseguiría encontrarnos de todos modos, si realmente lo desea. Esta es la lección que extraigo de todo lo que ha sucedido. De una forma u otra todo vuelve. Simplemente el pasado regresa. Y esto es lo que me permite intentar hacer lo mejor para Bailey. Y, al hacerlo de este modo, Bailey seguirá siendo Bailey.

Nadie le dio esa oportunidad hasta ahora. Ya ha perdido demasiadas cosas. Lo menos que puedo hacer es ofrecerle esa posibilidad.

Arranca el motor de nuevo, vuelve a incorporarse al tráfico.

—No puedes confiar en él. Estás loca si crees que eso es posible. No puedes hacer un trato con el diablo y esperar que salga bien.

Desvío la mirada hacia el exterior.

—Pues ya lo he hecho.

Cómo volver a ella

*B*ailey está sentada en la sala de conferencias. Está sollozando fuertemente.

Y antes incluso de que me dé tiempo de acercarme a ella se pone de pie de un salto y se precipita hacia mí. Me abraza con fuerza posando su cabeza en mi cuello.

La abrazo en esa posición, ignorando a Grady, ignorándolo todo, excepto a ella. Cuando deshace el abrazo observo su rostro, tiene los ojos hinchados de llorar, el pelo pegado a la cabeza. Parece la versión infantil de ella misma que necesita más que nada en el mundo que alguien le diga que ahora está a salvo.

—No tendría que haberme ido de la habitación —lamenta.

Le aparto el pelo de la cara.

—¿Dónde fuiste?

—No debería haber ido a ningún sitio —prosigue—. Lo siento. Pero me pareció oír a alguien llamando a la puerta y me asusté un montón. Y entonces sonó el móvil y lo cogí. Solo podía oír algo así como interferencias. Y no paraba de preguntar quién llamaba y solo oía ese ruido. Entonces bajé al vestíbulo para intentar conseguir mejor cobertura y no sé…

—¿Te fuiste aún más lejos? —pregunto.

Ella asiente con la cabeza.

Grady me lanza una mirada como si estuviera más allá de mi alcance consolarla. Simplemente como si yo misma estuviera fuera de lugar. Esa es su visión actual de las cosas. Su plan para Owen y Bailey está al otro lado de una línea imaginaria que nos separa. Es la única forma en la que puede verme ahora: como el principal impedimento para la solución que él imaginaba.

—Pensé que quien llamaba era mi padre. No sé por qué. Tal vez por las interferencias, o por el número oculto. Simplemente tuve una fuerte sensación de que estaba intentando ponerse en contacto conmigo, y por eso pensé en dar un paseo durante unos minutos a la espera de si intentaba contactar conmigo de nuevo. Y como no volvía a sonar el teléfono, simplemente… seguí caminando. No pensé demasiado en lo que hacía.

No pregunté por qué no me había hecho saber que todo estaba bien antes de irse. Tal vez no confiaba en que la dejara hacer lo que necesitaba hacer. Probablemente se deba a eso en parte. Pero también soy consciente de que no fue solo por eso, así que decido no centrar toda la responsabilidad en mí misma. En el momento en que una se da cuenta de que solo depende de sí misma ponerse en una posición más favorable, en ningún caso puede intervenir nadie más. Solo se trata de averiguar la manera de conseguirlo.

—Regresé a la biblioteca —explica—. Regresé al campus. Llevaba la lista del profesor Cookman conmigo y empecé a repasar el archivo del anuario. Nos fuimos de allí tan rápido después de ver la foto de… Kate. Y simplemente pensé… Pensé que necesitaba saberlo. Antes de irnos de Austin.

—¿Lo encontraste?

Asiente con la cabeza.

—Ethan Young. El último de la lista…

No digo nada a la espera de que acabe de hablar.

—Y entonces me llamó —dice.

Me quedo helada.

—¿A quién te refieres? —le pido.

Estoy a punto de desmayarme. Ha hablado con Owen. Consiguió hablar con Owen.

—¿Hablaste con tu padre? —pregunta Grady.

Bailey alza la vista hacia él y le hace un gesto con la cabeza como respuesta afirmativa.

—¿Puedo hablar con Hannah a solas? —pregunta Bailey.

Él se pone de rodillas ante ella, sin abandonar la sala. Lo cual aparentemente es su forma de decir que no.

—Bailey —dice—, tienes que contarme lo que te ha dicho Owen. Me ayudará en mi trabajo a la hora de intentar ayudarle.

Mueve la cabeza de un lado a otro con incredulidad, como si no pudiera creer que tiene que mantener esta conversación ante él. Como si simplemente no pudiera creer que tenga que hablar de ello; tal vez preferiría no hacerlo.

Le indico por señas que me lo cuente, que nos lo cuente.

—No pasa nada —digo.

Ella asiente con la cabeza con los ojos fijos en mí. Entonces empieza a hablar.

—Acababa de encontrar esa foto de papá, era más corpulento y llevaba el pelo largo, como hasta los hombros… Básicamente como en los años ochenta. Y yo solo… casi me echo a reír, tenía un aspecto tan ridículo… Tan distinto… Pero era él —dice—. Con toda seguridad era él. Cogí el móvil para llamarte, para decírtelo. Y entonces vi una llamada entrante en Signal.

Signal. ¿Por qué me suena ese nombre? Entonces me asalta el recuerdo: los tres comiendo *dumplings*, esas bolas de masa rellenas, en el edificio del ferri hace un par de meses. Y Owen cogiendo el teléfono de Bailey, diciéndole que le iba a instalar una aplicación de mensajería cifrada llamada Signal. Le dijo que en Internet nada desaparece. Hizo un chiste malo sobre la posibilidad de que algún día Bailey enviara mensajes sexis (dijo realmente la palabra «sexi») y que en ese caso debería usar esa aplicación. Y ella fingió que le tiraba a la cara sus *dumplings*.

Entonces Owen se puso serio. Y dijo que, si alguna vez quería hacer desaparecer una llamada de teléfono o un mensaje, esa era la aplicación que debía utilizar. Lo repitió dos veces para que Bailey lo asimilara. «La tendré en el móvil para siempre si no vuelves a usar la palabra "sexi" cuando yo esté delante», respondió Bailey. «Trato hecho», dijo Owen.

Bailey está hablando ahora muy rápido.

—Cuando contesté la llamada él ya estaba hablando. No dijo desde dónde llamaba. No me preguntó si me encontraba bien. Dijo que tenía veintidós segundos. Eso lo recuerdo bien. Veintidós. Y entonces dijo que lo sentía mucho, que lo sentía más de lo que podía expresar con palabras, que había organizado su vida con la intención de no tener que hacer nunca esa llamada de teléfono.

La observo mientras lucha por reprimir nuevas lágrimas. No mira a Grady. Solo me mira a mí.

—¿Qué te dijo? —pregunto en un tono suave.

Noto cómo le pesa. Noto una carga más pesada que la que deberían soportar unos hombros tan jóvenes.

—Dijo que pasará mucho tiempo antes de que pueda volver a llamar. Dijo que… —Mueve la cabeza de un lado a otro.

—¿Qué dijo, Bailey? —insisto.

—Dijo… que de veras no puede volver a casa.

Observo su rostro mientras intenta procesar esas palabras: algo terrible e imposible. Ese algo terrible e imposible que Owen nunca habría querido decirle. Ese algo terrible e imposible que yo ya sospechaba. Ese algo terrible e imposible que yo ya sabía.

Owen se ha ido. No va a volver.

—¿Crees que quiere decir… que es para siempre? —pregunta.

Antes incluso de que pueda contestar, profiere un gemido, rápido y gutural, su voz se le queda atascada debido a la certidumbre. A la certeza de lo que ahora ella también sabe.

Coloco mi mano sobre la suya, la tomo por la muñeca y la aprieto con fuerza.

—No creo que… —Grady me interrumpe—. La verdad es que… No creo que estés realmente segura de que eso es lo que quería decir. —Le atravieso con la mirada—. Y por muy perturbadora que fuese esa llamada —prosigue—, de lo que deberíamos estar hablando ahora es de los pasos que debemos seguir a continuación.

Bailey sigue mirándome fijamente.

—¿Los pasos que debemos seguir? —pregunta—. ¿Qué significa eso?

Le sostengo la mirada como si estuviéramos a solas. Me acerco a ella para que pueda creerme cuando le diga que es ella quien debe decidir.

—Grady se refiere a la cuestión de adónde vamos a ir ahora —explico—. Si volvemos a casa…

—O si os ayudamos a crear un nuevo hogar —me interrumpe—. Como le estaba contando a Hannah, puedo encontrar un buen lugar para las dos donde podréis empezar de cero. Y tu padre se reunirá con vosotras cuando considere que es seguro regresar. Tal vez no crea que eso pueda suceder mañana, tal vez sea eso lo que estaba intentando decirte cuando te llamo, pero…

—¿Por qué no? —pregunta Bailey, interrumpiendo su discurso.

—¿Perdona?

Bailey le mira a los ojos.

—¿Por qué no mañana? —pregunta—. No, olvídate de mañana. ¿Por qué no hoy? Si mi padre realmente es consciente de que eres la mejor opción, entonces, ¿por qué no está aquí con nosotras ahora? ¿Por qué sigue huyendo?

Antes de poder evitarlo, Grady profiere una risita, una risa airada, como si yo hubiera animado a Bailey a formular esa pregunta; como si no fuera la única pregunta que cualquiera que conozca y quiera a Owen haría. Owen evitando que le tomen las huellas dactilares. Que su fotografía salga en todos los titulares. Ha hecho todo lo necesario para evitar que cualquier fuerza externa se entrometa en la vida de Bailey. En su verdadera identidad. Pero ¿dónde está? No se puede hacer nada más. No queda ningún movimiento por hacer. Si pensara regresar, si creyera que era seguro volver a empezar de cero juntos, estaría aquí ahora mismo. Estaría aquí a nuestro lado.

—Bailey, no creo que pueda darte una respuesta ahora mismo que te satisfaga —continúa Grady—. Lo que puedo hacer es decirte que deberías permitirme ayudaros de todos modos. Es la mejor manera de mantenerte a salvo. Es la única manera de que estéis a salvo. Tanto tú como Hannah.

Bailey baja la vista hacia su mano, sobre la cual está posada la mía.

—Entonces…, ¿es eso lo que quería decir? ¿Mi padre? —pregunta—. ¿Que no va a volver?

305

Me está preguntando directamente a mí. Me pregunta a mí, para que yo le confirme lo que ya sabe. No vacilo.

—No, no creo que pueda —respondo.

Lo veo en sus ojos; veo cómo su tristeza se convierte en ira, que seguirá transformándose para volver a ser tristeza y después pena. Un círculo tremebundo, necesario y solitario, que se inicia al empezar a enfrentarse a esto. ¿Cómo se enfrenta una a esto? Se hace, simplemente. Te rindes. Te das por vencida ante tus sentimientos. Ante la injusticia. Pero no ante la desesperanza. No permitiré que ella caiga en la desesperanza, aunque sea lo único que consiga.

—Bailey… —interviene Grady mientras sacude la cabeza de un lado a otro—. No sabemos si eso es cierto. Conozco a tu padre…

Ella alza la cabeza con un movimiento brusco.

—¿Qué has dicho?

—Que conozco a tu padre…

—No. Yo conozco a mi padre.

Tiene el rostro ahora enrojecido, la mirada intensa y furibunda. Y lo veo: veo cómo cobra forma su decisión, cómo queda cimentada la necesidad que siente, para convertirse en algo que nadie puede arrebatarle.

Grady sigue hablando, pero ella ha dado por finalizada la escucha. Me mira a mí cuando dice aquello que yo pensaba que diría; aquello que durante toda la conversación yo creía que sería su resolución. La razón por la que fui a ver a Nicholas, la razón por la que he hecho ese trato. Se dirige a mí únicamente. Se ha dado por vencida respecto a todo lo demás. Con el tiempo tendré que reconstruir su confianza. Voy a tener que hacer lo que sea para ayudarla a reconstruirlo todo.

—Solo quiero irme a casa. —Eso es lo que dice.

Miro a Grady, como diciendo: «Ya lo has oído». Después espero hasta que él hace lo único que puede hacer.

306 Dejar que nos vayamos.

Dos años y cuatro meses antes

—*E*nséñame cómo lo haces —dijo Owen.

Encendimos las luces de mi taller. Acabábamos de salir del teatro, tras nuestra «cita que no era una cita». Owen me preguntó si podíamos regresar al taller. «Sin segundas intenciones», dijo. Solo quería aprender a usar el torno. Únicamente quería saber cómo hago el trabajo al que me dedico.

Echó un vistazo a su alrededor y se frotó las manos.

—Bien..., ¿por dónde empezamos? —preguntó.

—Hay que escoger un trozo de madera —respondí—. Se empieza por elegir un buen trozo de madera. Si no es bueno, no se puede sacar nada bueno de él.

—¿Cómo eligen los torneros la madera que van a usar? —preguntó.

—Cada tornero tiene su propio método —contesté—. Mi abuelo trabajaba fundamentalmente con arce. Le encantaba el color, sus vetas y cómo se revelaban por sí solas. Pero a mí me gusta utilizar una gran variedad de maderas. Roble, pino, arce...

—¿Cuál es tu madera favorita para trabajar? —preguntó.

—No me gusta tener favoritos —dije.

—Es bueno saberlo.

Moví la cabeza de un lado a otro y reprimí una sonrisa mordiéndome el labio inferior.

—Si solo vas a reírte de mí... —dije.

Alzó las manos en señal de rendición.

—No me estoy riendo —contestó—. Estoy fascinado.

—Vale, está bien, sin pretender ser cursi, creo que cada clase de madera puede ser atractiva por distintos motivos.

Avanzó hacia la zona de trabajo y se inclinó hasta ponerse a la misma altura del torno de mayor tamaño.

—¿Es esta mi primera lección?

—No, la primera lección es que, para poder elegir un bloque de madera interesante con el que trabajar, primero hay que entender que la buena madera se define por una característica —contesté—. Es lo que solía decir mi abuelo, y creo que es muy cierto.

Recorrió con su mano el trozo de pino en el que estaba trabajando. Era una madera rústica: de color oscuro, inusual para ser madera de pino.

—¿Qué define a este personaje? —preguntó.

Posé la mano sobre una mancha en el centro, blanqueada, casi rubia, completamente gastada.

—Esta parte, justo aquí, creo que podría ofrecer un resultado interesante —comenté.

Owen también puso la mano sobre la zona de la mancha, sin tocar la mía, sin intentarlo siquiera: tratando solamente de comprender lo que le estaba enseñando.

—Me gusta, me gusta esa filosofía, quiero decir —prosiguió—. Creo que podría decirse lo mismo de las personas. A fin de cuentas, hay algo que define a cada persona.

—¿Qué te define a ti? —pregunté.

—¿Y qué te define a ti? —preguntó él.

Sonreí.

—Yo he preguntado primero.

Me devolvió la sonrisa. Sonrió, con aquella sonrisa.

—De acuerdo —aceptó. Luego, sin una mínima sombra de vacilación, sin dudar ni por un segundo, dijo—: No hay nada que no estuviera dispuesto a hacer por mi hija.

A veces se puede volver a casa

*E*stamos en la pista de despegue, esperando que salga el avión. Bailey está mirando por la ventanilla. Parece exhausta: tiene los ojos hinchados, con ojeras, y manchas rojas en la piel. Parece agotada y asustada.

Todavía no se lo he contado todo. Pero sabe lo bastante. Sabe lo suficiente como para darse cuenta de que no me sorprende que esté asustada. Estaría sorprendida si no lo estuviera.

—Vendrán a vernos —digo—. Nicholas y Charlie. Pueden traer a tus primos si quieres. Creo que sería bonito. Creo que tus primos tienen muchas ganas de conocerte.

—¿No se quedarán en casa o algo así? —pregunta.

—No. Para nada. Saldremos a comer juntos un par de veces para empezar a conocernos.

—¿Y tú vendrás?

—Por supuesto, siempre —respondo.

Bailey asiente con la cabeza como asimilando la información.

—¿Tengo que decidir ahora mismo si quiero conocer a mis primos? —pregunta.

—Ahora mismo no tienes que decidir absolutamente nada.

No añade nada más. Comprende, mientras se permite a sí misma interiorizar la realidad, que su padre no va a volver. Pero no quiere hablar de ello, no todavía. No quiere explorar conmigo cómo serán las cosas sin él, qué sensaciones tendrá. Eso tampoco es necesario hablarlo ahora mismo.

Hago una profunda inhalación e intento no pensar en todas las cosas que efectivamente tendrán que cambiar, si no ahora mismo, muy pronto. Los pasos que deberemos tomar, uno tras otro, para avanzar en nuestras vidas a partir de ahora. Jules y Max nos recogerán en el aeropuerto, nuestro frigorífico estará lleno y la cena en la mesa. Pero esas rutinas tendrán que seguir repitiéndose, día sí y día también, hasta que empecemos a tener la sensación de vuelta a la normalidad.

Y hay cosas que no puedo evitar que sucedan, como las repercusiones que se harán patentes dentro de unas cuantas semanas, o de unos meses, cuando Bailey ya se encuentre en el proceso de algo parecido a la recuperación y yo tenga mi primer momento de tranquilidad para pensar en mí misma. Para pensar en lo que he perdido, en lo que nunca recuperaré. Para pensar solo en mí misma. Y en Owen. En lo que he perdido y que todavía sigo perdiendo en estos precisos momentos, sin su presencia.

310 Cuando el mundo vuelva a apaciguarse hará falta que me convierta en todo lo que no soy para evitar que la pena de la pérdida me arrase.

Hay algo, la cosa más extraña posible, que evitará que me derrumbe. Tendré la respuesta a la pregunta que únicamente ahora estoy empezando a considerar: si lo hubiera sabido de antemano, ¿estaría aquí? Si Owen me hubiera hablado desde el primer momento de su pasado, si me hubiera avisado de dónde me estaba metiendo, ¿le habría elegido igualmente? ¿Habría elegido acabar donde estoy ahora? Esa cuestión me recuerda un poco aquel momento de gracia que mi abuelo me brindó poco después de la partida de mi madre, cuando me di cuenta de que mi sitio se encontraba exactamente allí donde estaba. Sentiré cómo la respuesta suscita una emoción que me recorre el cuerpo, como un calor abrasador. Sí. Sin duda. Incluso si Owen me lo hubiera contado, aunque hubiera sabido hasta el más mínimo detalle. Sí habría elegido todo esto. Será lo que me dé fuerzas para continuar.

—¿Por qué tardamos tanto en despegar? —pregunta Bailey—. ¿Por qué no hemos salido ya?

—No lo sé. Creo que la azafata dijo algo sobre la presencia de operarios en la pista —respondo.

Bailey hace un gesto de aceptación con la cabeza y se frota los brazos, con una expresión de disgusto y de frío. Su camiseta es incapaz de combatir el aire gélido del avión. Vuelve a tener la piel de gallina. Otra vez.

Solo que esta vez estoy preparada. Hace dos años, hace dos días, no lo estaba. Pero ahora aparentemente todo ha cambiado. Rebusco en la bolsa de mano y saco el suéter de lana con capucha favorito de Bailey. Lo guardé allí pensando en tenerlo a punto para este momento.

Por primera vez sé cómo darle lo que necesita.

No lo es todo, por supuesto. Ni tan solo se aproxima. Pero Bailey coge el suéter, se lo pone y empieza a calentarse los codos con las palmas de las manos.

—Gracias —dice.

—De nada —respondo.

El avión da una sacudida hacia delante y después vuelve a retroceder. Luego empieza a avanzar lentamente por la pista.

—Nos vamos —dice Bailey—. Por fin.

Se reclina en el asiento, parece aliviada al notar que nos movemos. Cierra los ojos y coloca el codo sobre el reposabrazos.

Su codo está allí, el avión va ganando velocidad. Coloco mi codo también en el reposabrazos y noto el movimiento de Bailey, cómo ambas nos movemos. Nos movemos acercándonos cada vez un poco más, en lugar de hacer lo contrario.

Mi percepción nota esa nueva realidad.

Un comienzo.

311

Cinco años después. Tal vez ocho. O diez.

*E*stoy en el centro Pacific Design de Los Ángeles, participando en una exposición de la agencia First Look junto con otros veintiún artesanos y fabricantes. Estoy presentando una nueva colección de piezas de roble blanco (en su mayoría muebles, unos cuantos bols y algunas obras de mayor tamaño), en la sala de exposiciones que han puesto a nuestra disposición.

Estas exposiciones son una oportunidad fantástica para darse a conocer a nuevos clientes potenciales, pero también son una reunión de compañeros de profesión, y como casi todas las reuniones al final resulta un poco pesada. Muchos arquitectos y colegas de profesión se dejan caer para saludar y ponerse al día. Me he esforzado todo lo posible por mantener conversaciones triviales con todo el mundo, pero empiezo a acusar el cansancio. Y cuando las agujas del reloj se acercan a las seis de la tarde, me siento como si solo estuviera viendo pasar gente, en lugar de interesarme por los visitantes.

Se supone que Bailey va a reunirse conmigo para cenar, por lo que básicamente estoy esperando que venga, ansiosa por contar con una excusa para dar por terminada la jornada. Va a traer a un chico con el que hace poco que ha empezado a salir, un corredor de fondos de cobertura llamado Shep (dos puntos menos para él), pero ella me ha prometido que me va a gustar. «No es lo que estás pensando», dice.

No estoy segura de si se refiere a su trabajo en las finanzas o a su nombre. Sea como sea, parece ser la reacción natural ante su último novio, que tenía un nombre bastante menos molesto (John) y estaba desempleado. Así son las relaciones cuando tienes veinte años, y me siento agradecida por que sea en esas cosas en las que está pensando.

Ahora vive en Los Ángeles. Yo también vivo allí, no demasiado lejos del océano; y tampoco lejos de ella.

Vendí la casa flotante en cuanto Bailey acabó el instituto. No me hago ilusiones ante la posibilidad de que eso haya evitado que nos sigan vigilando: esos sombríos personajes al acecho en caso de que Owen regresara algún día. Estoy segura de que siguen controlándonos debido a la remota posibilidad de que Owen se arriesgue a volver para vernos. Sigo viviendo como si siempre nos estuvieran observando, independientemente de si estoy o no en lo cierto.

A veces me parece poder verlos, en la sala de espera de un aeropuerto o en el exterior de un restaurante, pero por supuesto no sé quiénes son. Me fijo en todo aquel que me mire durante más de un segundo. Todo eso hace que no permita a nadie acercarse demasiado, aunque eso no me parece algo negativo. Tengo a mi alrededor a las personas que necesito.

Excepto a una.

Un hombre entra en la sala de exposiciones, con aire despreocupado, cargando una mochila en el hombro. Lleva el pelo muy corto, enmarañado, de un tono más oscuro que el de Owen, y tiene la nariz torcida, como si estuviera rota. Lleva una camisa de botones con las mangas dobladas, lo cual deja al descubierto los tatuajes que le descienden por el brazo hasta llegar a la mano, incluso a los dedos, como una araña.

Es entonces cuando me fijo en el anillo de bodas, que sigue llevando. El anillo que hice para él. Su acabado imitación de roble pasa tal vez inadvertido para los demás. Pero yo lo reconozco al instante. Ese hombre no podría parecerse menos a

313

Owen. Eso me deja perpleja. Aunque quizá es eso lo que hace la gente que necesita ocultar su identidad en público. Me pregunto si es posible. A continuación me pregunto si, después de todo, tal vez es imposible que sea Owen.

No es la primera vez que me parece verlo. Creo que me parece haberlo visto por todas partes.

Estoy tan alterada que dejo caer al suelo los papeles que sostengo entre las manos.

Él se inclina para ayudarme. No sonríe, eso le delataría. Tampoco hace amago de rozarme la mano. Sería demasiado, probablemente para ambos.

Me da los papeles que se me han caído.

Intento hablar y darle las gracias. ¿Lo he hecho en voz alta? No lo sé.

Quizá, porque hace un gesto de reconocimiento con la cabeza.

Entonces se incorpora y se gira para irse por donde ha venido. Y es entonces cuando dice algo que solo él podría decirme.

—«El chico con el que habría podido funcionar» todavía te ama —dice Owen. No me mira cuando dice esas palabras en voz baja.

La manera de decir «hola»

La manera de decir «adiós».

Siento que me arde la piel, cómo se encienden mis mejillas. Pero no digo nada. No me da tiempo a responder. Él se encoge de hombros y se recoloca la mochila. Luego desaparece entre la multitud. Y eso es lo que parece. Simplemente otro adicto al diseño que se dirige hacia otro expositor.

No me atrevo a ver cómo se marcha. No me atrevo a mirar en la dirección que ha tomado.

Sigo sin alzar la mirada, fingiendo organizar los papeles, pero el calor que desprendo es tangible; ese tono rojizo intenso en mi piel, en mi cara, sería evidente para cualquiera que estuviera prestando la atención suficiente en ese momento. Rezo porque no sea así.

Me obligo a contar hasta cien y después hasta ciento cincuenta.

Cuando por fin me permito alzar la mirada es a Bailey a quien veo. La visión me relaja inmediatamente, me centra. Avanza hacia mí desde la misma dirección en la que se ha ido Owen. Lleva un vestido de punto gris y unas zapatillas Converse con plataforma, la melena larga, ahora de color castaño, hasta media espalda. ¿Habrá pasado Owen a su lado? ¿Habrá podido comprobar por sí mismo la belleza en la que se ha convertido? ¿La seguridad que tiene en sí misma? Eso espero. Eso es lo que espero, aunque al mismo tiempo deseo lo contrario. Después de todo, ¿cuál de las dos opciones sería la mejor para él?

Hago una profunda respiración y la observo. Camina de la mano de Shep, su nuevo novio. Él me ofrece un saludo militar, que estoy segura de que le parece gracioso, aunque no lo es.

Pero sonrío mientras se aproximan. ¿Cómo podría no hacerlo? Bailey también está sonriendo.

—Mamá —dice.

Agradecimientos

*E*mpecé a trabajar en este libro en el año 2012. En muchas ocasiones lo dejé de lado, pero me parecía imposible abandonarlo. Estoy tan agradecida a Suzanne Gluck, cuya astuta orientación, cada vez que la situación se repetía, me ayudó a encontrar la historia que deseaba contar.

Marysue Rucci, tus reflexivas correcciones y sabios comentarios han elevado el nivel de esta novela en todos los aspectos posibles. Gracias por ser la mejor socia que una escritora podría desear, mi editora de ensueño, además de una querida amiga.

Deseo expresar también mi gratitud al increíble equipo de Simon & Schuster: Dana Canedy, Jonathan Karp, Hana Park, Navorn Johnson, Richard Rhorer, Elizabeth Breeden, Zachary Knoll, Jackie Seow, Wendy Sheanin, Maggie Southard y Julia Prosser; y Andrea Blatt, Laura Bonner, Anna Dixon y Gabby Fetters, de la agencia WME.

Sylvie Rabineau, llevamos juntas en esto desde el primer libro, y el primer día. Gracias por ser mi consejera de confianza, «Sylv» de Jacob's, además de una de mis personas favoritas de este planeta. Te quiero.

Estoy en deuda con Katherine Eskovitz y Greg Andres por su asesoramiento legal, con Simone Puglia por ser una excelente guía de Austin, y con Niko Canner y Uyen Tieu por el precioso bol de madera que decora mi escritorio, y que tanto me inspiró para el personaje de Hannah.

Por leer mis innumerables borradores (durante los últimos ochos años), además de ofrecer toda clase de inestimable ayuda y visión perspicaz, gracias a Allison Winn Scotch, Wendy Merry, Tom McCarthy, Emily Usher, Stephen Usher, Johanna Shargel, Jonathan Tropper, Stephanie Abram, Olivia Hamilton, Damien Chazelle, Shauna Seliy, Dusty Thomason, Heather Thomason, Amanda Brown, Erin Fitchie, Lynsey Rubin, Liz Squadron, Lawrence O'Donnell Jr., Kira Goldberg, Erica Tavera, Lexi Eskovitz, Sasha Forman, Kate Capshaw, James Feldman, Jude Hebert, Kristie Macosko Krieger, Marisa Yeres Gill, Dana Forman y Allegra Caldera. Deseo dar las gracias especialmente a Lauren Levy Neustadter, a Reese Witherspoon, a Sarah Harden y al fantástico equipo de Hello Sunshine: vuestra fe en este libro es un sueño hecho realidad.

Mi más sincero agradecimiento a las familias Dave y Singer, y a mis maravillosos amigos por su amor y su apoyo inquebrantable. Y a los lectores, grupos editoriales, libreros y amantes de los libros, por el acompañamiento que me brindan y que tanto agradezco.

Por último, a mis chicos.

Josh, no estoy muy segura de qué es lo que debo agradecerte en primer lugar. Probablemente que esta novela no existiría sin ti y sin tu fe en mí (seguro que no), o que casi no puedo creer contar con un compañero por el que, después de trece años, sigo estando loca. Pero ¿podría empezar a darte las gracias por el café? Es algo tuyo que me encanta. Y tú me encantas por encima de todo.

Jacob, mi inimitable, sabio, divertido y bondadoso hombrecito. Volví a nacer cuando llegaste a este mundo. Y ahora avanzo por él agradecida y honrada por todo lo que me enseñas. ¿Qué más puedo decir, hijo, que no te diga cada día? La mayor bendición de mi vida es ser tu mamá.

ESTE LIBRO UTILIZA EL TIPO ALDUS, QUE TOMA SU NOMBRE

DEL VANGUARDISTA IMPRESOR DEL RENACIMIENTO

ITALIANO, ALDUS MANUTIUS. HERMANN ZAPF

DISEÑÓ EL TIPO ALDUS PARA LA IMPRENTA

STEMPEL EN 1954, COMO UNA RÉPLICA

MÁS LIGERA Y ELEGANTE DEL

POPULAR TIPO

PALATINO